Entraînement aux épreuves du BAC

Tle

ÉPREUVES FINALES EF

Spécialité

Physique Chimie

Aurore Biondollilo-Tournier
Professeur agrégée de chimie (Académie de Versailles) et ingénieure chimiste

ellipses

Dans la collection
Entraînement aux Épreuves du Bac

Retrouvez tous les livres de la collection sur www.editions-ellipses.fr

ISBN 9782340-056480

8/10 rue la Quintinie 75015 Paris

www.editions-ellipses.fr

Table des matières

Sujet 4

Sujet 5

Sujet 6

Préparation et méthodologie

Avant l'épreuve écrite

1 L'importance des ré-activations

Après chaque séance au lycée, il faut apprendre le contenu du cours et refaire les exercices étudiés en classe. Il faudra ensuite s'entraîner sur des exercices plus difficiles, puis sur des exercices type « épreuve finale », de façon chronométrée.

La première étape est de comprendre les notions, mais encore faut-il pouvoir les retenir toute l'année !

Pour retenir une notion il faut la réactiver au moins 5 fois à des temps bien précis :

10 min après l'avoir vue, 24 h, 48 h, 1 semaine et 1 mois après.

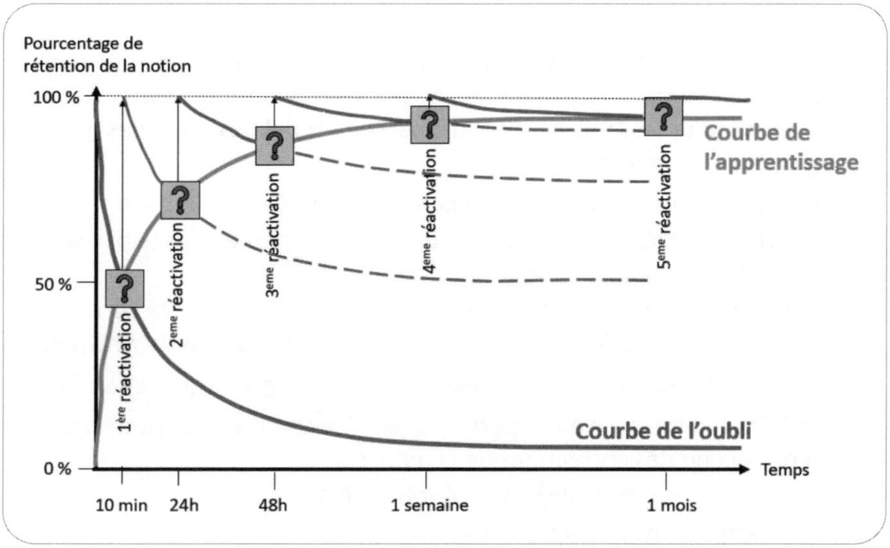

Ré-activer une notion cela peut être simplement y repenser : « est-ce que je sais encore faire/expliquer cela ? », si la réponse est non, alors il faut réviser la notion.

Attention : On sait que l'on connaît quelque chose si l'on est capable de l'écrire ou de la réciter sans modèle.

S'entraîner sur des exercices type « épreuve finale » constitue une réactivation car on remobilise ses connaissances (à faire lors de la 4e ou 5e ré-activation par exemple).

2 Méthodologie : comment bien s'entraîner sur un exercice type « épreuve finale » à l'aide de ce livre ?

- Prendre un crayon, un stylo, une règle, une calculatrice, avoir déjà le cours et les exercices de base en tête (cela évite d'être interrompu pour rechercher du matériel ou une formule oubliée).
- Rédiger les réponses comme si vous étiez réellement à l'épreuve finale :
  - Faire des phrases réponse reprenant le corps de la question.
  - Justifier vos réponses et vos calculs.
  - Faire apparaître les formules et leurs unités.
  - Toujours donner l'expression littérale avant de remplacer par les valeurs et réaliser le calcul.
  - Donner le résultat avec le bon nombre de chiffres significatifs et penser à préciser l'unité à la fin du calcul.
  - Souligner les résultats, encadrer les formules.
  - Faire des schémas propres, à la règle et complets.
- Ne pas regarder intermédiairement les réponses aux questions.
  - Rédiger l'exercice en entier et seulement après vous pouvez comparer avec la correction.
  - Si vous bloquez à l'une des questions, il faut aller consulter le « **avant de commencer** » présent à la fin de chaque sujet, vous y trouverez des **coups de pouce** pour les trois parties du sujet, un **rappel des formules** qui seront utilisées et les **erreurs à éviter**.
- En cas d'erreurs ou si vous n'aviez pas su répondre à une question :
  - Il faudra ré-activer 5 fois cette notion comme indiqué dans la partie précédente pour pouvoir l'acquérir réellement.
  - Pour aider à ces réactivations, vous trouverez à la fin de la correction de chaque sujet, les **notions qui étaient à connaître** et le **vocabulaire à maîtriser.**
- Testez-vous, et demandez-vous : « est-ce que je sais/est-ce que je sais faire ? ».
- Afin de faire la différence par rapport à une autre copie et vous améliorer, vous trouverez à la fin des corrections de chaque sujet :
  - des propositions pour singulariser votre copie ;
  - des exemples de copies d'élèves.

Le jour de l'épreuve écrite

- Regardez l'ensemble du sujet distribué et commencez par l'exercice qui vous plaît le plus.
- Écrivez les données sur votre feuille (plutôt que de les fluoter) pour mieux les mobiliser et reconnaître le lien entre elles.
- Faire attention aux unités qu'il faudra convertir : dans les formules on utilise exclusivement les unités du système international.
- Faire des phrases réponse, donner un résultat avec son unité et le bon nombre de chiffres significatifs.
- Commentez vos résultats même si ce n'est pas demandé (avoir un esprit critique).
- Essayez, pour vous aider, de retrouver à quel exercice déjà travaillé, la question posée ressemble.
- Même si vous ne savez pas répondre intégralement à la question, il faut tout de même écrire un début de réflexion, ou les formules impliquées. Il y a des points de méthode, donc même si une question précédente est fausse il faut continuer à rédiger la suite, d'autant que certaines questions sont indépendantes.
- Ne pas hésiter à faire un schéma explicatif, ou un schéma sur lequel vous notez les données (comme en optique ou lors d'un titrage).
- Soulignez vos résultats, soignez et aérez votre copie.
- Les courbes doivent au moins faire une demi-page.
- Les points expérimentaux sont à représenter par des « + » et pas des croix ou des points sur un graphique.

Index thématique

L'index thématique ci-dessous vous permet de vous entraîner sur une notion vue en classe.

	Partie A	Partie B	Partie C
Sujet 1	• Mécanique : système dans le champ de pesanteur terrestre • Équation de la trajectoire • Étude énergétique • Programme Python	• Dosage p*H*-métrique • Incertitude-type • Diagramme de prédominance • Acide-base • Dosage conductimétrique	• Étude d'un dipôle RC
Sujet 2	• Couple acide-base • Représentation de Lewis • p*H* d'une solution • Diagramme de distribution • Programme Python • Dosage spectrophotométrique • Incertitudes-type	• Niveau d'intensité sonore • Atténuation • Effet Doppler • Interférences	• Optique : lunette astronomique • Diamètre apparent • Grossissement • Cercle oculaire
Sujet 3	• Formule de Lewis • Synthèse organique • Rendement d'une réaction • Spectroscopie IR • Chimie verte • Mécanisme réactionnel • Cinétique	• Particule dans un champ électrostatique • 2e loi de Newton • Force électrostatique	• 3e loi de Kepler • Période de révolution

	Partie A	Partie B	Partie C
Sujet 4	• Pile électrochimique • Durée de fonctionnement • Quantité d'électricité fournie • Titrage	• Intensité • Puissance et niveau d'intensité sonores • Transferts thermiques • Conduction • Convection • Rayonnement • Isolation thermique • Résistance thermique • Flux thermique	• Niveau d'intensité sonore • Titrage conductimétrique • Décalage Doppler
Sujet 5	• Formule de Lewis • Acide et base conjuguées • Spectre IR • Dissolution • Diagramme de prédominance • p*H* d'une solution • Programme Python • Taux d'avancement • Titrage p*H*-métrique • Incertitude-type	• Diffraction • Incertitude-type	• Pile • Durée de fonctionnement • Loi des gaz parfaits • Quantité d'électricité fournie
Sujet 6	• Synthèse organique • Analyse d'un protocole et utilité des étapes • Mécanismes réactionnels • Nature des réactions	• Loi de gravitation universelle • Base de Frenet • Deuxième loi de Newton • Période de révolution • Mouvement circulaire	• Transferts thermiques • Changement d'état • Changement de température

Il sera utile en fin d'année de s'**entraîner** sur un sujet complet de façon chronométrée.

Sujet 1

Énoncé

Partie A Le vol de l'olive

8 points

Les olives se récoltent à la fin de l'été ou en autonome, avant leur changement de couleur. Pendant les vacances scolaires de la Toussaint, des petits-enfants viennent aider leur grand-mère à cueillir les olives de son jardin pour en faire de l'huile d'olive. L'un d'eux, monté dans l'olivier, lance les olives en direction d'un panier posé au sol.

On considère une olive de masse $m = 3{,}5$ g, lancée à une hauteur $H = 2{,}50$ m avec une vitesse initiale $\overrightarrow{v_0}$ faisant un angle α avec l'horizontale.

Représentation de la situation

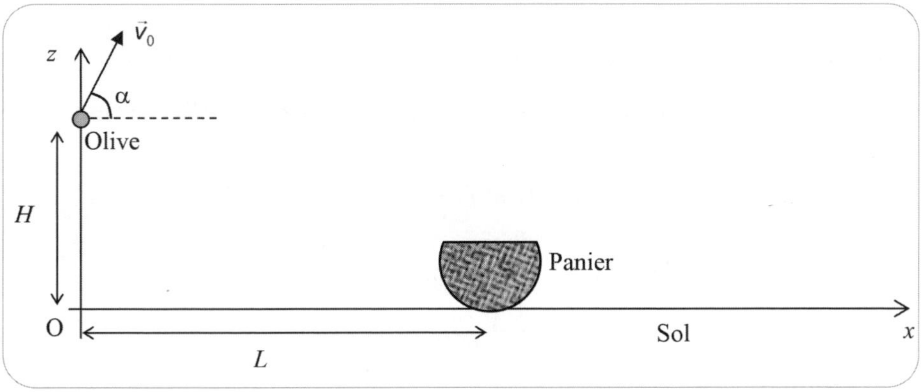

Donnée

- Intensité de la pesanteur $g = 9{,}81$ N.kg^{-1}.

1 Étude du mouvement de l'olive lors de sa chute

Le système étudié est l'olive. Les effets de l'air sur l'olive seront négligés dans cette étude. Le champ de pesanteur $\vec{g}$ est parallèle à l'axe Oz.

1.1. Faire un bilan des forces s'exerçant sur le système, dans le référentiel terrestre.

1.2. En appliquant la seconde loi de Newton dans le cadre de la chute libre, déterminer les coordonnées a_x et a_z du vecteur accélération du centre d'inertie de l'olive dans le repère indiqué.

1.3. Donner l'expression des coordonnées du vecteur vitesse initiale $\overrightarrow{v_0}$, notées v_{0x} et v_{0z}, en fonction de v_0 et α .

1.4. On appelle composante horizontale de la vitesse la coordonnée $v_x(t)$ du vecteur $\vec{v}$ et composante verticale la coordonnée $v_z(t)$. Déterminer l'expression des composantes horizontale et verticale $v_x(t)$ et $v_z(t)$ du vecteur vitesse $\vec{v}$ du système au cours de son mouvement en fonction de v_0, α , g et t.

1.5. En déduire la nature du mouvement de l'olive en projection sur l'axe horizontal. Justifier.

1.6. Déterminer l'expression des équations horaires du mouvement de l'olive : $x(t)$ et $z(t)$ en fonction de v_0, α , g, t et H.

1.7. Montrer que l'équation de la trajectoire de l'olive est la suivante :

$$z(t) = -\frac{1}{2}g\frac{x^2(t)}{v_0^2\cos^2\alpha} + x(t) \times \tan\alpha + H\ .$$

1.8. Quelle est la nature de la trajectoire de l'olive ?

1.9. En utilisant l'expression de l'équation de la trajectoire obtenue à la question 1.7., indiquer les paramètres de lancer qui jouent un rôle dans la trajectoire de l'olive.

Un autre enfant filme avec son smartphone un lancer d'olive de son cousin.

À l'aide d'un logiciel de pointage vidéo, les coordonnées x et z de l'olive ont pu être enregistrées en fonction du temps. On obtient les courbes ci-après.

Courbe n° 1 : à légender

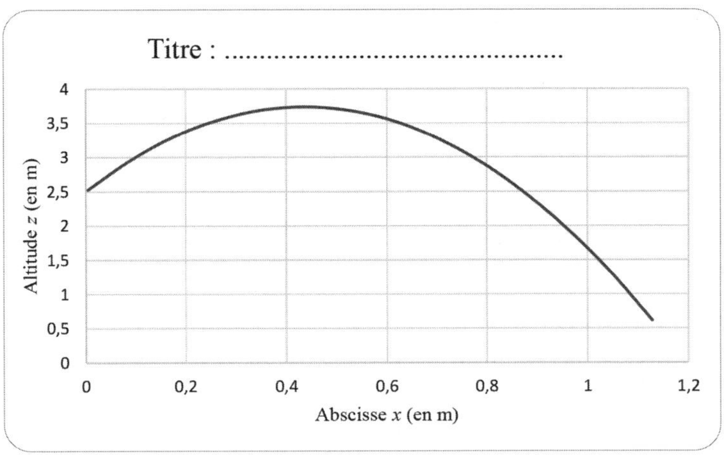

Courbe n° 2 : Équations horaires de la vitesse

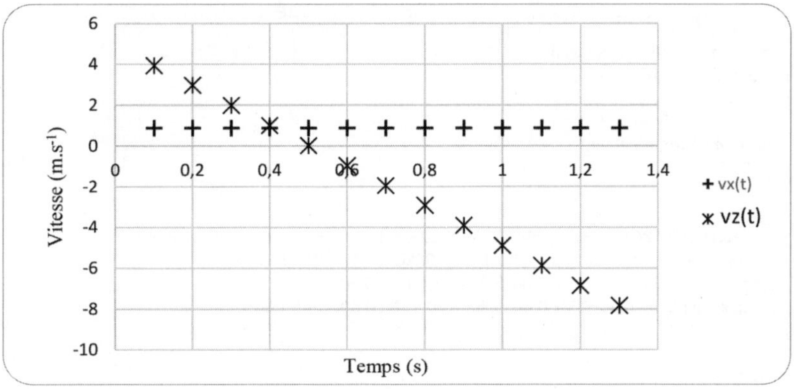

1.10. Donner un titre à la courbe n° 1.

1.11. Grâce à la courbe n° 2 et à la réponse à la question 1.4., montrer que $v_0 = 5{,}0$ m.s^{-1} et que $\alpha = 80°$. La démarche nécessite d'être correctement justifiée.

1.12. Déterminer l'abscisse x à laquelle l'olive touche le sol.

1.13. Le panier étant situé à la distance $L = 1{,}25$ m du pied de l'olivier, l'olive tombe-t-elle bien dans le panier ? Comment l'enfant aurait-il pu améliorer son tir ?

2 Étude énergétique de la chute de l'olive

Il est possible à partir des données expérimentales de la partie précédente d'étudier l'évolution des énergies cinétique, potentielle et mécanique de l'olive au cours de sa chute.

Le programme Python ci-après permet de tracer l'évolution des énergies en fonction du temps.

Programme Python

```
1   # importation les bibliothèques nécessaires
2   import matplotlib.pyplot as plt
3   import numpy as np
4
5   # Définition des variables
6   m = Compléter la valeur
7   g = 9.81
8
9   # Création des tableaux de valeurs expérimentales
10  vx = np.array([0.868, 0.868, 0.868, 0.868, 0.868, 0.868, 0.868, 0.868, 0.868, 0.868])
11  vz = np.array([3.92, 2.96, 1.98, 1.00, 0.019, -0.96, -1.94, -2.92, -3.90, -4.89])
12  z = np.array([2.94, 3.29, 3.54, 3.68, 3.74, 3.67, 3.54, 3.30, 2.96, 2.52])
13  t = np.array([0.10, 0.20, 0.30, 0.40, 0.50, 0.60, 0.70, 0.80, 0.90, 1.00])
14
15  # Calcul de la vitesse v
16  vx2 = vx*vx                          # Calcul du carré de vx
17  vz2 = Compléter la formule           # Calcul du carré de vz
18  v = (vz2+vx2)**0.5
19
20  # Calcul des différentes énergies
21  Ec = Compléter la formule
22  Epp = Compléter la formule
23  Em = Compléter la formule
24
25  plt.plot(t,Ec,'b+',label = "Ec(t)")       # Trace la courbe Ec en fonction de t
26  plt.plot(t,Epp,'ro',label = "Epp(t)")     # Trace la courbe Epp en fonction de t
27  plt.plot(t,Em,'g*',label = "Em(t)")       # Trace la courbe Em en fonction de t
28  plt.xlabel('Temps (s)')                   # Légende de l'axe des abscisses
29  plt.ylabel('Energie (J)')                 # Légende de l'axe des ordonnées
30  plt.grid()                                # Affichage d'un quadrillage sur la courbe
31  plt.legend()                              # Affiche les légendes des courbes
32  plt.show()                                # Affiche le graphique
```

Courbes obtenues après exécution du programme Python

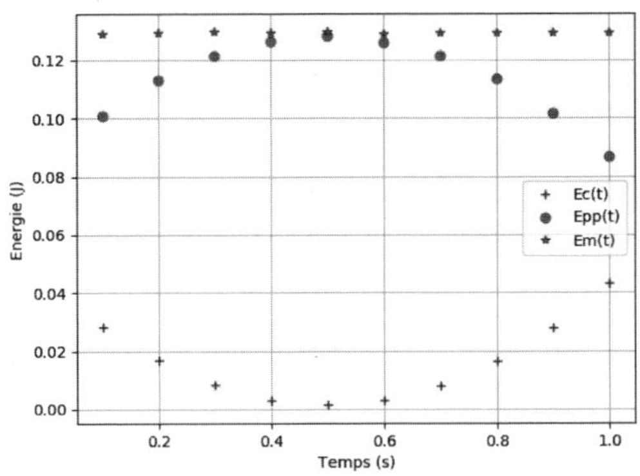

2.1. Rappeler les expressions des énergies cinétique, potentielle de pesanteur et mécanique.

2.2. Compléter le programme Python aux lignes 6, 17, 21, 22 et 23 pour qu'il affiche les courbes $E_c(t)$, $E_{pp}(t)$ et $E_m(t)$.

2.3. Commenter les courbes obtenues les unes par rapport aux autres. Que peut-on dire de l'énergie mécanique ? Les frottements étaient-ils réellement négligeables dans cette étude (justifier) ?

Partie B Autour du chocolat — 8 points

On se propose dans cet exercice d'étudier deux composants du chocolat : la théobromine et le magnésium.

1 La théobromine contenue dans le chocolat

La théobromine (de formule brute $C_7H_8N_4O_2$) est une substance que l'on trouve dans le chocolat (1 à 3 % en masse dans les graines du cacaoyer).

Elle serait une des causes des effets positifs du chocolat sur l'humeur. Les scientifiques ont découvert que cette molécule aurait également un effet antitussif supérieur à la codéine, cependant elle accentue les reflux gastro-oesophagiens. C'est cette molécule qui empoisonne les chiens lorsqu'ils consomment du chocolat.

Le but de cette partie est de déterminer combien de bonbons au chocolat une personne peut consommer en une journée sans effets négatifs sur sa santé.

Données

- La théobromine est la base conjuguée du couple $C_7H_9N_4O_2^+(aq) / C_7H_8N_4O_2(aq)$, dont le pK_A vaut 7,89.
- La masse d'un bonbon au chocolat est de 5,0 g et la masse d'un paquet de ces bonbons vaut 150 g.
- La dose journalière admissible (DJA) représente la quantité d'une substance qu'un individu moyen de 60 kg peut théoriquement ingérer tous les jours, sans risque pour la santé. Elle est habituellement exprimée en mg de substance par kg de poids corporel.
- DJA de la théobromine : 17 $mg.kg^{-1}$ de masse corporelle.
- Masse molaire de la théobromine : $M(C_7H_8N_4O_2) = 180{,}00\ g.mol^{-1}$, incertitude-type sur la masse molaire : $u(M) = 0{,}01\ g.mol^{-1}$.
- Zone de virage de quelques indicateurs colorés de pH :

Indicateur coloré	Zone de virage
Hélianthine	2,4-4,4
Rouge de méthyle	4,2-6,2
BBT	6,0-7,6
Phénolphtaléine	8,2-9,9

Dosage pH-métrique de la théobromine contenue dans un bonbon au chocolat

Dans une fiole jaugée de 100,0 mL (dont l'incertitude-type vaut $u(V) = 0{,}0008$ L), on dissout un bonbon au chocolat dans de l'eau distillée. La solution aqueuse obtenue est placée dans un bécher en présence d'un barreau aimanté et d'une électrode de verre reliée à un pH-mètre. On dose cette solution par une solution titrante d'acide chlorhydrique ($H_3O^+(aq) + Cl^-(aq)$) de concentration $C_a = 1{,}00.10^{-2}\ mol.L^{-1}$

(et d'incertitude-type $u(C_a) = 5.10^{-4}$ mol.L^{-1}) en relevant la valeur du pH pour chaque ajout d'un volume V_a de solution titrante (l'incertitude-type sur le volume lu sur la burette graduée vaut $u(V_a) = 0,05$ mL).

La courbe obtenue expérimentalement est fournie ci-dessous.

Courbe obtenue pour le titrage pH-métrique

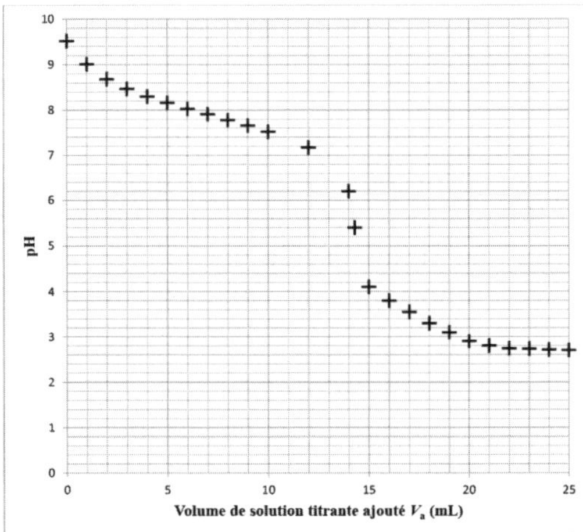

1.1. En faisant l'hypothèse que l'unique réaction qui se déroule lors de ce titrage met en jeu la théobromine et les ions $H_3O^+(aq)$, écrire l'équation de la réaction support de ce titrage.

1.2. Quelles sont les caractéristiques d'une réaction de titrage ?

1.3. Faire un schéma légendé du montage expérimental utilisé lors de ce titrage.

1.4. Quelles sont les espèces chimiques présentes à la demi-équivalence, c'est-à-dire pour $V_a = \frac{V_{a,éq}}{2}$? Comment appelle-t-on de telles solutions ? Quelles sont leurs caractéristiques ?

1.5.1. Déterminer le volume versé à l'équivalence (faire apparaître les traits de construction).

1.5.2. Dresser le tableau d'avancement relatif à la transformation étudiée.

1.5.3. En déduire la concentration C en théobromine dans le bécher à l'état initial.

1.6.1. À l'aide de l'équation de la réaction et d'un tableau d'avancement, calculer les quantités de matières, puis les concentrations molaires de théobromine et de son acide conjugué à la demi-équivalence.

1.6.2. Retrouver par le calcul la valeur du pH à la demi-équivalence.

1.6.3. Tracer le diagramme de prédominance du couple :
$C_7H_9N_4O_2^+(aq) / C_7H_8N_4O_2(aq)$.

1.7. Déterminer la quantité de matière de théobromine contenue dans le bonbon et l'écrire avec un nombre de chiffres significatifs adapté. Calculer la masse de théobromine contenue dans un bonbon et la comparer avec la masse de référence de 26 mg, conclure.

Données

- Incertitude-type sur la mesure de la quantité de matière n de théobromine :

$$u(n) = n \times \sqrt{\left(\frac{u(C_a)}{C_a}\right)^2 + \left(\frac{u(V_a)}{V_a}\right)^2}.$$

- Incertitude-type sur la mesure de la masse m de théobromine :

$$u(m) = m \times \sqrt{\left(\frac{u(n)}{n}\right)^2 + \left(\frac{u(M)}{M}\right)^2}.$$

1.8. En déduire le nombre de bonbons qu'un individu peut manger par jour sans crainte pour sa santé. Peut-on dépasser un paquet de bonbons par jour ?

1.9.1. Quel indicateur coloré aurait-on pu choisir pour réaliser un titrage colorimétrique de la théobromine ? Justifier.

1.9.2. Un titrage colorimétrique est-il un choix plus judicieux pour doser la théobromine contenue dans les bonbons au chocolat ? Justifier.

2 Le magnésium contenu dans le chocolat

Le chocolat contribue à lutter contre la fatigue, aide à la récupération, favorise l'équilibre nerveux et possède des propriétés antidépresseur en rapport avec sa richesse en minéraux, notamment en magnésium. 100 g de poudre de cacao renferment 410 mg d'ions Mg^{2+}.

On souhaite connaître la teneur en ions magnésium des bonbons au chocolat grâce à un titrage conductimétrique.

Pour cela, on dissout dans un bécher un bonbon dans 100,0 mL d'eau distillée. On place dans le bécher un barreau aimanté ainsi qu'une sonde conductimétrique reliée à un conductimètre. Une solution titrante d'hydroxyde de potassium ($K^+(aq) + HO^-(aq)$) de concentration $C_b = 1{,}8.10^{-2}$ mol.L^{-1} est ajoutée et on mesure la valeur de la conductivité de la solution pour chaque ajout d'un volume V_b de solution titrante.

L'équation de la réaction support de ce titrage s'écrit :

$$Mg^{2+}(aq) + 2\,HO^-(aq) \rightarrow Mg(OH)_2(s).$$

Données

- Conductivités molaires ioniques à 25 °C (en S.m^2.mol^{-1}) :
  $\lambda(OH^-) = 19{,}86.10^{-3}$; $\lambda(K^+) = 7{,}35.10^{-3}$; $\lambda(Mg^{2+}) = 10{,}62.10^{-3}$.
- La masse d'un bonbon au chocolat est de 5,0 g.
- Masse molaire atomique : $M(Mg) = 24{,}3$ g.mol^{-1}.

Voici l'évolution de la conductivité σ en fonction du volume V_b de solution titrante ajoutée :

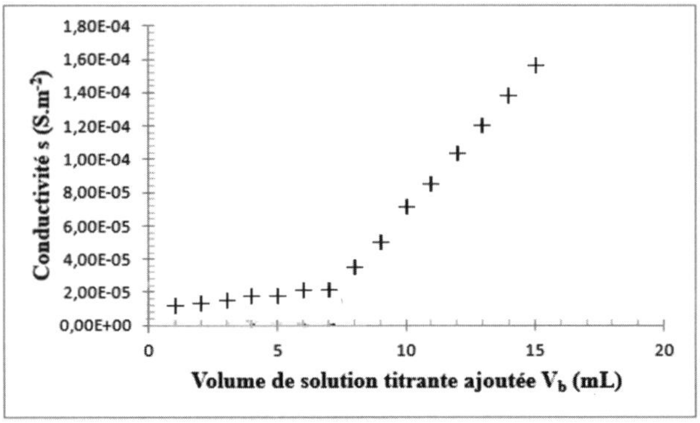

2.1. Justifier l'allure de la courbe de titrage.

2.2. Déterminer le volume équivalent et en déduire la quantité de matière d'ions Mg^{2+} contenue dans le bonbon.

2.3. En déduire la teneur massique en magnésium d'un bonbon.

2.4. Sachant que l'apport journalier recommandé pour une personne moyenne de 60 kg est de 400 mg de magnésium par jour, combien faudrait-il manger de ces bonbons pour atteindre cet apport ? Est-ce raisonnable ?

Partie C Une lampe secouée 4 points

Sujet du Bac S, Liban, 2012

De nouvelles lampes dites écologiques ont fait leur apparition sur le marché. On se propose, dans cet exercice, d'étudier leur dispositif de stockage de l'énergie électrique.
Nous avons cherché longtemps une solution à l'éternel problème de la lampe de secours (voiture, bateau, maison, camping, avion...) qui, bien sûr, ne marche jamais quand on en a besoin. Au mieux les piles sont « mortes », au pire elles ont coulé ou l'ampoule est grillée quand ce ne sont pas les contacts qui sont corrodés. [...]
Aux USA, un petit fabriquant a mis à profit l'arrivée des DEL pour réaliser l'un de ses rêves, la « lampe sans pile ».

Fonctionnement
En secouant (un peu comme une bombe de peinture mais plus doucement) la lampe 30 secondes, de l'énergie électrique est produite et stockée dans un condensateur. Vous obtenez alors environ 20 min d'une lumière produite par une DEL.

Si vous n'utilisez pas toute l'énergie produite elle restera stockée dans le condensateur pendant plusieurs semaines pour être immédiatement disponible sur simple pression du bouton.

Information sur les composants

Le condensateur a une capacité d'un farad et peut stocker au maximum une énergie égale à 12 J. Il perd 8 mJ par heure.

Source : http://www.lampesdepoche.com

On considère qu'en secouant la lampe durant trente secondes le condensateur est chargé et la tension entre ses bornes est $U_0 = 3{,}6$ V.

1 Le dipôle RC

On étudie la décharge du condensateur de capacité $C = 1{,}0$ F à travers un conducteur ohmique de résistance R.

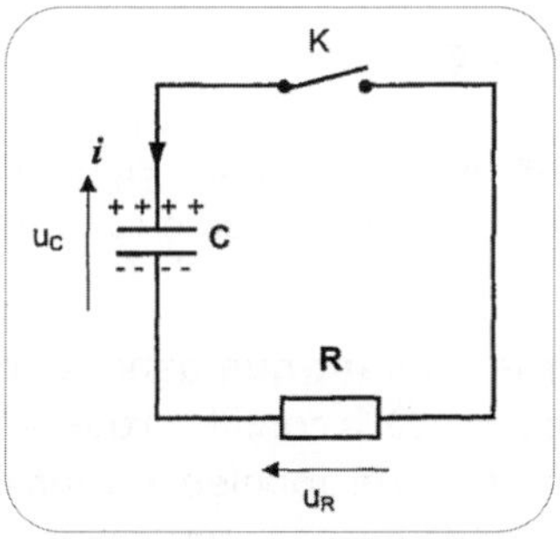

Source : https://labolycee.org/une-lampe-secouee

À $t_0 = 0$ s, on ferme l'interrupteur K et la décharge débute.

1.1. Établir l'équation différentielle vérifiée par $u_C(t)$ pendant la décharge et montrer qu'elle peut s'écrire sous la forme $\frac{du_C}{dt} + \frac{1}{\tau}u_C = 0$ où $\tau = R \times C$ est la constante de temps du circuit.

1.2. Vérifier par une analyse dimensionnelle que la constante de temps τ est homogène à un temps.

1.3. Montrer que $u_C(t) = U_0 \times e^{-\frac{t}{\tau}}$ est solution de l'équation différentielle précédente.

1.4. En déduire qu'une durée environ égale à 5τ permet une décharge quasi complète du condensateur.

1.5. Si l'on considère que cette durée est égale à vingt minutes, déterminer la valeur de la résistance R du conducteur ohmique qu'il faut alors associer au condensateur de capacité $C = 1{,}0$ F.

2 Énergie emmagasinée dans le dipôle RC

2.1. Lors du « secouement » de la lampe, il y a conversion d'énergie.
Choisir parmi les propositions suivantes celle qui décrit le mieux la situation :

a. Conversion d'énergie électrique en énergie mécanique.
b. Conversion d'énergie chimique en énergie électrique.
c. Conversion d'énergie mécanique en énergie électrique.
d. Conversion d'énergie mécanique en énergie chimique.

2.2. Rappeler l'expression de l'énergie $E(t)$ emmagasinée dans le condensateur au cours du temps en fonction de $u_C(t)$ et C.

2.3. Calculer l'énergie E_{max} emmagasinée dans le condensateur à l'issue de sa charge lorsque la tension à entre ses bornes est $U_0 = 3{,}6$ V. Vérifier qu'elle ne dépasse pas les performances annoncées par le constructeur.

2.4. Vérifier par un calcul que la lampe ne pourra pas fonctionner sans être « secouée » après plusieurs semaines sans utilisation.

3 Simulation de l'éclairage

On peut simuler le fonctionnement de la lampe en ajoutant en série, dans le circuit de décharge du condensateur, une diode électroluminescente (DEL) composant polarisé.

Une diode ne laisse passer le courant que dans le sens indiqué sur le schéma ci-dessous (appelé sens passant) et à la condition que la tension u_d entre ses bornes soit supérieure ou égale à une tension appelée tension de seuil soit ici $U_{seuil} = 3{,}0$ V. De plus, on considère que la diode possède une résistance r supposée constante.

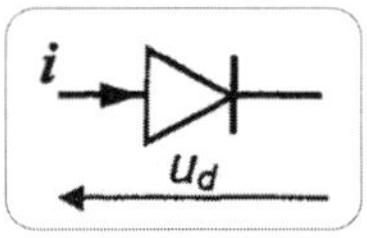

3.1. Sur le schéma du circuit représenté figure 1, ajouter, en série avec la résistance R, une diode électroluminescente qui laisse passer le courant lors de la décharge du condensateur.

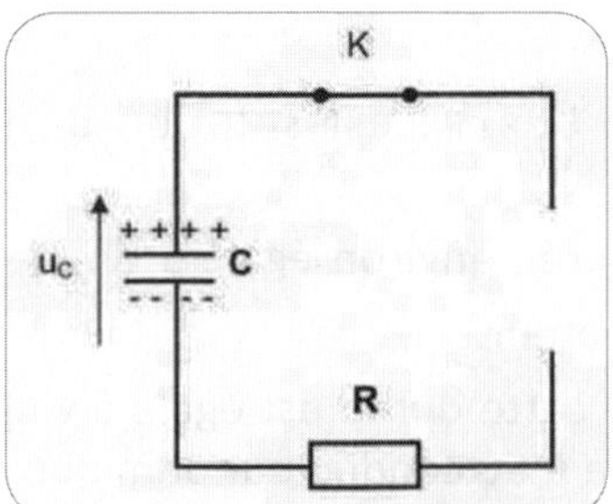

3.2. Pourquoi le condensateur ne peut-il pas se décharger complètement ?

3.3. La durée d'évolution de la tension aux bornes du condensateur de 3,6 V à 3,0 V est-elle modifiée par la présence de la DEL dans le montage ? Justifier.

3.4. Pour décharger complètement le condensateur dans le montage précédent, on propose plusieurs solutions :

- Inverser le sens de la diode ;
- Augmenter la valeur de la résistance R ;
- Court-circuiter le condensateur ;
- Court-circuiter la diode.

Choisir la ou les solution(s) permettant la décharge complète en donnant un argument justifiant ce choix.

Avant de commencer

Aide

➤ Pour la partie A p. 13

- Il faut connaître par cœur l'enchaînement des questions types portant sur la chute libre d'un système dans le champ de pesanteur terrestre (uniforme), ainsi on anticipe et on comprend mieux les questions du sujet.
- Enchaînement
  - Faire un bilan des forces s'exerçant sur le système dans le référentiel terrestre supposé Galiléen (il n'y a que le poids du système).
  - Appliquer la 2e loi de Newton au système étudié, puis en déduire :
    - l'expression des coordonnées du vecteur accélération en fonction du temps ;
    - l'expression des coordonnées du vecteur vitesse en fonction du temps ;
    - l'expression des coordonnées du vecteur position en fonction du temps, c'est ce que l'on appelle les équations horaires du mouvement.
  - Déterminer l'équation de la trajectoire du système, c'est-à-dire très souvent l'équation de la courbe z (altitude) en fonction de x (abscisse).
  - Calculer l'abscisse à laquelle le système tombe au sol : c'est ce que l'on appelle la portée.
  - Calculer l'altitude maximale atteinte par le système lors de son mouvement : c'est ce que l'on appelle la flèche.

➤ Pour la partie B p. 15

- Pour écrire correctement l'équation de la réaction modélisant une transformation se déroulant entre l'acide d'un couple n° 1 et la base d'un couple n° 2, il faut :
  - placer ces deux réactifs à gauche de la flèche ;
  - écrire (grâce aux couples acide/base donnés dans l'énoncé) à droite de la flèche la base conjuguée du couple n° 1 et l'acide conjugué du couple n° 2 ;
  - équilibrer au besoin l'équation (conservation des éléments et de la charge).
- Pour tracer un diagramme de prédominance, il faut connaître le couple acide/base en présence ainsi que son pK_A. Sur une flèche horizontale graduée en pH, on place le pK_A. À gauche du pK_A, l'acide du couple prédomine, à droite du pK_A la base du couple prédomine.

- Pour écrire le résultat de la mesure d'une grandeur *G* avec un nombre de chiffres significatif adapté, il faut exprimer le résultat avec une précision cohérente avec l'incertitude-type.
La rédaction de la réponse attendue est de la forme : « dans les conditions de l'expérience, la valeur de la grandeur $G =$ .... unité, avec une incertitude-type $u(G) =$ ...... unité. L'incertitude-type fournit alors une estimation de l'étendue des valeurs que l'on peut raisonnablement attribuer à la grandeur G. »
- Une incertitude-type se donne avec un seul chiffre significatif, arrondit normalement.
- Pour comparer une valeur expérimentale à une valeur de référence, il faut calculer le z-score. S'il est < 2, alors on considère que le résultat de la mesure est compatible avec la valeur de référence.
- Pour choisir un indicateur coloré de p*H*, il faut connaître la valeur du p*H* à l'équivalence : la zone de virage de l'indicateur doit encadrer ce p*H*.
- Pour justifier l'allure d'une courbe de titrage conductimétrique, il faut :
  - faire un bilan des espèces chimiques ioniques présentes lors du titrage ;
  - étudier l'évolution de leur concentration avant et après l'équivalence ;
  - utiliser la loi de Kohlrausch pour déterminer l'évolution de la conductivité au cours du titrage.

➤ **Pour la partie C** p. 20

- Pour retrouver une équation différentielle en électricité on débute toujours par la loi des mailles.
- Pour vérifier qu'une expression proposée est bien solution d'une équation différentielle, on la dérive et on l'injecte dans l'équation différentielle. Si on retrouve le résultat attendu, alors la solution est validée.

Rappel de formules

- Seconde loi de Newton : $\sum \overrightarrow{F_{\text{ext}}} = m_{\text{système}} \times \overrightarrow{a_G}$.
- Avec *G* le centre de masse du système étudié.
- Vecteur vitesse instantanée : $\vec{v} = \dfrac{d\overrightarrow{OM}}{dt}$.
- Vecteur accélération : $\vec{a} = \dfrac{d\vec{v}}{dt}$.
- Énergie cinétique : $E_{\text{c}} = \dfrac{1}{2} \times m_{\text{système}} \times v^2$.
- Énergie potentielle de pesanteur : $E_{\text{pp}} = m_{\text{système}} \times g \times z$.
- Énergie mécanique : $E_{\text{m}} = E_{\text{c}} + E_{\text{pp}}$.

- Pour un couple acide/base donné, l'acide est toujours noté à gauche et la base conjuguée à droite.
- Dans le cas d'une solution, la quantité de matière de soluté se calcule par la formule : $n = C \times V$.
- À l'équivalence d'un titrage, les deux réactifs sont entièrement consommés.
- Pour un couple acide/base donné : $\mathrm{p}H = \mathrm{p}K_A + \log\frac{[\mathrm{Base}]_{\text{équilibre}}}{[\mathrm{Acide}]_{\text{équilibre}}}$.
- Calcul du *z*-score pour une grandeur *G* mesurée : $z = \frac{|G_{\text{mesurée}} - G_{\text{référence}}|}{\mathrm{u}(G)}$.
- Loi de Kohlrausch : $\sigma = \sum_i \lambda_i \times C_i$.
- Teneur massique *P*(A) en espèce A d'un composé de masse *m* : $P(\mathrm{A}) = \frac{m_{\mathrm{A}}}{m} \times 100$.
- Loi d'Ohm pour un conducteur ohmique : $U = R \times I$.
- Loi des mailles : $\sum_i U_i = 0$.
- L'intensité *I* du courant est un débit de charges : $I = \frac{dq}{dt}$.
- La tension aux bornes d'un condensateur : $u_C = \frac{q}{C}$.
- Énergie emmagasinée par un condensateur : $E(t) = \frac{1}{2} \times C \times u_C^2(t)$.

Les pièges à éviter

- Quand on fait un bilan des forces, il ne faut pas oublier de préciser le système étudié (on le note entre accolades : {système}) et le référentiel d'étude (qui doit pouvoir être supposé Galiléen). Pour chaque force on attend ses caractéristiques, c'est-à-dire : son point d'application, sa direction, son sens et sa valeur (sa norme). Attention à la confusion entre direction et sens d'une force.
- Pour chaque calcul, le résultat doit être donné avec le bon nombre de chiffres significatifs et l'unité doit être notée à la fin du calcul, même si on la mentionne dans la phrase réponse.
- Dans un programme Python, une puissance de 10 se note avec un « E » ou un « e ». Un nombre décimal se note avec un point et non une virgule.
  Exemple : $2{,}5 \times 10^{-3}$ se note en Python 2.5E-3 ou 2.5e-3.
- Il ne faut pas oublier les états physiques des espèces chimiques : liquide (ℓ), aqueux (aq), gaz (g) ou solide (s).
- Une réaction acide-base met en jeu l'acide d'un couple et la base de l'autre couple. Deux acides ou deux bases ne peuvent pas réagir ensemble.

- Pour calculer la concentration d'une espèce en solution lors d'un titrage, il faut penser que le volume de solution change, il faut donc déterminer le volume total de solution.
- Lorsque l'on calcule l'incertitude-type sur une grandeur, il faut ensuite penser à modifier le nombre de chiffres significatifs de cette grandeur (que l'on a souvent calculé précédemment) pour avoir une précision cohérente avec l'incertitude-type trouvée.
- Lorsque l'on doit justifier l'allure d'une courbe de titrage conductimétrique, il ne faut pas oublier les ions spectateurs (ils n'apparaissent pas dans l'équation de la réaction, mais sont tout de même présents en solution car apportés par les solutions titrante et titrée).
- À l'équivalence les deux réactifs sont entièrement consommés, et ont été introduits en proportions stœchiométriques qui peuvent être différentes de un.
- Lorsque deux conducteurs ohmiques de résistances R_1 et R_2 sont montés en série, ils sont équivalents à un unique conducteur ohmique dit « équivalent », de résistance $R = R_1 + R_2$.

Corrigé

Partie A Le vol de l'olive

1 Étude du mouvement de l'olive lors de sa chute

Données de l'énoncé

- $m = 3{,}5$ g $= 3{,}5.10^{-3}$ kg.
- $H = 2{,}50$ m.
- g $= 9{,}81$ N.kg^{-1}.
- Les forces de frottement sont négligées.

1.1. Le système étudié est {l'olive} et le référentiel d'étude est le référentiel terrestre supposé Galiléen.

La seule force qui s'exerce sur l'olive est son poids $\vec{P}$.

Caractéristiques :

- Point d'application : le centre de gravité de l'olive.
- Direction : verticale.
- Sens : dirigé vers le bas (vers le centre de la Terre).
- Valeur (norme) : $P = m \times g = 3{,}5.10^{-3} \times 9{,}81 = 3{,}4.10^{-2}$ N.

1.2. D'après la seconde loi de Newton : $\sum \overrightarrow{F_{\text{ext}}} = m \times \vec{a}$.

La seule force qui s'applique sur le système est son poids $\vec{P} = m \times \vec{g}$.

D'où : $\vec{P} = m \times \vec{a}$.

$$m \times \vec{g} = m \times \vec{a}.$$

$$\vec{g} = \vec{a}.$$

Or le vecteur $\vec{g}$ est vertical et orienté vers le bas. Ses coordonnées dans le repère (O, x, z) sont : $\vec{g}\begin{cases} 0 \\ -g \end{cases}$.

Les coordonnées du vecteur accélération dans ce repère sont : $\vec{a}\begin{cases} a_x \\ a_z \end{cases}$.

Ainsi par identification on trouve les coordonnées du vecteur accélération :

$\vec{a}\begin{cases} a_x = g_x = 0 \\ a_z = g_z = -g \end{cases}$.

1.3. On projette le vecteur vitesse initiale suivant les axes Ox et Oz :

Projection du vecteur vitesse initiale sur les axes Ox et Oz

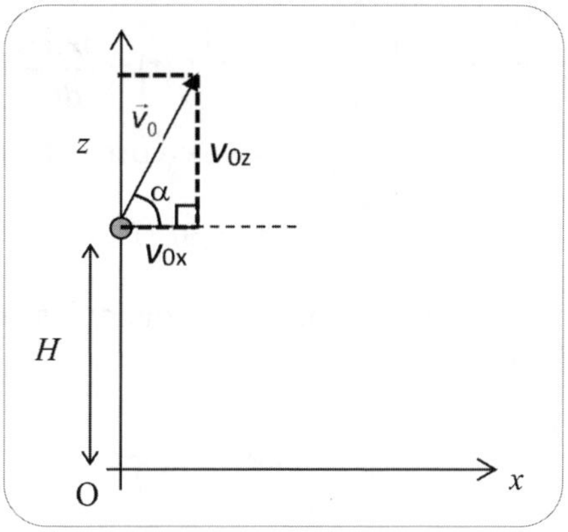

D'après le schéma ci-dessus :

$$\cos\alpha = \frac{v_{0x}}{v_0}$$

$$\sin\alpha = \frac{v_{0z}}{v_0}$$

Les coordonnées du vecteur vitesse initiale sont :

$$\vec{v_0}\begin{cases} v_{0x} = v_0 \times \cos\alpha \\ v_{0z} = v_0 \times \sin\alpha \end{cases}.$$

1.4. À chaque instant, on a : $\vec{a} = \frac{d\vec{v}}{dt}$, donc $a_x(t) = \frac{dv_x(t)}{dt}$ et $a_z(t) = \frac{dv_z(t)}{dt}$.

En primitivant, on obtient : $\vec{v}\begin{cases} v_x(t) = C_1 \\ v_z(t) = -g \times t + C_2 \end{cases}.$

On utilise les conditions initiales pour déterminer les deux constantes d'intégration C_1 et C_2.
À l'instant initial, pour $t = 0$ s, on a :

$$\begin{aligned} v_x(t=0) &= v_{0x} = v_0 \times \cos\alpha = C_1 \\ v_z(t=0) &= v_{0z} = v_0 \times \sin\alpha = -g \times 0 + C_2 = C_2 \end{aligned}.$$

Ainsi : $\begin{aligned} C_1 &= v_0 \times \cos\alpha \\ C_2 &= v_0 \times \sin\alpha \end{aligned}$

On peut donc écrire que : $\vec{v}\begin{cases} v_x(t) = v_0 \times \cos\alpha \\ v_z(t) = -g \times t + v_0 \times \sin\alpha \end{cases}.$

1.5. Comme à chaque instant, la composante du vecteur vitesse sur l'axe Ox est constante ($v_x(t) = v_0 \times \cos\alpha$) alors le mouvement de l'olive en projection sur l'axe horizontal est uniforme.

1.6. À chaque instant, on a : $\vec{v} = \dfrac{d\overrightarrow{OM}}{dt}$, donc $v_x(t) = \dfrac{dx(t)}{dt}$ et $v_z(t) = \dfrac{dz(t)}{dt}$.

En primitivant, on obtient : $\overrightarrow{OM}\begin{cases} x(t) = v_0 \times (\cos\alpha) \times t + C_3 \\ z(t) = -\dfrac{1}{2} g \times t^2 + v_0 \times (\sin\alpha) \times t + C_4 \end{cases}$.

On utilise les conditions initiales pour déterminer les deux constantes d'intégration C_3 et C_4.

À l'instant initial, pour $t = 0$ s, on a :

$$x(t=0) = x_0 = 0 = v_0 \times \sin\alpha \times 0 + C_3 = C_3$$

$$z(t=0) = y_0 = H = -\frac{1}{2} g \times 0^2 + v_0 \times \sin\alpha \times 0 + C_4 = C_4$$

On en déduit que $C_3 = 0$ et $C_4 = H$

D'où : $\overrightarrow{OM}\begin{cases} x(t) = v_0 \times (\cos\alpha) \times t \\ z(t) = -\dfrac{1}{2} g \times t^2 + v_0 \times (\sin\alpha) \times t + H \end{cases}$

1.7. On part du système suivant : $\begin{cases} x(t) = v_0 \times (\cos\alpha) \times t \\ z(t) = -\dfrac{1}{2} g \times t^2 + v_0 \times (\sin\alpha) \times t + H \end{cases}$ et on isole t de la première expression :

$$\begin{cases} t = \dfrac{x(t)}{v_0 \times \cos\alpha} \\ z(t) = -\dfrac{1}{2} g \times t^2 + v_0 \times (\sin\alpha) \times t + H \end{cases}$$

On remplace ensuite t dans l'expression de z(t).

$$\begin{cases} t = \dfrac{x(t)}{v_0 \times \cos\alpha} \\ z(t) = -\dfrac{1}{2} g \times \left(\dfrac{x(t)}{v_0 \times \cos\alpha} \right)^2 + v_0 \times (\sin\alpha) \times \dfrac{x(t)}{v_0 \times \cos\alpha} + H \end{cases}$$

En réarrangeant l'expression, il vient :

$$z(t) = -\frac{1}{2} g \times \frac{x^2(t)}{v_0^{\ 2} \times \cos^2\alpha} + \tan\alpha \times x(t) + H$$

1.8. La trajectoire de l'olive est une parabole car l'expression de z en fonction de x est de la forme $z(t) = ax^2(t) + bx(t) + c$, avec a qui est négatif.

1.9. D'après l'équation de la trajectoire, la vitesse initiale, l'angle α et la hauteur H jouent un rôle dans la trajectoire de l'olive.

1.10. La courbe n° 1 représente la variation de $z(t)$ en fonction de $x(t)$, c'est donc la trajectoire de l'olive. Le titre est : « Trajectoire de l'olive ».

1.11. D'après la question 1.4., on sait que $v_x(t)=v_0\times\cos\alpha$ et que : $v_z(t)=-g\times t+v_0\times\text{sins}\alpha$.

Sur la courbe n° 2, on se place à $t=0$ et on lit la valeur de $v_x(t)$ qui est constante et égale à $v_0\times\cos\alpha$. On trouve graphiquement que $v_0\times\cos\alpha=0{,}87$.

À $t=0$, on a $v_z(t=0)=-g\times0+v_0\times\sin\alpha$. On trouve graphiquement que $v_z(t=0)=4{,}92$, donc que $v_0\times\sin\alpha=4{,}92$.

On a donc un système de deux équations à deux inconnues :

$$\begin{cases}v_0\times\sin\alpha=4{,}92\\ v_0\times\cos\alpha=0{,}87\end{cases}\Leftrightarrow\begin{cases}v_0=\dfrac{4{,}92}{\sin\alpha}\\ \dfrac{4{,}92}{\sin\alpha}\times\cos\alpha=0{,}87\end{cases}\Leftrightarrow\begin{cases}v_0=\dfrac{4{,}92}{\sin\alpha}\\ \dfrac{4{,}92}{\tan\alpha}=0{,}87\end{cases}$$

$$\Leftrightarrow\begin{cases}v_0=\dfrac{4{,}92}{\sin\alpha}\\ \tan\alpha=\dfrac{4{,}92}{0{,}87}\end{cases}\Leftrightarrow\begin{cases}v_0=\dfrac{4{,}92}{\sin\alpha}\\ \alpha=\arctan\left(\dfrac{4{,}92}{0{,}87}\right)=80°\end{cases}\Leftrightarrow\begin{cases}v_0=\dfrac{4{,}92}{\sin80°}=5{,}0\,\text{m.s}^{-1}\\ \alpha=\arctan\left(\dfrac{4{,}92}{0{,}87}\right)=80°\end{cases}$$

1.12. On ne peut pas lire graphiquement l'abscisse du point d'impact de l'olive. L'olive touche le sol quand $z=0$, donc quand :

$$z(t)=-\frac{1}{2}g\times\frac{x^2(t)}{v_0^{\,2}\times\cos^2\alpha}+\tan\alpha\times x(t)+H=0.$$

C'est une équation du second degré à résoudre, de type :

$a\times x^2(t)+b\times x(t)+c=0$, avec $a=-\dfrac{1}{2}g\times\dfrac{1}{v_0^{\,2}\times\cos^2\alpha}$; $b=\tan\alpha$; $c=H$.

Déterminons le discriminant :

$$\Delta=b^2-4\times a\times c=\tan^2\alpha+\frac{2\times g}{v_0^2\times\cos^2\alpha}\times H$$

$$\Delta=\tan^2 80°+\frac{2\times9{,}81}{5{,}0^2\times\cos^2 80°}\times2{,}50=97$$

Calculons les deux racines possibles :

$$x_1(t)=\frac{-b-\sqrt{\Delta}}{2a}=\frac{-\tan80°-\sqrt{97}}{2\times\left(-\dfrac{9{,}81}{2\times5{,}0^2\times\cos^2 80°}\right)}=1{,}2\,\text{m}$$

$$x_2(t)=\frac{-b+\sqrt{\Delta}}{2a}=\frac{-\tan80°+\sqrt{97}}{2\times\left(-\dfrac{9{,}81}{2\times5{,}0^2\times\cos^2 80°}\right)}=-0{,}32\,\text{m}<0$$

La deuxième racine est impossible car on aurait une distance négative. L'olive tombe à 1,2 m du pied de l'olivier.

1.13. L'olive tombe à 1,2 m de l'olivier et non à 1,25 m, donc on peut en conclure que l'olive n'atteint pas le panier. Cependant si le panier est large, il se peut que l'olive y atterrisse tout de même.
Pour que l'olive atterrisse à 1,25 m, donc un peu plus loin, l'enfant peut modifier l'angle de tir α ou la vitesse initiale v_0, s'il reste à la même hauteur H dans l'arbre.

2 Étude énergétique de la chute de l'olive

2.1. L'énergie cinétique : $E_c = \frac{1}{2} \times m \times v^2$. Avec E_c en joule (J) ; la masse m en kilogramme (kg) et la vitesse v en mètre par seconde ($m.s^{-1}$).
L'énergie potentielle de pesanteur : $E_{pp} = m \times g \times z$. Avec E_{pp} en joule (J) ; la masse m en kilogramme (kg) ; l'intensité de la pesanteur g en mètre par seconde au carré ($m.s^{-2}$).
L'énergie mécanique : $E_m = E_c + E_{pp}$. Avec E_m, E_c et E_{pp} en joule (J).

2.2. Ligne 6 du programme Python : m = 3.5E-3.
Ligne 17 du programme Python : vz2 = vz*vz.
Ligne 21 du programme Python : Ec = 0.5*m*v*v.
Ligne 22 du programme Python : Epp = m*g*z.
Ligne 23 du programme Python : Em = Ec+Epp.

2.3. On observe que l'énergie potentielle de pesanteur augmente, puis diminue, ce qui est normal puisque l'olive est lancée vers le haut, l'altitude augmente dans un premier temps, avant de diminuer dans un deuxième temps puisque l'olive ayant atteint son altitude maximale va redescendre.
L'énergie cinétique diminue, puis augmente : le mouvement est d'abord ralenti, puis lorsque l'olive redescend après avoir atteint une altitude maximum, le mouvement est accéléré. On observe graphiquement que l'énergie potentielle de pesanteur se transforme en énergie cinétique et inversement.
L'énergie mécanique est constante lors de cette chute, elle se conserve, les frottements étaient donc bien négligeables.

Partie B Autour du chocolat

1 La théobromine contenue dans le chocolat

1.1. La théobromine est la base du couple $C_7H_9N_4O_2^+(aq) / C_7H_8N_4O_2(aq)$, elle doit forcément réagir avec l'acide d'un autre couple : les ions $H_3O^+(aq)$ (qui appartiennent au couple acide/base de l'eau : $H_3O^+(aq) / H_2O(\ell)$).
L'équation de la réaction modélisant la transformation chimique support du titrage s'écrit : $C_7H_8N_4O_2(aq) + H_3O^+(aq) \rightarrow C_7H_9N_4O_2^+(aq) + H_2O(\ell)$

1.2. Une réaction de titrage doit être rapide, totale et unique.

1.3. Schéma du montage permettant de réaliser le titrage :

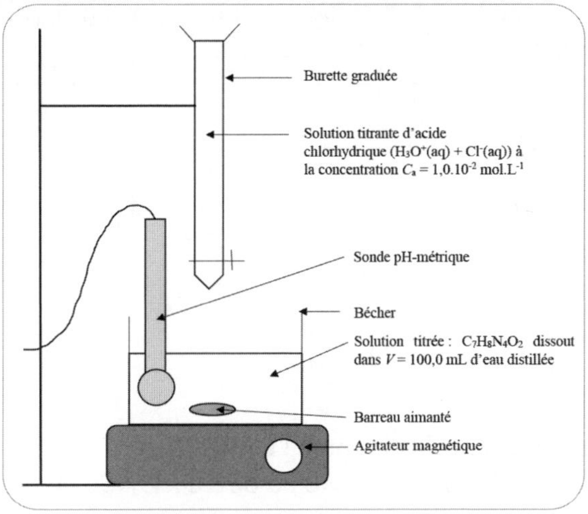

1.4. À la demi-équivalence, les espèces chimiques présentes sont :
$C_7H_8N_4O_2(aq)$, $C_7H_9N_4O_2^+(aq)$, $H_2O(\ell)$, $Cl^-(aq)$.

La solution contient la théobromine et son acide conjugué, on a formé une solution tampon. Les solutions tampons, qui contiennent à la fois l'acide d'un couple et sa base conjuguée en solution, ont un p*H* qui varie peu lors de l'ajout modéré d'une solution acide, basique ou lors d'une dilution.

1.5.1. Pour déterminer le volume de solution titrante versée à l'équivalence, on utilise la méthode des tangentes :

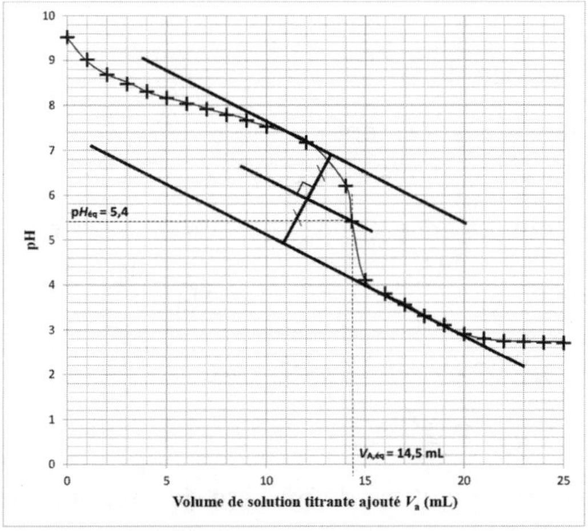

On trouve que $V_{A,éq} = 14{,}5$ mL.

1.5.2. Le tableau d'avancement relatif à la transformation chimique étudiée :

Equation de la réaction		$C_7H_8N_4O_2(aq)$ +	$H_3O^+(aq)$ →	$C_7H_9N_4O_2^+(aq)$ +	$H_2O(\ell)$
Etat du système	Avancement (mol)	Quantités de matière dans le bécher (en mol)			
Etat initial	x = 0	$C \times V$	$C_A \times V_{A,\text{versé}}$	0	Excès
Avant l'équivalence	$x < x_{éq}$	$C \times V - x$	$C_A \times V_{A,\text{versé}} - x = 0$	x	Excès
A l'équivalence	$x = x_{éq}$	$C \times V - x_{éq} = 0$	$C_A \times V_{A,éq} - x_{éq} = 0$	$x_{éq}$	Excès
Après l'équivalence	$x > x_{éq}$	0	$C_A \times (V_{A,\text{vesé}} - V_{A,éq})$	$x_{éq}$	Excès

1.5.3.

Données

- $V_{A,éq} = 14{,}5$ mL.
- $C_A = 1{,}00.10^{-2}$ mol.L^{-1}.

D'après le tableau d'avancement, à l'équivalence :
$C \times V - x_{éq} = 0$ et $C_A \times V_{A,éq} - x_{éq} = 0$, d'où : $C \times V = C_A \times V_{A,éq}$.

$$C = \frac{C_A \times V_{A,éq}}{V} = \frac{1{,}00.10^{-2} \times 14{,}5}{100{,}0} = 1{,}45.10^{-3} \text{ mol.L}^{-1}$$

La concentration en théobromine dans le bécher à l'état initial vaut :
$C = 1{,}45.10^{-3}$ mol.L^{-1}.

1.6.1.

Données

- $V_{A,éq} = 14{,}5$ mL.
- $C_A = 1{,}00.10^{-2}$ mol.L^{-1}.
- $C = 1{,}45.10^{-3}$ mol.L^{-1}.

À la demi-équivalence, $V_A = \frac{V_{A,éq}}{2}$.

D'après le tableau d'avancement :
$n(C_7H_8N_4O_2) = C \times V - x$ et $n(C_7H_9N_4O_2^+) = x$.

Comme avant l'équivalence $C_A \times V_{A,\text{versé}} - x = 0$, alors on peut écrire qu'à la demi-équivalence : $C_A \times \frac{V_{A,éq}}{2} - x = 0$ et $x = C_A \times \frac{V_{A,éq}}{2}$.

D'où : $n(C_7H_8N_4O_2) = C \times V - x = C_A \times V_{A,éq} - C_A \times \frac{V_{A,éq}}{2} = C_A \times \frac{V_{A,éq}}{2}$

Et $n(C_7H_9N_4O_2^+) = x = \frac{C_A \times V_{A,éq}}{2}$

On peut calculer les quantités de matière de théobromine et de son acide conjugué :

$$n(C_7H_8N_4O_2) = C_A \times \frac{V_{A,éq}}{2} = 1{,}00.10^{-2} \times \frac{14{,}5.10^{-3}}{2} = 7{,}25.10^{-5} \text{ mol}$$

$$n(C_7H_9N_4O_2^+) = \frac{C_A \times V_{A,éq}}{2} = \frac{1{,}00.10^{-2} \times 14{,}5.10^{-3}}{2} = 7{,}25.10^{-5} \text{ mol}$$

À la demi-équivalence, le volume total de solution vaut :

$$V_{\text{total}} = \frac{V_{\text{A,éq}}}{2} + V = \frac{14,5}{2} + 100,0 = 107,3\,\text{mL}$$

Les concentrations en théobromine et en son acide conjugué se déduisent des résultats précédents :

$$[\text{C}_7\text{H}_8\text{N}_4\text{O}_2] = \frac{n(\text{C}_7\text{H}_8\text{N}_4\text{O}_2)}{V_{\text{total}}} = \frac{C_\text{A} \times \frac{V_{\text{A,éq}}}{2}}{V + \frac{V_{\text{A,éq}}}{2}}$$

$$[\text{C}_7\text{H}_8\text{N}_4\text{O}_2] = \frac{7,25.10^{-5}}{100,0.10^{-3} + \frac{14,5.10^{-3}}{2}} = 6,76.10^{-4}\,\text{mol.L}^{-1}$$

$$[\text{C}_7\text{H}_9\text{N}_4\text{O}_2{}^+] = \frac{n(\text{C}_7\text{H}_9\text{N}_4\text{O}_2{}^+)}{V_{\text{total}}} = \frac{\frac{C_\text{A} \times V_{\text{A,éq}}}{2}}{V + \frac{V_{\text{A,éq}}}{2}}$$

$$[\text{C}_7\text{H}_9\text{N}_4\text{O}_2{}^+] = \frac{\frac{1,00.10^{-2} \times 14,5.10^{-3}}{2}}{100,0.10^{-3} + \frac{14,5.10^{-3}}{2}} = 6,76.10^{-4}\,\text{mol.L}^{-1}$$

1.6.2. On peut écrire que pour le couple :

$\text{C}_7\text{H}_9\text{N}_4\text{O}_2^+(\text{aq}) / \text{C}_7\text{H}_8\text{N}_4\text{O}_2(\text{aq})$, $\text{p}H = \text{p}K_A + \log\frac{[\text{C}_7\text{H}_8\text{N}_4\text{O}_2]_{\text{équilibre}}}{[\text{C}_7\text{H}_9\text{N}_4\text{O}_2{}^+]_{\text{équilibre}}}$.

À la demi-équivalence : $[\text{C}_7\text{H}_8\text{N}_4\text{O}_2] = [\text{C}_7\text{H}_9\text{N}_4\text{O}_2{}^+]$

D'où : $\text{p}H = \text{p}K_\text{A} + \log(1) = pK_\text{A} = 7,89$.

1.6.3. Diagramme de prédominance :

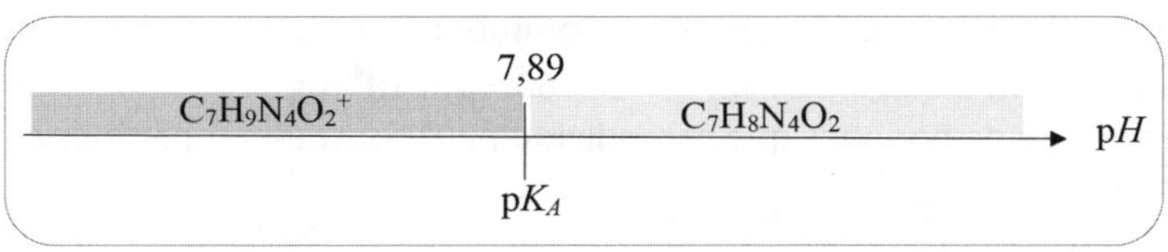

1.7. À l'équivalence (question 1.5.3) : $C \times V = C_\text{A} \times V_{\text{A,éq}}$

Donc la quantité de matière de théobromine contenue dans le bonbon vaut :

$n = C_\text{A} \times V_{\text{A,éq}} = 1,00.10^{-2} \times 14,5.10^{-3} = 1,45.10^{-4}$ mol

Déterminons l'incertitude-type sur la valeur de n :

$$\text{u}(n) = n \times \sqrt{\left(\frac{\text{u}(C_\text{a})}{C_\text{a}}\right)^2 + \left(\frac{\text{u}(V_\text{a})}{V_\text{a}}\right)^2}$$

$$\text{u}(n) = 1,45.10^{-4} \times \sqrt{\left(\frac{5.10^{-4}}{1,0.10^{-2}}\right)^2 + \left(\frac{0,05}{14,50}\right)^2} = 7.10^{-6}\,\text{mol}$$

Dans les conditions de l'expérience, la valeur de la quantité de matière en théobromine est $1,45.10^{-4}$ mol avec une incertitude-type $u(n) = 7.10^{-6}$ mol. L'incertitude-type fournit alors une estimation de l'étendue des valeurs que l'on peut raisonnablement attribuer à la quantité de matière en théobromine. Calculons maintenant la masse de théobromine contenue dans le bonbon.

Données

- $n = 1,45.10^{-4}$ mol.
- $u(n) = 7.10^{-6}$ mol.
- $M(C_7H_8N_4O_2) = 180,00$ g.mol^{-1}.
- Incertitude-type sur la masse molaire : $u(M) = 0,01$ g.mol^{-1}.

On sait que $n = \frac{m}{M}$, donc la masse de théobromine vaut :

$m = n \times M = 1,45.10^{-4} \times 180,00 = 0,0261\text{ g} = 26,1\text{ mg}$.

Calculons l'incertitude-type sur la valeur de m :

$$u(m) = m \times \sqrt{\left(\frac{u(n)}{n}\right)^2 + \left(\frac{u(M)}{M}\right)^2}.$$

$$u(m) = 0,026 \times \sqrt{\left(\frac{7.10^{-6}}{1,45.10^{-4}}\right)^2 + \left(\frac{0,01}{180,00}\right)^2} = 1.10^{-3}\text{ g}.$$

La masse m doit donc être exprimée avec seulement deux chiffres significatifs : $m = 26$ mg, si l'on considère la valeur de l'incertitude-type.

Pour comparer la valeur trouvée à une valeur de référence il faut calculer le z-score : $z = \frac{|m_{mesurée} - m_{référence}|}{u(m)} = \frac{|0,026 - 0,026|}{1.10^{-3}} = 0$.

Le z-score étant inférieur à 2, on considère que le résultat de la mesure est compatible avec la valeur de référence.

1.8. Un bonbon contient 26 mg de théobromine. La dose journalière autorisée est de 17 mg par kilogramme de masse corporelle.

Donc un individu de 60 kg peut consommer une masse maximale journalière de théobromine égale à : $m_{max} = 17 \times 60 = 1,0.10^3$ mg

Le nombre de bonbons que cet individu peut consommer par jour est :

$$N = \frac{m_{max}}{m} = \frac{1,0.10^3}{26} = 39\text{ bonbons}.$$

Un paquet contient un nombre de bonbons égal à :

$$N_{bonbons} = \frac{m_{paquet}}{m_{bonbon}} = \frac{150}{5,0} = 30\text{ bonbons}.$$

On peut donc consommer un paquet de bonbons au chocolat par jour sans risques pour la santé.

1.9.1. Le pH à l'équivalence vaut 5,4. Il faut que la zone de virage de l'indicateur coloré de pH encadre le $pH_{éq}$. Pour le rouge de méthyle, la condition est remplie car on a bien $4,2 < pH_{éq} < 6,2$.

1.9.2. Un titrage colorimétrique n'est pas un choix judicieux pour doser la théobromine des bonbons au chocolat, puisque ces bonbons sont colorés en marron. On risque de ne pas voir le changement de couleur lors de l'équivalence.

2 Le magnésium contenu dans le chocolat

2.1. Avant l'équivalence, on observe que la conductivité décroît légèrement. Après l'équivalence, la conductivité augmente fortement.
L'allure de la courbe de titrage et le coefficient directeur des portions de droites dépendent des conductivités molaires ioniques des réactifs titrant et titré.

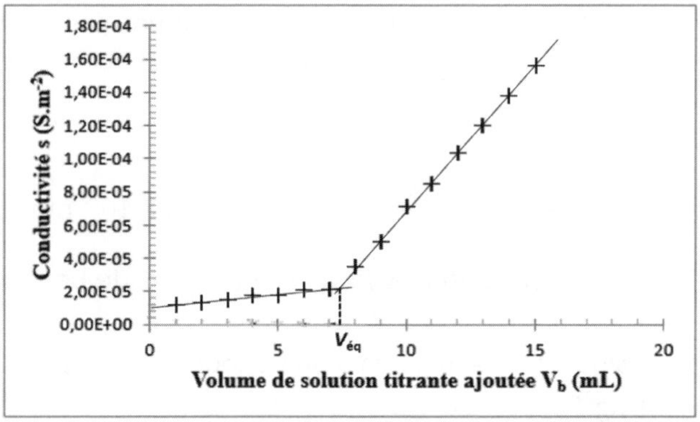

Les espèces chimiques ioniques intervenant lors du titrage sont :

$$K^{+}(aq), HO^{-}(aq), Mg^{2+}(aq).$$

Étudions l'évolution de la concentration de chaque ion avant et après l'équivalence :

Concentration des ions	Avant l'équivalence	Après l'équivalence
$[K^+]$	Augmente car les ions K^+ sont des ions spectateurs et sont versés avec la solution titrante	Augmente car les ions K^+ sont des ions spectateurs et sont versés avec la solution titrante
$[HO^-]$	Nulle car HO^- est le réactif limitant	Augmente car les ions HO^- sont versés avec la solution titrante mais ne réagissent plus (ils sont en excès)
$[Mg^{2+}]$	Diminue car les ions Mg^{2+} sont consommés lors du titrage	Nulle car Mg^{2+} est le réactif limitant

Avant l'équivalence, d'après la loi de Kohlrausch :
$\sigma = \lambda(K^{+}) \times [K^{+}] + \lambda(Mg^{2+}) \times [Mg^{2+}]$.

La concentration en ions K^+ augmente, ce qui contribue à augmenter la conductivité, mais la concentration en ions Mg^{2+} diminue, ce qui contribue à diminuer la conductivité. Chaque ion Mg^{2+} est remplacé par deux ions K^+, la conductivité augmente légèrement.
Après l'équivalence, d'après la loi de Kohlrausch :
$\sigma = \lambda(K^+) \times [K^+] + \lambda(HO^-) \times [HO^-]$.

La concentration en ions K^+ et HO^- augmente, la conductivité croit fortement car la conductivité molaire ionique de HO^- est plus élevée.

2.2. L'abscisse du point d'intersection des deux portions de droites précédentes donne le volume de solution d'hydroxyde de potassium versé à l'équivalence. On trouve $V_{b,éq} = 7{,}5$ mL.
À l'équivalence, les deux réactifs sont entièrement consommés. Grâce à l'équation de la réaction support du titrage, on peut écrire que :

$$\frac{n(HO^-)_{versé}}{2} = \frac{n(Mg^{2+})_{initial}}{1}$$

$$n(Mg^{2+})_{initial} = \frac{[HO^-] \times V_{b,éq}}{2} = \frac{1{,}8.10^{-2} \times 7{,}5.10^{-3}}{2} = 6{,}8.10^{-5}\ \text{mol}$$

La quantité de matière d'ions Mg^{2+} contenue dans le bonbon est égale à $6{,}8.10^{-5}$ $mol.L^{-1}$.

2.3. La teneur massique en magnésium d'un bonbon se calcule par la formule :

$$P(Mg^{2+}) = \frac{m(Mg^{2+})}{m_{bonbon}} \times 100.$$

Il faut donc calculer la masse de Mg^{2+} contenue dans le bonbon :

$$m(Mg^{2+}) = n(Mg^{2+}) \times M(Mg^{2+}) = 6{,}8.10^{-5} \times 24{,}3 = 1{,}6.10^{-3}\ \text{g}.$$

$$P(Mg^{2+}) = \frac{1{,}6.10^{-3}}{5{,}0} \times 100 = 0{,}033\ \%.$$

Il y a 0,033 % en masse de magnésium dans un bonbon.

2.4. L'apport journalier recommandé pour une personne de 60 kg est de 400 mg de magnésium par jour. Un bonbon contient une masse d'ions Mg^{2+} égale à $1{,}6.10^{-3}$ g. Pour atteindre l'apport recommandé il faudrait manger :

$$N_{bonbon} = \frac{m(Mg^{2+})_{apport}}{m(Mg^{2+})_{un\,bonbon}} = \frac{400}{1{,}6} = 2{,}5 \times 10^2\ \text{bonbons}.$$

Ce n'est pas très raisonnable, on risque d'avoir des problèmes à cause de la théobromine (on dépasse les 39 bonbons) et à cause du sucre qui compose très certainement ces bonbons.

Partie C Une lampe secouée

1 Le dipôle RC

1.1. D'après la loi des mailles : $u_C + u_R = 0$.

D'après la loi d'Ohm : $u_R = R \times I$ et on sait que $I = \frac{dq}{dt}$. Aux bornes d'un condensateur, la tension vérifie la relation : $u_C = \frac{q}{C}$, donc $q = C \times u_C$.

Il vient que : $u_C + R \times I = 0$.

$$u_C + R \times \frac{dq}{dt} = 0.$$

$$u_C + RC \times \frac{du_C}{dt} = 0.$$

En divisant par RC de chaque côté de l'équation :

$$\frac{u_C}{RC} + \frac{du_C}{dt} = 0.$$

Or $\tau = RC$, d'où : $\frac{u_C}{\tau} + \frac{du_C}{dt} = 0$.

1.2. Exprimons l'unité de la résistance électrique en fonction en fonction d'autres unités du système international :

D'après la loi d'Ohm $u_R = R \times I$, donc $R = \frac{u_R}{I}$.

En considérant les unités, on a la relation : $\Omega = \frac{\text{V}}{\text{A}}$.

Pour un condensateur : $C = \frac{q}{u_C}$. En considérant les unités, on a la relation : $\text{F} = \frac{\text{C}}{\text{V}}$.

Or $I = \frac{dq}{dt}$, donc en considérant les unités, on a la relation : $\text{A} = \frac{\text{C}}{\text{s}}$.

Ainsi en réalisant le produit $R \times C$, au niveau des unités, on a la relation :

$\Omega \times F = \frac{\text{V}}{\text{A}} \times \frac{\text{C}}{\text{V}} = \frac{\text{C}}{\text{A}} = \frac{\text{C}}{\text{C}} \times \text{s} = \text{s}$.

Le produit RC est bien homogène à un temps.

1.3. On dérive l'expression donnée pour $u_C(t) = U_0 \times e^{-\frac{t}{\tau}}$.

$\frac{du_C(t)}{dt} = -\frac{U_0}{\tau} \times e^{-\frac{t}{\tau}}$.

On injecte dans l'équation différentielle précédente :

$\frac{u_C(t)}{\tau} + \frac{du_C(t)}{dt} = \frac{U_0}{\tau} \times e^{-\frac{t}{\tau}} - \frac{U_0}{\tau} \times e^{-\frac{t}{\tau}} = 0$.

$u_C(t) = U_0 \times e^{-\frac{t}{\tau}}$ est bien solution de l'équation différentielle précédente car on retrouve bien zéro.

1.4. On remplace *t* par 5τ dans l'expression de la solution de l'équation différentielle : $u_C(t) = U_0 \times e^{-\frac{5\tau}{\tau}} = U_0 \times e^{-5} = U_0 \times 6{,}7.10^{-3}$.

Au bout de 5τ, la tension aux bornes du condensateur est égale à 0,67 % de sa valeur initiale. On peut donc considérer que la décharge est quasi complète.

1.5. On sait que $5\tau = 20\,\text{min} = 20 \times 60\,\text{s}$, or $\tau = RC$, d'où :

$$R = \frac{\tau}{C} = \frac{\left(\frac{20 \times 60}{5}\right)}{1{,}0} = 2{,}4.10^2\ \Omega.$$

La valeur de la résistance du conducteur ohmique est : $2{,}4.10^2\ \Omega$.

2 Énergie emmagasinée dans le dipôle RC

2.1. La réponse c) convient car il y a bien conversion d'énergie mécanique en énergie électrique.

2.2. L'expression de l'énergie emmagasinée dans le condensateur au cours du temps s'écrit : $E(t) = \frac{1}{2} \times C \times u_C^{\,2}(t)$.

2.3. L'énergie emmagasinée dans le condensateur à l'issue de sa charge vaut :

$$E_{max} = \frac{1}{2} \times C \times U_0^{\,2} = \frac{1}{2} \times 1{,}0 \times 3{,}6^2 = 6{,}5\ \text{J}.$$

Cette valeur ne dépasse pas 12 J, donc elle ne dépasse pas les performances annoncées par le constructeur.

2.4. Calculons la durée Δt nécessaire pour que le condensateur perde toute son énergie.

On sait qu'il perd 8 mJ = 8.10^{-3} J par heure, donc :

$$\Delta t = \frac{E_{max}}{8.10^{-3}} = \frac{6{,}5}{8.10^{-3}} = 8{,}1.10^2\ \text{h} = 4{,}8\ \text{semaines}$$

Au bout d'un peu moins de 5 semaines, le condensateur est totalement déchargé, il faudra secouer à nouveau la lampe.

3 Simulation de l'éclairage

3.1.

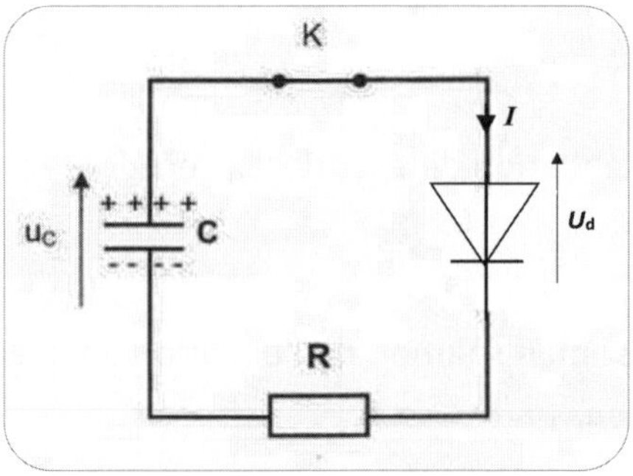

3.2. L'énoncé précise que la tension aux bornes de la diode doit être supérieure à une tension seuil de 3,0 V. Si la tension aux bornes du condensateur est inférieure à cette valeur, l'intensité du courant dans le circuit est nulle, le condensateur ne peut plus se décharger.

3.3. L'énoncé nous indique que la diode possède une résistance interne *r*, qui vient s'ajouter à la résistance *R* déjà présente dans le circuit. Tout se passe comme s'il y avait un conducteur ohmique unique de résistance équivalente égale à $R+r$. De ce fait, l'expression de la tension aux bornes du condensateur lors de la décharge devient : $u_C(t)=U_0\times e^{-\frac{t}{\tau'}}$ avec $\tau'=(R+r)\times C$.

La constante de temps est modifiée par la présence de la DEL dans le circuit.

3.4. Pour décharger complètement le condensateur on peut :

- court-circuiter la diode (c'est-à-dire relier ses deux bornes par un fil électrique), ainsi le condensateur peut se décharger dans le circuit ;
- court-circuiter le condensateur, les électrons accumulés sur une armature passeront instantanément sur l'autre armature.

Les conseils du professeur

L'essentiel à connaître

Pour la partie A

- Savoir réaliser un bilan des forces, identifier un système et un référentiel d'étude.
- Savoir appliquer la 2e loi de Newton pour déterminer des équations horaires du mouvement et sa trajectoire.
- Savoir déterminer l'abscisse du point d'impact d'un système en chute libre.
- Savoir que $\tan\alpha = \dfrac{\sin\alpha}{\cos\alpha}$.

Pour la partie B

- Savoir écrire l'équation de la réaction modélisant une transformation chimique se déroulant entre un acide et une base en solution.
- Savoir utiliser la méthode des tangentes ou les droites d'un titrage conductimétrique pour déterminer un volume de solution titrante versée à l'équivalence d'un titrage.
- Savoir déterminer une concentration inconnue grâce à un titrage.
- Connaître la formule permettant de calculer le p*H* d'une solution contenant un acide et sa base conjuguée.
- Savoir tracer un diagramme de prédominance.
- Savoir exprimer un résultat avec un nombre de chiffres significatifs cohérant avec son incertitude-type.
- Savoir comparer une valeur mesurée et une valeur de référence (utilisation du z-score).

Pour la partie C

- Savoir appliquer la loi des mailles à un circuit et retrouver l'équation différentielle pour la décharge d'un condensateur.
- Savoir exprimer une unité en fonction d'unités du système international.
- Savoir vérifier qu'une expression proposée est bien solution d'une équation différentielle.

Le vocabulaire à maîtriser

Champ de pesanteur uniforme ; mouvement parabolique ; chute libre ; étude énergétique ; titrage ; méthode des tangentes ; solution tampon ; diagramme de prédominance ; incertitude-type ; z-score ; décharge d'un condensateur ; équation différentielle ; temps caractéristique d'un dipôle (R, C).

Comment singulariser sa copie

- Écrire les données de l'énoncé sur la copie, en identifiant bien les grandeurs mises en jeu et en n'oubliant pas leurs unités. On peut ici effectuer les conversions qui seront certainement nécessaires plus tard, pour montrer au correcteur que l'on connaît les unités du système international.
- Faire un schéma modélisant la situation même quand cela n'est pas demandé. On montre ainsi que l'élève s'est approprié les données de l'énoncé.
- Faire systématiquement des phrases réponses qui reprennent le corps de la question : on doit pouvoir comprendre ce qui est demandé sans voir l'énoncé.
- Souligner les résultats obtenus, une copie bien tenue est agréable à lire pour le correcteur.
- Sur les schémas des titrages, marquer la valeur des volumes et des concentrations connues, identifier les solutions utilisées. Ne pas se contenter de marquer « réactif titrant » et « réactif titré ».
- Pour la méthode des tangentes, bien faire figurer les différents traits de construction, l'angle droit entre les droites et placer sur les axes les valeurs du volume équivalent et du pH à l'équivalence.
- Lors des calculs de chimie, il est important de mentionner la formule de l'espèce chimique dont on calcule la masse, la quantité de matière…
- Par exemple on préférera écrire $n(\mathrm{C_7H_8N_4O_2}) = C \times V$, que $n = C \times V$.
- Quand on réalise des calculs successifs, sur la copie on doit faire apparaître la valeur arrondie de chaque résultat avec un certain nombre de chiffres significatifs. Mais quand on reprend un résultat précédent pour réaliser un nouveau calcul, sur la calculatrice, on doit garder tous les chiffres significatifs pour ne pas faire des arrondis d'arrondis.
  Par exemple :
  1er calcul : $m_{\text{max}} = 17 \times 60 = 1{,}0.10^3$ mg ici on doit donner le résultat avec 2 chiffres significatifs, mais à la calculatrice on trouve 1 020 mg.
  2e calcul : $N = \dfrac{m_{\text{max}}}{m} = \dfrac{1{,}0.10^3}{26} = 39$ bonbons, en réalité sur la calculatrice on a tapé : $\dfrac{1020}{26}$ et non $\dfrac{1{,}0.10^3}{26}$.

- Lorsque l'on doit justifier l'allure d'une courbe de titrage conductimétrique, il est bien vu de réaliser un tableau permettant d'étudier la concentration de chaque ion avant et après l'équivalence.

Exemple de copie d'élèves

Données : | masse de l'olive $m = 3{,}5\,g = 3{,}5 \times 10^{-3}\,kg$
| hauteur initiale de l'olive $H = 2{,}50\,m$
| intensité de la pesanteur $g = 9{,}81$ *(unité $N.kg^{-1}$)*
| frottements négligés.

Question 1.1.

Système étudié : {l'olive} ; Référentiel d'étude : terrestre, supposé galiléen.

Bilan des forces appliquées sur le système :

Le poids $\vec{P}$:

- point d'application : centre de gravité de l'olive
- direction : verticale
- sens : vers le bas (vers le centre de la Terre) *(il faut 2 c.s.)*
- valeur : $P = m \times g = 3{,}5 \times 10^{-3} \times 9{,}81 = 0{,}034335\ N$ *(2 c.s. ; 3 c.s. ; ⚠ aux chiffres significatifs ; ⚠ unité)*

Les frottements sont négligés dans cette étude.

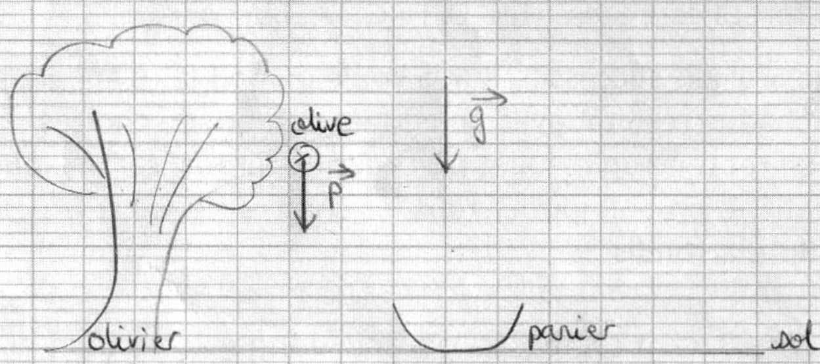

Sujet 2

Énoncé

Partie A Les boissons énergisantes — 9 points

Une boisson énergisante est une boisson qui va permettre un regain d'énergie en utilisant un mélange d'ingrédients stimulants. L'ingrédient actif principal est la caféine (de formule brute $C_8H_{10}N_4O_2$), issue d'extrait de guarana. Les teneurs peuvent attendre 150 à 300 mg de caféine selon le format et la marque.

Les plus grands consommateurs de ces boissons sont les moins de 35 ans. Une évaluation des impacts possibles sur la santé de ces boissons a été lancée en 2008 en France.

1 Étude d'un conservateur utilisé dans les boissons énergisantes

L'acide benzoïque (solide blanc) de formule C_6H_5COOH est un conservateur alimentaire, utilisé dans certaines boissons énergisantes. En tant qu'additif alimentaire, il est référencé sous le code E210.

On trouve aussi souvent ses sels, appelés des benzoates, formés à partir de sa base conjuguée et de différents cations : le E211 (benzoate de sodium) ; E212 (benzoate de potassium) ; E213 (benzoate de calcium).

Données

- L'acide benzoïque appartient au couple acide/base : $C_6H_5COOH/C_6H_5COO^-$.
- Masses molaires atomiques : $M(\text{H}) = 1{,}0\ \text{g.mol}^{-1}$; $M(\text{O}) = 16{,}0\ \text{g.mol}^{-1}$; $M(\text{C}) = 12{,}0\ \text{g.mol}^{-1}$.

1.1. Écrire la représentation de Lewis de l'acide benzoïque et de l'ion benzoate.

On souhaite savoir si l'acide benzoïque se comporte comme un acide fort ou un acide faible dans l'eau. Pour cela, on réalise 250,0 mL de solution aqueuse d'acide benzoïque en dissolvant 500 mg d'acide benzoïque solide et on mesure son p*H*. La solution obtenue a un $\text{p}H = 3{,}0$.

1.2. Écrire l'équation de la réaction acido-basique se déroulant entre l'acide benzoïque et l'eau. L'acide benzoïque se comporte-t-il comme un acide fort ? Justifier.

On souhaite maintenant déterminer le $\text{p}K_\text{A}$ du couple $C_6H_5COOH/C_6H_5COO^-$. On donne ci-dessous le diagramme de distribution de l'acide benzoïque en fonction du p*H*. Les courbes tracées représentent le pourcentage d'acide benzoïque et d'ion benzoate lorsque le p*H* varie.

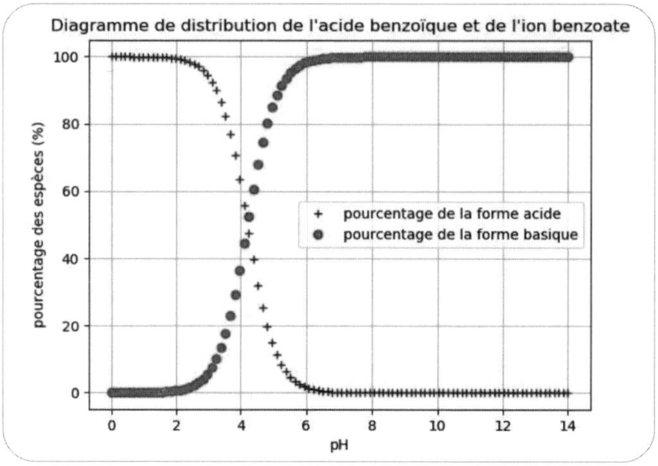

1.3. Identifier l'espèce correspondant à chacune des courbes.

1.4. En déduire la valeur du pK_A du couple $C_6H_5COOH/C_6H_5COO^-$.

1.5. Tracer le diagramme de prédominance du couple $C_6H_5COOH/C_6H_5COO^-$.

1.6. Une boisson énergisante de 33,0 cL contenant de l'acide benzoïque a un pH de 2,7. En déduire la composition de la boisson en acide benzoïque et en ion benzoate à ce pH, en considérant que la concentration totale de ces espèces en solution vaut $C = 0{,}010$ mol.L^{-1}.

Le diagramme de distribution de l'acide benzoïque et de l'ion benzoate (pour une concentration totale de ces espèces en solution égale à 0,010 mol.L^{-1}) a été tracé grâce au programme python ci-dessous :

```
1  import numpy as np                    # importe les bibliothèques nécessaires
2  from matplotlib import pyplot as plt  # importe les bibliothèques nécessaires
3  pka= à compléter                      # pka du couple étudié
4  C= à compléter                        # concentration totale des espèces chimiques
5  pH=np.linspace(0, à compléter,100)    # on crée 100 valeurs de pH variant de 0 à 14
6  CA=C/(1+10**(pH-pka))                 # calcul de la concentration en acide benzoïque notée CA
7  CB= à compléter                       #calcul de la concentration ion benzoate notée CB
8  pA=CA/C*100                           # calcul du pourcentage en acide benzoïque
9  pB= à compléter                       # calcul du pourcentage de l'ion benzoate
10 plt.title("Diagramme de distribution de l'acide benzoïque et de l'ion benzoate")
11 plt.xlabel("à compléter")             # affiche la légende de l'axe des abscisses
12 plt.ylabel("pourcentage des espèces (%)")  # affiche la légende de l'axe des ordonnées
13 plt.grid(True)                        # affiche un quadrillage
14 plt.plot(pH,pA, 'b+',label="pourcentage de la forme acide") # trace le graphique pH en fonction de pA (des + bleus) et affiche une légende
15 plt.plot(pH,pA, 'ro',label="pourcentage de la forme acide") # trace le graphique pH en fonction de pB (des ronds rouges) et affiche une légende
16 plt.legend()                          # affiche la légende du graphique
17 plt.show()                            # affiche le graphique
```

1.7. Compléter les lignes 3, 4, 5, 7, 9 et 11 du programme Python.

1.8. À l'aide de la relation de Henderson et de la conservation de la quantité de matière, retrouver l'expression proposée à la ligne 6 pour calculer la concentration de la forme acide.

1.9. On souhaite retrouver par le calcul la valeur du pH de la solution obtenue par dissolution d'une masse de 500 mg d'acide benzoïque dans un volume d'eau égal à 250,0 mL.

1.9.1. Dresser le tableau d'avancement relatif à cette transformation chimique.

1.9.2. En déduire la valeur de l'avancement final x_f puis du pH de la solution.

1.9.3. Calculer le taux d'avancement final τ_f. Que peut-on en conclure ? Cela confirme-t-il votre réponse à la question 1.2. ?

2 La caféine contenue dans les boissons énergisantes

Pour les adolescents, l'agence européenne pour la sécurité des aliments a fixé en 2005 à 3 mg par kilogramme de masse corporelle la dose journalière de caféine.

On se propose dans cette partie de vérifier si un adolescent peut consommer une cannette de boisson énergisante de 33,0 cL par jour sans risques pour sa santé.

On réalise pour cela un dosage spectrophotométrique UV-visible de la caféine présente dans une cannette de boisson énergisante.

Le spectre d'absorption de la caféine entre 220 nm et 320 nm pour une solution de caféine est fourni ci-dessous :

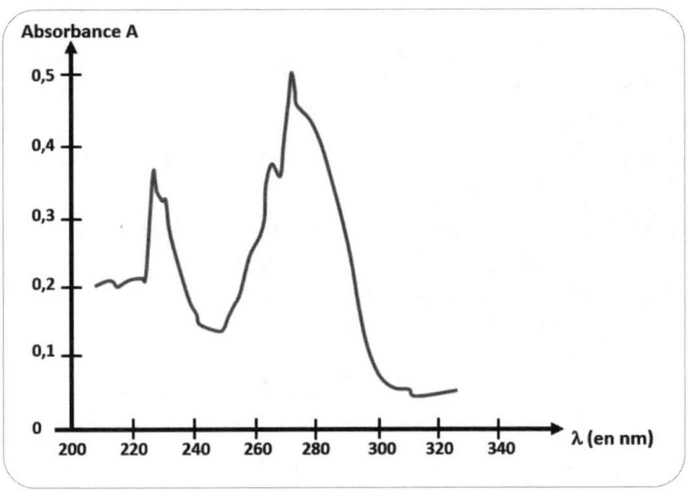

2.1. À quel domaine appartiennent ces longueurs d'onde ?

On souhaite réaliser une courbe d'étalonnage $A = f(C)$ de la caféine à l'aide de différentes solutions étalons de concentrations connues en caféine.

2.2. Sur quelle longueur d'onde λ_{max} faut-il régler le spectrophotomètre pour mesurer les différentes absorbances des solutions étalons ?

Le protocole permettant de réaliser à partir de la solution mère les 6 solutions étalon est le suivant :

Préparation de la solution mère
Peser $m = 1{,}942$ g de caféine pure et après dissolution dans de l'acide sulfurique à 0,5 mol.L^{-1} transvaser dans une fiole jaugée de 100,0 mL puis compléter jusqu'au trait de jauge avec de l'acide sulfurique à 0,5 mol.L^{-1}.

Préparation des solutions étalo
Prélever successivement 10,0 mL ; 8,0 mL ; 6,0 mL ; 4,0 mL ; 2,0 mL ; 1,0 mL de cette solution mère et les transvaser dans des fioles jaugées de 100,0 mL puis compléter jusqu'au trait de jauge avec de l'acide sulfurique à 0,5 mol.L^{-1}.

Verrerie et matériel à disposition
Balance de précision, précise au milligramme près ; pissette d'eau distillée ; béchers ; entonnoir à solide ; spatule ; pipette pasteur ; spectrophotomètre ; pipette graduée de 10 mL portant la mention +/– 0,05 mL ; fiole jaugée de 100 mL portant la mention +/– 0,06 mL.

Données

- La masse molaire moléculaire de la caféine vaut $M = 194{,}00$ g.mol^{-1}.
- L'incertitude-type sur la masse molaire vaut $u(M) = 0{,}01$ g.mol^{-1}.
- L'incertitude-type sur la concentration en quantité de matière de la solution mère notée C, se détermine grâce à la formule :
- $u(C) = C \times \sqrt{\left(\frac{u(m)}{m}\right)^2 + \left(\frac{u(M)}{M}\right)^2 + \left(\frac{u(V)}{V}\right)^2}$, avec m la masse de soluté dissout dans le volume V de solution.

2.3. Déterminer la concentration en quantité de matière de la solution mère et estimer son incertitude-type $u(C)$.

2.4. Déterminer la concentration en quantité de matière de la solution étalon obtenue par dilution de 10,0 mL de solution mère.
Une mesure de l'absorbance de chaque solution étalon à la longueur d'onde de travail λ_{max} a permis de tracer le graphique suivant :

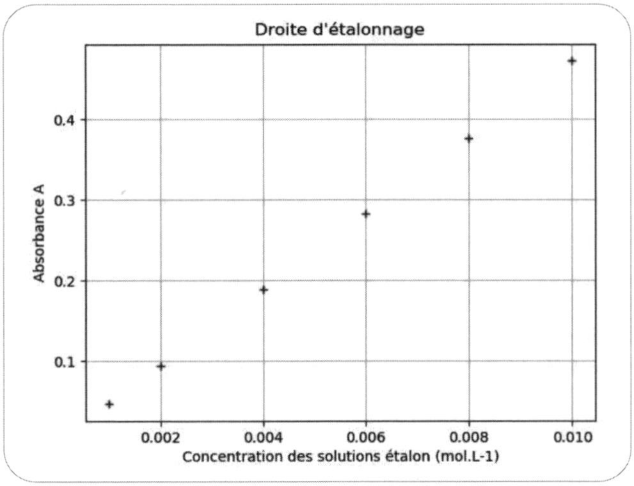

2.5. L'absorbance de la boisson énergisante à la longueur d'onde de travail est mesurée : $A = 0{,}147$. Déterminer la masse de caféine contenue dans une cannette de 33,0 cL de boisson énergisante.
Le candidat est invité à prendre des initiatives et à présenter la démarche suivie, même si elle n'a pas abouti. La démarche est évaluée et nécessite d'être correctement présentée.

2.6. L'étiquette du produit indique une masse totale de caféine égale à 185 mg. Le résultat trouvé à la question 2.5. est-il en accord avec l'étiquette ?
On considérera que l'incertitude-type sur la valeur de la masse obtenue vaut $u(m_{\text{caféine}}) = 5$ mg.

2.7. Un adolescent de 70 kg peut-il boire une cannette de boisson énergisante par jour sans risques pour sa santé ?

Partie B Les sifflets des trains : entre sécurité des voyageurs et nuisance sonore pour les riverains

7 points

On entend souvent les trains siffler : quand deux trains se croisent, quand un train arrive en gare à grande vitesse, quand un voyageur est trop proche du bord du quai et que le conducteur doit siffler pour l'alerter du danger et enfin quand un train rentre dans un tunnel. Ces nuisances sonores peuvent gêner les personnes résidant aux abords d'une gare ou d'un tunnel. C'est pour cela que le niveau d'intensité sonore du son émis par un train a récemment été diminué de de 110 à 95 dB.

Durées admissibles d'exposition quotidienne au bruit

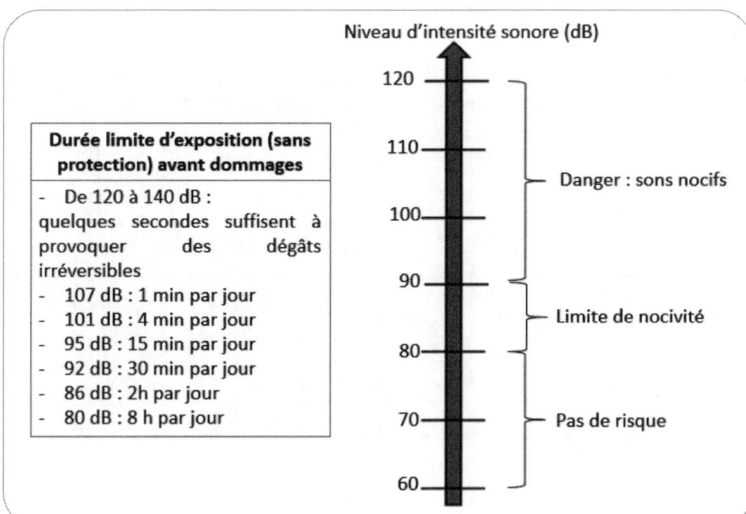

Données

- Une source sonore de puissance P émet une onde qui se propage à la même vitesse dans toutes les directions.
- La surface S de propagation de l'onde située à la distance r de la source sonore est donnée par : $S = 4 \times \pi \times r^2$.
- L'intensité sonore de référence, notée I_0 est égale à $1,0.10^{-12}$ W.m^{-2}.

1 Nuisance sonore pour les riverains

On considère une personne se trouvant à la fenêtre de son logement situé à 8,0 m du train lorsque celui-ci siffle en émettant un son de niveau d'intensité sonore égal à 95 dB à 1,0 cm de la source.

1.1. Déterminer le niveau d'intensité sonore perçu par la personne et conclure sur la nocivité de ce son.

1.2. Calculer l'atténuation correspondante.

2 Sécurité des voyageurs

Un voyageur attend son train sur le quai de la gare. Un train en approche, mais qui ne marquera pas d'arrêt à cette gare, arrive avec une vitesse v_{train} ; il siffle pour prévenir le voyageur du danger.

Le document ci-après présente l'enregistrement du son émis par le train quand il se trouve à la distance $D = 400$ m du voyageur immobile sur le quai.

Enregistrement du son émis par le sifflet d'un train à la distance D et roulant à la vitesse v_{train}

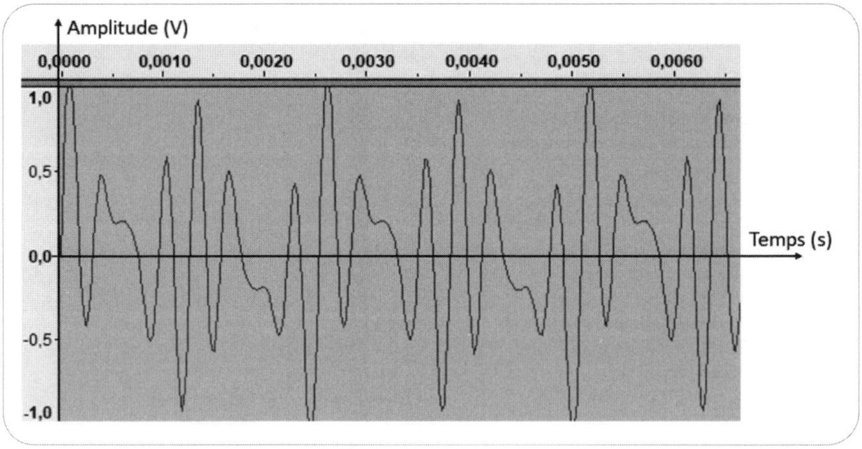

On enregistre le son perçu par le voyageur lors de l'approche du train. Le spectre en fréquence de ce son est fourni ci-dessous :

Spectre en fréquence du son perçu par le voyageur immobile sur le quai

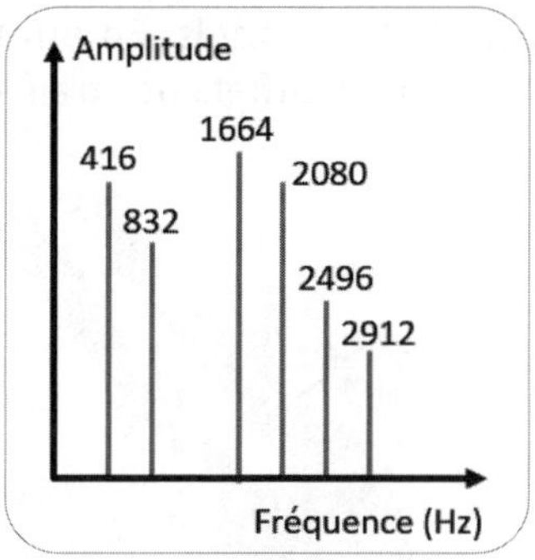

2.1. Déterminer la période T_e et fréquence f_e et du son émis par le train à la distance D. Déterminer la fréquence f_R et la période T_R du son perçu par le voyageur. Ces résultats vous semblent-ils cohérents avec la situation décrite ? On se propose de déterminer la vitesse du train à l'approche de la gare grâce à l'effet Doppler.

On considère que le son émis par le train se propage à la vitesse $v_{onde} = 340$ m.s^{-1} et que $v_{train} < v_{onde}$.

À l'instant $t_0 = 0$ s, le train est à la distance D du voyageur, il émet un son de fréquence f_e.

Émission du son par le train à l'instant $t_0 = 0$ s

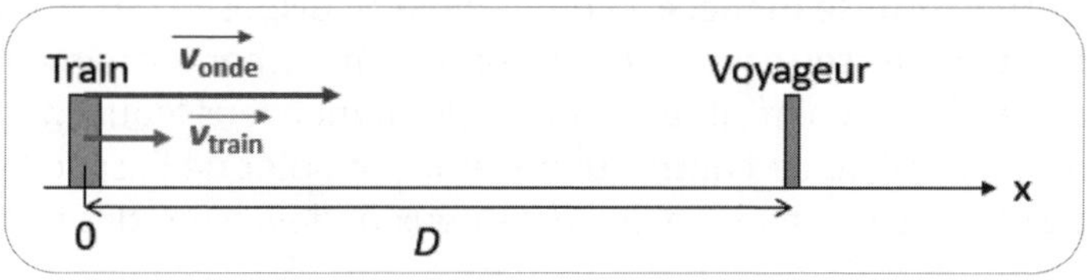

2.2. Exprimer t_1, instant pour lequel le signal émis arrive aux oreilles du voyageur, en fonction de D et de v_{onde}.

2.3. À la date $t_2 = T_e$, un autre signal est émis. Exprimer l'abscisse x_2 à laquelle se situe alors le train en fonction de v_{train} et de T_e. Quelle distance d le signal doit-il parcourir pour arriver jusqu'au voyageur ? Exprimer t_3, instant pour lequel le 2e signal émis arrive aux oreilles du voyageur, en fonction de D, T_e, v_{train} et de v_{onde}.

2.4. Les signaux émis par le train, avec une période $T_e = t_2 - t_0$, sont reçus par le voyageur avec une période $T_R = t_3 - t_1$. Exprimer T_R en fonction de T_e, v_{onde}, v_{train}, puis montrer que $f_R = f_e \times \dfrac{v_{onde}}{v_{onde} - v_{train}}$.

2.5. Déterminer la vitesse v_{train} (en km.h^{-1}) à laquelle le train arrive en gare.

3 Des riverains plus touchés que d'autres par les nuisances sonores

Sur internet on peut facilement trouver des pétitions en ligne provenant des habitants se situant à proximité des tunnels. En effet ils protestent contre les nuisances sonores provoquées par les sifflets des trains à l'entrée du tunnel.

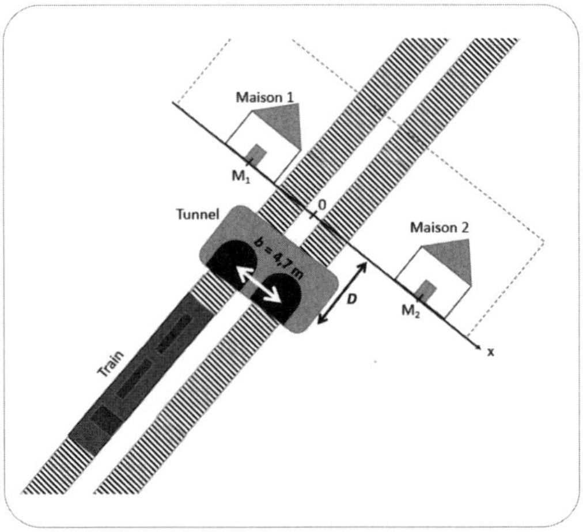

Certains habitants ont mesuré le niveau d'intensité sonore auquel ils sont soumis depuis leur habitation : le propriétaire de la Maison 2 soutient qu'il trouve un niveau d'intensité sonore plus élevé que le propriétaire de la maison 1, qui est pourtant plus proche du tunnel.

Le but de cette partie est de déterminer s'il dit vrai.

On fera l'hypothèse que le tunnel est comparable au dispositif des trous d'Young : chaque entrée peut laisser passer l'onde sonore émise par le train à l'entrée du tunnel. On appelle T_1 le point situé au milieu du tunnel dans lequel passe le train, T_2 le point situé au milieu de l'autre tunnel et M un point de l'espace situé après le tunnel. La différence de marche entre les deux ondes issues des trous d'Young en M a pour expression : $\delta = T_2M - T_1M = \dfrac{b \times x}{D}$.

Avec x l'abscisse de M, b la distance entre les trous d'Young et D la distance entre le plan des trous d'Young et le plan dans lequel se situent les maisons 1 et 2. En tout point de l'espace, les ondes sonores issues des deux sources T_1 et T_2 se superposent. La vibration en M est la somme des deux vibrations.

3.1. Si les deux vibrations sont en phase au point M, comment qualifie-t-on les interférences ? Même question si les vibrations sont en opposition de phase au point M. Dans quel cas entend-on un son de niveau d'intensité sonore maximal ? Ce niveau d'intensité sonore est-il plus grand/égal/plus faible que celui émis par les deux sources ?

Les points pour lesquels on a des interférences constructives sont tels que $\delta = \frac{b \times x}{D} = k \times \lambda$, avec λ la longueur d'onde du son émis par le train et k un entier relatif.

3.2. Exprimer l'abscisse x des points pour lesquels on a des interférences constructives. En déduire l'expression de la distance i séparant deux points où les ondes vibrent en phase, puis déterminer sa valeur dans le cas d'un train émettant une onde sonore de fréquence $f_e = 392$ Hz et pour une distance $D = 5{,}0$ m.

3.3. Le long de l'axe des abscisses, la maison 1 se situe à 18 m du point 0 (au point M_1), alors que la maison 2 se situe à 35 m du point 0 (au point M_2). Expliquer pourquoi le propriétaire de la maison 2 entend un son plus intense que le propriétaire de la maison 1. Pourquoi le propriétaire de la maison 1 est persuadé que son voisin ment ?

Partie C Visibilité d'une nébuleuse annulaire — 4 points

Sujet du Bac S, Asie, 2010

L'observatoire du Harvard College aux États-Unis, s'est doté en 1847 d'une lunette dont l'objectif a un diamètre de 38 cm. Il s'agissait d'un instrument remarquable pour l'époque au point de rester célèbre sous le nom de « Grand réfracteur ». Cet instrument a permis de réaliser la première photographie d'une étoile en 1850 : l'astronome W. C. BOND a réalisé des daguerréotypes de l'étoile Véga dans la constellation de la Lyre.

Astronomie aux éditions Atlas

Située près de la constellation de la Lyre, la nébuleuse annulaire de la Lyre (nommée M57) est le prototype des nébuleuses planétaires. Elle s'est formée il y a environ 20 000 ans à partir d'une étoile qui, en explosant, a libéré des gaz ayant une structure que l'on assimilera à un anneau circulaire (photographie ci-dessous).

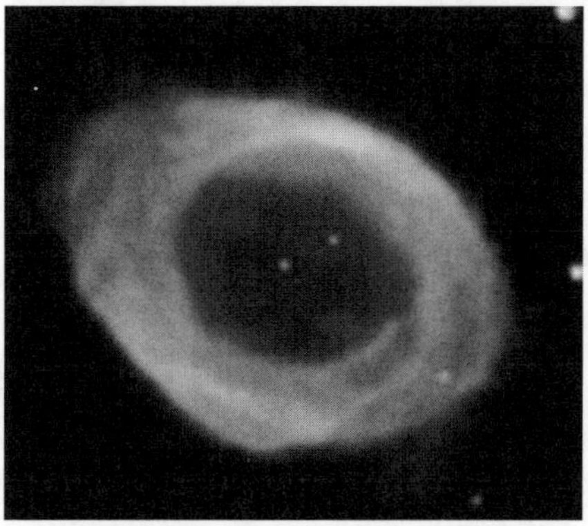

Source : https://labolycee.org/visibilite-dune-nebuleuse-annulaire

L'exercice propose de déterminer le diamètre apparent de cette nébuleuse que l'on désignera par M57 dans le texte, observée avec la lunette de l'observatoire de Harvard.

Pour cela, on négligera le phénomène de diffraction qui intervient dans l'utilisation d'une lunette.

On rappelle qu'une lunette est dite afocale lorsque le foyer image de l'objectif et le foyer objet de l'oculaire sont confondus.

Données

- Pour les angles petits et exprimés en radians : $\tan\alpha \approx \alpha$.
- On prendra comme valeur de l'année de lumière : 1 a.l. = $1{,}00 \times 10^{13}$ km.
- La lunette de l'observatoire de Harvard sera modélisée par un système de deux lentilles minces L_1 et L_2 :
  - L'objectif (L_1) est une lentille convergente de centre optique O_1, de diamètre 38,0 cm et de distance focale $f'_1 = 6{,}80$ m.
  - L'oculaire (L_2) est une lentille convergente de centre optique O_2 et de distance focale $f'_2 = 4{,}0$ cm.

1. La distance entre les centres optiques des deux lentilles est de 6,84 m.

1.1. Montrer que cette lunette est afocale.

1.2. Sur le schéma ci-après, réalisé sans soucis d'échelle, on a représenté les deux lentilles et la position du foyer image F'_1 de l'objectif L_1.
Sur ce schéma, placer les foyers F_2 et F'_2 de l'oculaire dans le cas d'une lunette afocale.

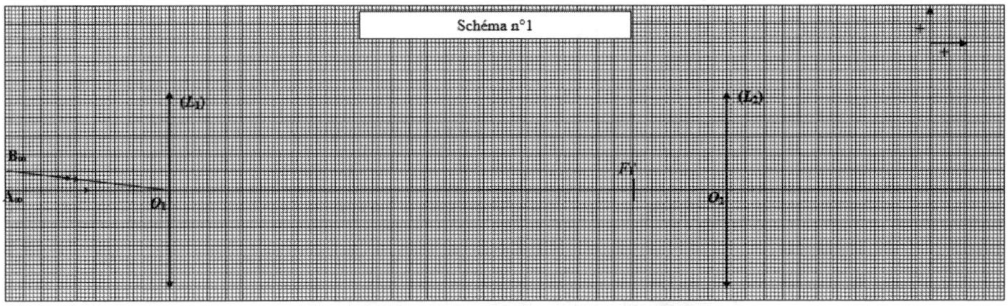

Source : https://labolycee.org/visibilite-dune-nebuleuse-annulaire

2. La nébuleuse M57, supposée à l'infini, est représentée sur le schéma 1 par $A_\infty B_\infty$ (A_∞ étant sur l'axe optique). Un rayon lumineux issu de B_∞ est également représenté.

2.1. Construire, sur le schéma 1, l'image A_1B_1 de l'objet $A_\infty B_\infty$, donnée par l'objectif.

2.2. On désigne par α le diamètre apparent de la nébuleuse M57, α est l'angle sous lequel on voit l'objet à l'œil nu.
Quelle est, en fonction de f'_1 et A_1B_1, l'expression du diamètre apparent α ?

3. L'oculaire L_2 permet d'obtenir une définitive A'B' de la nébuleuse M57.

3.1. La lunette étant afocale, où sera située l'image $A'B'$? Justifier la réponse.

3.2. Construire, sur le schéma 1, la marche d'un rayon lumineux issu de B_1 permettant de trouver la direction de B'.

4. On désigne par α' le diamètre apparent de l'image A'B' vue à travers la lunette, α' est l'angle sous lequel on voit l'image donnée par l'instrument.

4.1. Exprimer le diamètre apparent α' en fonction de f'_2 et A_1B_1.

4.2. On appelle grossissement G d'un instrument d'optique le rapport $G = \dfrac{\alpha'}{\alpha}$.

Déduire des questions précédentes l'expression du grossissement G de la lunette de l'observatoire de Harvard, puis sa valeur numérique.

5. Application

La nébuleuse $M57$, située à la distance $L \approx 2\,600$ a.l. de la Terre a un diamètre $D = A\infty B\infty = 1{,}3.10^{13}$ km.

5.1. Sachant que l'œil voit comme un point tout objet de diamètre apparent inférieur à $3{,}0 \times 10^{-4}$ rad, montrer qu'il peut théoriquement distinguer les points $A\infty$ et $B\infty$.

5.2. En réalité, la nébuleuse M 57 n'est pas observable à l'œil nu, mais, à travers la lunette, elle devient faiblement visible. Proposer une explication.
Quel est, à votre avis, l'intérêt d'utiliser pour les observations, des lunettes (et actuellement des télescopes) qui ont un objectif de diamètre est de plus en plus grand ?

5.3. Calculer le diamètre apparent de cette nébuleuse vue à travers la lunette de l'observatoire de Harvard.

6. Position de l'œil

Lors d'une observation, on place l'œil derrière l'oculaire dans une zone appelée « cercle oculaire ».

6.1. Définir le cercle oculaire.

6.2. Pourquoi est-il indiqué de placer l'œil à cet endroit ?

6.3. Construire, sur le schéma 2, le cercle oculaire.

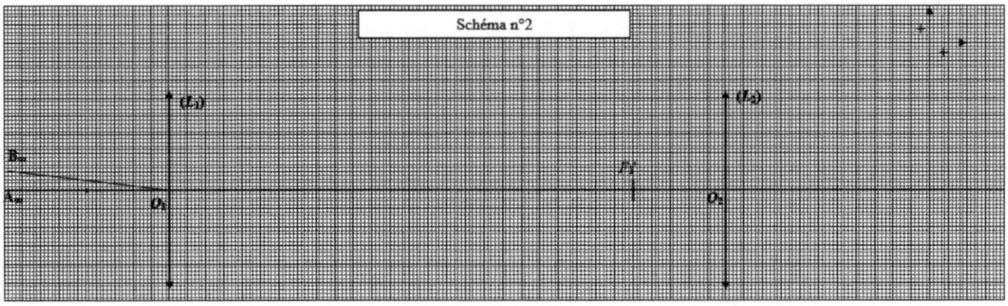

Source : https://labolycee.org/visibilite-dune-nebuleuse-annulaire

Avant de commencer

Aide

Pour la partie A p. 47

- Pour écrire correctement l'équation de la réaction modélisant une transformation se déroulant entre un acide et l'eau, il faut :
  - placer ces deux réactifs (acide et eau) à gauche de la flèche ;
  - écrire (grâce aux couples acide/base donnés dans l'énoncé) à droite de la flèche la base conjuguée de l'acide et l'acide conjugué de l'eau ;
  - équilibrer au besoin l'équation (conservation des éléments et de la charge).
- Pour tracer un diagramme de prédominance, il faut connaître le couple acide/base en présence ainsi que son pK_A. Sur une flèche horizontale graduée en p*H*, on place le pK_A. À gauche du pK_A, l'acide du couple prédomine, à droite du pK_A la base du couple prédomine.
- Pour écrire le résultat de la mesure d'une grandeur *G* avec un nombre de chiffres significatifs adaptés, il faut exprimer le résultat avec une précision cohérente avec l'incertitude-type.
- La rédaction de la réponse attendue est de la forme : « dans les conditions de l'expérience, la valeur de la grandeur *G* = ……. unité, avec une incertitude-type u(*G*) = …… unité. L'incertitude-type fournit alors une estimation de l'étendue des valeurs que l'on peut raisonnablement attribuer à la grandeur G. »
- Pour comparer une valeur expérimentale à une valeur de référence, il faut calculer le z-score. S'il est < 2, alors on considère que le résultat de la mesure est compatible avec la valeur de référence.

Pour la partie B p. 51

- Lorsque l'on détermine une période sur un enregistrement, il faut faire une moyenne sur plusieurs périodes pour avoir un résultat plus précis.
- Sur un spectre en fréquence, la fréquence fondamentale correspond au premier pic à gauche du graphique.

Pour la partie C p. 55

- Un œil observe un objet sans fatigue (il n'accommode pas) si les rayons lui arrivent parallèlement entre eux. C'est le cas pour un objet situé à l'infini ou très éloigné.

- Il faut maîtriser les 3 rayons qui permettent de construire l'image d'un objet à travers une lentille mince convergente :
  - un rayon qui passe par le point B d'un objet AB (dont A est sur l'axe optique) et par le centre optique et qui n'est pas dévié ;
  - un rayon qui passe par B et par le foyer objet et qui émerge parallèlement à l'axe optique ;
  - un rayon qui passe pawr B et qui est parallèle à l'axe optique, qui émerge de la lentille en passant par le foyer image F'.

Rappel de formules

- Pour un acide fort $pH = -\log\left(\frac{C}{c^\circ}\right)$, avec C la concentration de l'acide en solution et $c°$ la concentration standard = 1 mol.L^{-1}.
- Le pH d'une solution se calcule par la formule : $pH = -\log\left(\frac{[H_3O^+]}{c^\circ}\right)$.
- La concentration d'un soluté en solution : $C = \frac{n}{V}$.
- $n = \frac{m}{M}$.
- Pour un couple acide/base donné (relation d'Henderson) :
  $pH = pK_A + \log\frac{[\text{Base}]_{\text{équilibre}}}{[\text{Acide}]_{\text{équilibre}}}$.
- Pour un couple acide/base donné, la conservation de la matière s'écrit :
  $C_i = [base] + [acide]$.
- Pour un couple acide/base, la constante d'acidité relative à la transformation chimique modélisée par l'équation de réaction : $AH + H_2O \rightleftarrows A^- + H_3O^+$ s'écrit : $K_A = \frac{[A^-]_{éq} \times [H_3O^+]_{éq}}{[AH]_{éq} \times c^\circ}$, avec c° concentration standard de 1 mol.L^{-1}.
- $pK_A = -\log(K_A)$ et $K_A = 10^{-pK_A}$.
- Pour résoudre une équation du second degré de type $ax^2 + bx + c = 0$, on calcule d'abord le discriminant : $\Delta = b^2 - 4ac$, puis on calcule les deux racines possibles : $x_1 = \frac{-b-\sqrt{\Delta}}{2a}$ et $x_2 = \frac{-b+\sqrt{\Delta}}{2a}$. En sciences physiques il y aura toujours une des deux racines qui n'aura pas de sens.
- Le taux d'avancement final est défini par : $\tau_f = \frac{x_f}{x_{max}}$. S'il est supérieur à 99,9 % alors la réaction est totale, sinon elle est équilibrée.

- Lors d'une dilution, la quantité de matière du soluté se conserve, d'où : $C_{\text{mère}} \times V_{\text{mère}} = C_{\text{fille}} \times V_{\text{fille}}$.
- Loi de Beer-Lambert : $A = k \times C$ ou $A = \varepsilon \times \ell \times C$.
- Calcul du z-score pour une grandeur G mesurée : $z = \frac{|G_{\text{mesurée}} - G_{\text{référence}}|}{u(G)}$.
- La fréquence d'un signal périodique est égale à l'inverse de sa période : $f = \frac{1}{T}$.
- La vitesse d'un signal : $v = \frac{d}{\Delta t}$.
- Grossissement d'une lunette astronomique : $G = \frac{\alpha'}{\alpha} = \frac{f_1'}{f_2'}$.
- Formules de trigonométrie : $\tan\alpha = \frac{\text{coté opposé}}{\text{côté adjacent}}$.

Les pièges à éviter

- Le p*H* se donne avec un chiffre après la virgule.
- Dans un programme Python, une puissance de 10 se note avec un « E » ou un « e ». Un nombre décimal se note avec un point et non une virgule.
  Exemple : $2{,}5 \times 10^{-3}$ se note en Python 2.5E-3 ou 2.5e-3.
- Une incertitude-type se donne avec un seul chiffre significatif, arrondit normalement.
- Lorsque l'on calcule l'incertitude-type sur une grandeur, il faut ensuite penser à modifier le nombre de chiffres significatifs de cette grandeur (que l'on a souvent calculé précédemment) pour avoir une précision cohérente avec l'incertitude-type trouvée.
- Pour chaque calcul, le résultat doit être donné avec le bon nombre de chiffres significatifs et l'unité doit être notée à la fin du calcul, même si on la mentionne dans la phrase réponse.
- Il ne faut pas faire des arrondis d'arrondis lors des calculs successifs, mais reprendre la valeur exacte affichée sur la calculatrice (même si sur la copie tous les résultats intermédiaires seront arrondis).
- Attention au carré souvent oublié dans les calculs.
- Penser à convertir les grandeurs de l'énoncé dans les unités du système international. Par exemple une distance donnée en centimètre sera automatiquement convertie en mètre pour être utilisée dans une formule.

- La formule $v = \lambda \times f = \frac{\lambda}{T}$ n'est utilisée que dans le cas d'une onde. Par exemple si on a la vitesse d'un train (v_{train}), cette formule ne sera pas utilisée, mais on prendra à la place la formule suivante : $v_{\text{train}} = \frac{d}{\Delta t}$.
- Une lunette afocale est une lunette dont le foyer image de l'objectif et le foyer objet de l'oculaire sont confondus. Dans ce cas on obtient en sortie un faisceau de rayons émergents parallèles, il ne faut pas chercher à dessiner une image représentée par une flèche.
- Ne pas oublier d'utiliser les grandeurs algébriques en optique.

Corrigé

Partie A

1 Étude d'un conservateur utilisé dans les boissons énergisantes

1.1. Représentations de Lewis :

Acide benzoïque

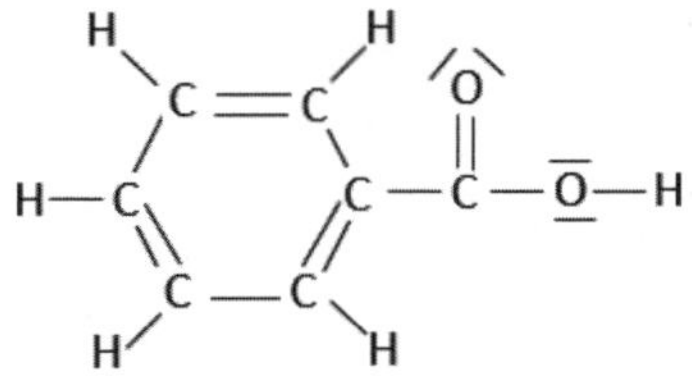

Ion benzoate

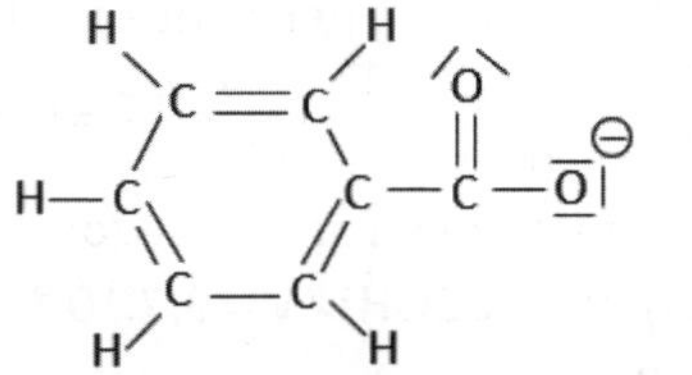

1.2. Équation de la réaction acido-basique se déroulant entre l'acide benzoïque et l'eau : $C_6H_5COOH + H_2O \rightleftarrows C_6H_5COO^- + H_3O^+$.

Si l'acide benzoïque se comporte comme un acide fort, alors on aurait :

$$pH = -\log\left(\frac{C}{c^\circ}\right).$$

Déterminons la concentration en soluté apporté C :

$$C = \frac{m_{\text{acide benzoïque}}}{M(\text{acide benzoïque}) \times V} = \frac{500.10^{-3}}{(7\times 12{,}0 + 6\times 1{,}0 + 2\times 16{,}0)\times 250{,}0.10^{-3}}.$$

$C = 0{,}0164\ \text{mol.L}^{-1}$

Dans ce cas si l'acide benzoïque était un acide fort, on aurait un pH égal à :

$pH = -\log\left(\frac{0{,}0164}{1}\right) = 1{,}8$, ce qui est inférieur au pH mesuré qui est de 3,0.

L'acide benzoïque ne se comporte pas comme un acide fort.

1.3. La courbe formée par les « + » correspond à l'acide benzoïque car cette espèce prédomine à faible pH.

La courbe formée par les ronds correspond à l'ion benzoate car cette espèce prédomine à fort pH.

1.4. Au croisement des deux courbes pH = pK_A = 4,2. En effet à cet endroit on a 50 % de forme acide et 50 % de forme basique, soit [base] = [acide].

On a donc : $pH = pK_A + \log\left(\frac{[\text{base}]}{[\text{acide}]}\right) = pK_A + \log(1) = pK_A$

1.5. Digramme de prédominance :

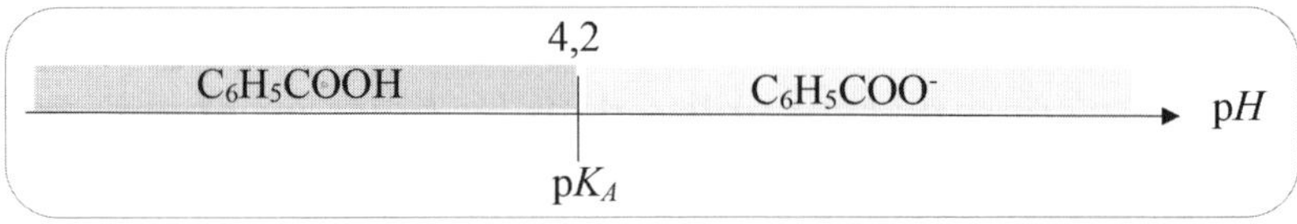

1.6.

Données

- pH = 2,7.
- V = 33,0 cL = 33,0.10^{-2} L.
- C = 0,010 mol.L^{-1}.

On se place à pH = 2,7 sur la courbe de distribution et on lit le pourcentage des deux espèces. On trouve 97,2 % d'acide benzoïque et 2,8 % d'ion benzoate.
La concentration en acide benzoïque vaut :

$$[C_6H_5COOH] = \frac{97{,}2 \times C}{100} = \frac{97{,}2 \times 0{,}010}{100} = 9{,}7.10^{-3}\ \text{mol.L}^{-1}.$$

La quantité de matière en acide benzoïque vaut :

$$n(C_6H_5COOH) = [C_6H_5COOH] \times V = 9{,}7.10^{-3} \times 33{,}0.10^{-2} = 3{,}2.10^{-3}\ \text{mol}.$$

La concentration en ions benzoate vaut :

$$[C_6H_5COO^-] = \frac{2{,}8 \times C}{100} = \frac{2{,}8 \times 0{,}010}{100} = 2{,}8.10^{-4}\ \text{mol.L}^{-1}.$$

La quantité de matière en ions benzoate vaut :

$$n(C_6H_5COO^-) = [C_6H_5COO^-] \times V = 2{,}8.10^{-4} \times 33{,}0.10^{-2} = 9{,}2.10^{-5}\ \text{mol}.$$

À ce pH il y a 3,2.10^{-3} mol d'acide benzoïque et 9,2.10^{-5} mol d'ions benzoate.

1.7. Ligne 3 du programme Python : « pka = 4.2 ».
Ligne 4 du programme Python : « C = 0.010 ».
Ligne 5 du programme Python : « pH=np.linspace(0,14,100) ».
Ligne 7 du programme Python : « CB=C-CA ».
Pour la ligne 7, on sait que $C = [C_6H_5COOH] + [C_6H_5COO^-]$, d'où : $CB = C - [C_6H_5COOH]$ avec $CA = [C_6H_5COOH]$.
Ligne 9 du programme Python : « pB=CB/C*100 » ou « 100 – pA ».
Ligne 11 du programme Python : « plt.label(« pH ») ».

1.8. D'après la conservation de la matière : $C = [C_6H_5COOH] + [C_6H_5COO^-]$ et d'après la relation d'Henderson : $pH = pK_A + \log\left(\frac{[C_6H_5COO-]}{[C_6H_5COOH]}\right)$.

En isolant la concentration en ions benzoate de cette expression :

$$\frac{\left[C_6H_5COO^-\right]}{\left[C_6H_5COOH\right]} = 10^{pH - pK_A}.$$

$$\left[C_6H_5COO^-\right] = \left[C_6H_5COOH\right] \times 10^{pH - pK_A}.$$

D'où : $C = [C_6H_5COOH] + [C_6H_5COOH] \times 10^{pH - pK_A}$.

$$C = [C_6H_5COOH] \times \left(1 + 10^{pH - pK_A}\right).$$

$$[C_6H_5COOH] = \frac{C}{1 + 10^{pH - pK_A}}.$$

1.9.

Données

- $m = 500$ mg.
- $V = 250{,}0$ mL.
- $M(C_6H_5COOH) = 122{,}0$ g.mol^{-1}.

1.9.1. Tableau d'avancement :

Equation de la réaction		C_6H_5COOH +	$H_2O(\ell)$ ⇄	$C_6H_5COO^-$ +	$H_3O^+(aq)$
Etat du système	Avancement (mol)	Quantités de matière (en mol)			
Etat initial	$x = 0$	n	Excès	0	0
Etat intermédiaire	x	$n - x$	Excès	x	x
Etat final	x_f	$n - x_f$	Excès	x_f	x_f

1.9.2. Par définition : $K_A = \frac{\left[C_6H_5COO^-\right]_{éq} \times \left[H_3O^+\right]_{éq}}{\left[C_6H_5COOH\right]_{éq} \times C°}$, d'après le tableau d'avancement à l'état final : $K_A = \frac{\left(\frac{x_f}{V}\right) \times \frac{x_f}{V}}{\left(\frac{n - x_f}{V}\right)}$., avec $C° = 1$ mol.L^{-1}.

Or $K_A = 10^{-pK_A}$, d'où : $10^{-pK_A} = \frac{x_f^{\,2}}{V \times (n - x_f)}$.

On réarrange cette expression pour avoir une équation du second degré de type $ax^2 + bx + c = 0$.

$$10^{-pK_A} \times V \times (n - x_f) = x_f^{\,2}.$$

$$10^{-pK_A} \times V \times n - 10^{-pK_A} \times V \times x_f = x_f^{\,2}.$$

$$x_f^{\,2} + \left(10^{-pK_A} \times V\right) \times x_f - 10^{-pK_A} \times V \times n = 0.$$

On a donc $a = 1$; $b = 10^{-pK_A} \times V$; $c = -10^{-pK_A} \times V \times n$.

Et $n = \frac{m}{M} = \frac{500.10^{-3}}{122{,}0} = 4{,}10.10^{-3}$ mol.

On calcule le discriminant :

$\Delta = b^2 - 4ac = (10^{-pK_A} \times V)^2 + 4 \times 1 \times 10^{-pK_A} \times V \times n$.

$\Delta = (10^{-4,2} \times 250,0.10^{-3})^2 + 4 \times 1 \times 10^{-4,2} \times 250,0.10^{-3} \times 4,10.10^{-3} = 2,59.10^{-7}$.

Déterminons les deux racines possibles pour cette équation du second degré :

$$x_{f1} = \frac{-b-\sqrt{\Delta}}{2a} = \frac{-10^{-pK_A} \times V - \sqrt{\Delta}}{2 \times 1} < 0 \text{ solution impossible.}$$

$$x_{f2} = \frac{-b+\sqrt{\Delta}}{2a} = \frac{-10^{-pK_A} \times V + \sqrt{\Delta}}{2 \times 1} = \frac{-10^{-4,2} \times 250,0.10^{-3} + \sqrt{2,59.10^{-7}}}{2 \times 1}.$$

$x_{f2} = 2,5.10^{-4}$ mol.

On en déduit que $\left[H_3O^+\right]_{éq} = \dfrac{x_f}{V} = \dfrac{2,5.10^{-4}}{250,0.10^{-3}} = 9,9.10^{-4}$ mol.L^{-1}.

Ainsi le pH vaut :

$$pH = -\log\left(\frac{\left[H_3O^+\right]_{éq}}{c^\circ}\right) = -\log\left(\frac{9,9.10^{-4}}{1}\right) = 3,0.$$

1.9.3. Calculons le taux d'avancement final :

$\tau_f = \dfrac{x_f}{x_{max}} = \dfrac{2,5.10^{-4}}{4,10 \times 10^{-3}} = 0,0600$, soit 6,00 %, ce qui est inférieur à 99,9 %, donc la réaction est non totale, elle est équilibrée.

Remarque : $x_{max} = C \times V = 0,0164 \times 0,2500 = 4,10 \times 10^{-3}$ mol.

Cela confirme que la réaction de l'acide benzoïque avec l'eau n'est pas totale, ce n'est pas un acide fort.

2 La caféine contenue dans les boissons énergisantes

2.1. Ces longueurs d'ondes 220-320 nm appartiennent au domaine des ultraviolets. Le rayonnement n'est pas visible car non compris entre 400 et 800 nm.

2.2. On se place au maximum de l'absorbance (car cela rend les mesures plus précises) et on lit l'abscisse correspondante : $\lambda_{max} = 274$ nm.

2.3. Calculons la concentration de la solution mère :

$$C_{mère} = \frac{m}{M \times V} = \frac{1,942}{194,00 \times 100,0.10^{-3}} = 0,1001 \text{ mol.L}^{-1}.$$

Calculons l'incertitude-type sur la concentration de la solution mère :

$$u(C_{mère}) = C_{mère} \times \sqrt{\left(\frac{u(m)}{m}\right)^2 + \left(\frac{u(M)}{M}\right)^2 + \left(\frac{u(V)}{V}\right)^2}.$$

$$u(C_{mère}) = 0,1001 \times \sqrt{\left(\frac{0,001}{1,942}\right)^2 + \left(\frac{0,01}{194,00}\right)^2 + \left(\frac{0,06}{100,0}\right)^2} = 8.10^{-5} \text{ mol.L}^{-1}.$$

Dans les conditions de l'expérience, la valeur de la concentration de la solution mère est 0,1001 $mol.L^{-1}$ avec une incertitude-type $u(C_{mère}) = 8.10^{-5}$ $mol.L^{-1}$. L'incertitude-type fournit alors une estimation de l'étendue des valeurs que l'on peut raisonnablement attribuer à la concentration de la solution mère.

2.4.

Données

- $V_{mère} = 10{,}0$ mL.
- $C_{mère} = 0{,}1001$ $mol.L^{-1}$.
- $V_{fille} = 100{,}0$ mL.

Lors d'une dilution la quantité de soluté se conserve, on a donc :

$$n_{mère} = n_{fille}\text{, soit :}$$

$$C_{mère} \times V_{mère} = C_{fille} \times V_{fille}.$$

$$C_{fille} = \frac{C_{mère} \times V_{mère}}{V_{fille}} = \frac{10{,}0 \times 0{,}1001}{100{,}0} = 0{,}0100\,\text{mol.L}^{-1}.$$

2.5. Les points expérimentaux sont alignés, on observe que l'absorbance est proportionnelle à la concentration en caféine, la loi de Beer-Lambert est vérifiée et on peut écrire que $A = k \times C$.
Par lecture graphique, on place le point d'ordonnée $A = 0{,}147$ et on lit l'abscisse correspondante : $C = 0{,}003$ $mol.L^{-1}$.
La quantité de matière en caféine contenue dans la cannette vaut :
$n = C \times V = 0{,}003 \times 33{,}0.10^{-2} = 1.10^{-3}$ mol.
Ce qui équivaut à une masse de caféine égale à :
$m = n \times M = 1.10^{-3} \times 194{,}00 = 0{,}2$ g.

2.6. On calcule le z-score : $z = \dfrac{|\text{valeur mesurée} - \text{valeur de référence}|}{u(\text{valeur})}$.
S'il est inférieur à 2, alors on considère que la mesure est compatible avec la valeur de référence.
$z = \dfrac{|0{,}2 - 0{,}185|}{5.10^{-3}} = 3$, la mesure est donc non compatible avec la valeur de référence. Cela s'explique par la méthode graphique utilisée pour déterminer la valeur de la concentration en caféine. Pour plus de précision, on aurait pu déterminer le coefficient directeur de la droite (k) et calculer ainsi la concentration.

2.7. On peut consommer au maximum 3 mg de caféine par jour par kilogramme de masse corporelle, soit pour un adolescent de 70 kg :
$m_{max} = 3.10^{-3} \times 70 = 0{,}2$ g, or dans une cannette on trouve 0,2 g de caféine, donc un adolescent peut boire une cannette par jour sans risque pour sa santé.

Partie B

1 Nuisance sonore pour les riverains

1.1.

Données

- À 1 cm de la source $L = 95$ dB.
- Le logement se situe à 8,0 m du train.
- $I_0 = 1{,}0.10^{-12}$ W.m^{-2}.

$P = I \times S$ et $I = I_0 \times 10^{\frac{L}{10}}$, d'où :

$$P = I_0 \times 10^{\frac{L}{10}} \times S = 1{,}0.10^{-12} \times 10^{9,5} \times 4 \times \pi \times \left(1{,}0.10^{-2}\right)^2 = 4{,}0.10^{-6}\ \text{W}.$$

Or la puissance sonore se conserve, d'où à 8,0 m de la source :

$$I' = \frac{P}{S'} = \frac{4{,}0.10^{-6}}{4\pi \times 8{,}0^2} = 4{,}9.10^{-9}\ \text{W.m}^{-2}.$$

$$L' = 10 \times \log\left(\frac{I'}{I_0}\right) = 10 \times \log\left(\frac{4{,}9.10^{-9}}{1{,}0.10^{-12}}\right) = 37\ \text{dB}.$$

Ce son n'est pas nocif.

1.2. L'atténuation vaut : $A = L - L' = 95 - 37 = 58\ \text{dB}$.

2 Sécurité des voyageurs

2.1. Sur l'enregistrement du son émis par le sifflet du train, on fait la moyenne sur plusieurs périodes et on trouve une période égale à $T_e = 2{,}5.10^{-3}$ s.

La fréquence correspondante vaut $f_e = \frac{1}{T_e} = \frac{1}{2{,}5.10^{-3}} = 3{,}9.10^2\ \text{Hz}$.

La fréquence du son perçu par le voyageur se déduit de la fréquence fondamentale du spectre en fréquences fourni : $f_R = 416$ Hz $> f_e$.

La période correspondante vaut : $T_R = \frac{1}{f_R} = \frac{1}{416} = 2{,}40.10^{-3}\ \text{s}$.

Le train représente la source sonore (avec son sifflet) qui se rapproche du récepteur fixe (le voyageur), il est donc normal que la fréquence f_R perçue par le voyageur soit supérieure à f_e émise par le train.

2.2. $v_{\text{onde}} = \frac{D}{t_1}$, donc $t_1 = \frac{D}{v_{\text{onde}}}$.

2.3. À $t_2 = T_e$, on a parcouru une distance égale à $v_{\text{train}} \times T_e$. Donc le train se situe à l'abscisse $x_2 = v_{\text{train}} \times T_e$, il lui reste à parcourir une distance égale à $d = D - v_{\text{train}} \times T_e$ pour arriver au niveau du voyageur.

$$t_3 = T_e + \frac{D - v_{\text{train}} \times T_e}{v_{\text{onde}}}.$$

2.4. $T_R = t_3 - t_1 = T_e + \dfrac{D - v_{train} \times T_e}{v_{onde}} - \dfrac{D}{v_{onde}}$.

$$T_R = T_e - \frac{v_{train} \times T_e}{v_{onde}} = T_e\left(1 - \frac{v_{train}}{v_{onde}}\right).$$

$$f_R = \frac{1}{T_R} = \frac{1}{T_e \times \left(1 - \frac{v_{train}}{v_{onde}}\right)} = f_e \times \frac{1}{1 - \frac{v_{train}}{v_{onde}}}.$$

$$f_R = f_e \times \frac{v_{onde}}{v_{onde} - v_{train}}.$$

2.5.

Données

- $f_R = 416$ Hz.
- $f_e = 3{,}9.10^2$ Hz.
- $v_{onde} = 340$ m.s^{-1}.

$$v_{onde} - v_{train} = \frac{f_e}{f_R} \times v_{onde}.$$

$$v_{train} = -\frac{f_e}{f_R} \times v_{onde} + v_{onde} = 340 \times \left(1 - \frac{3{,}9.10^2}{416}\right) = 20\,\text{m.s}^{-1} = 71\,\text{km.h}^{-1}.$$

Le train arrive en gare à la vitesse de 71 km.h^{-1}.

3 Des riverains plus touchés que d'autres par les nuisances sonores

3.1. Quand les vibrations sont en phase, on parle d'interférences constructives. Quand les vibrations sont en opposition de phase, on parle d'interférences destructives.

On entend un son de niveau d'intensité sonore maximale pour des interférences constructives.

Ce niveau d'intensité sonore est plus grand que celui émis par les deux sources car au point M considéré, l'amplitude est la somme des amplitudes des deux ondes qui se superposent.

3.2. On sait que $\delta = \dfrac{b \times x}{D} = k \times \lambda$, d'où : $x = \dfrac{k \times \lambda \times D}{b}$.

Entre deux points consécutifs où les ondes sont en phase :

$$(x+1) - x = \frac{(k+1) \times \lambda \times D}{b} - \frac{k \times \lambda \times D}{b} = \frac{k\lambda D + \lambda D - k\lambda D}{b} = \frac{\lambda D}{b}.$$

C'est ce que l'on note $i = \dfrac{\lambda D}{b}$.

Calculons la longueur d'onde : $\lambda = \frac{v_{\text{onde}}}{f_e} = \frac{340}{392} = 0{,}867\,\text{m}$.

On en déduit que l'interfrange $i = \frac{0{,}867 \times 5{,}0}{4{,}7} = 0{,}92\,\text{m}$.

3.3. Pour savoir si des abscisses correspondent à des points de l'espace où deux ondes sonores vibrent en phase, il faut déterminer si le quotient $\frac{x}{i}$ est un entier ou un demi-entier.

Pour la maison 1 :

$\frac{x}{i} = \frac{-18}{0{,}92} = -19{,}5 = -20 + \frac{1}{2}$, c'est un demi-entier, les interférences sont destructives, donc le niveau d'intensité sonore sera plus faible qu'au niveau de T_1 ou de T_2.

Pour la maison 2 :

$\frac{x}{i} = \frac{35}{0{,}92} = 38$, c'est un entier, les deux ondes vibrent en phase, l'amplitude de l'onde résultante est plus grande qu'au niveau de T_1 et de T_2, donc le niveau d'intensité sonore est plus fort.

C'est pour cela que M_2 entend un son de niveau d'intensité sonore plus grand que M_1.

Le propriétaire M_1 est persuadé que M_2 ment car sans le phénomène d'interférences, l'intensité sonore diminue quand on s'éloigne d'une source, puisque que l'aire de la surface sur laquelle la puissance émise se répartit augmente (atténuation géométrique).

Partie C

1. La distance entre les centres optiques des deux lentilles est de 6,84 m.

1.1. Faisons un schéma de la situation :

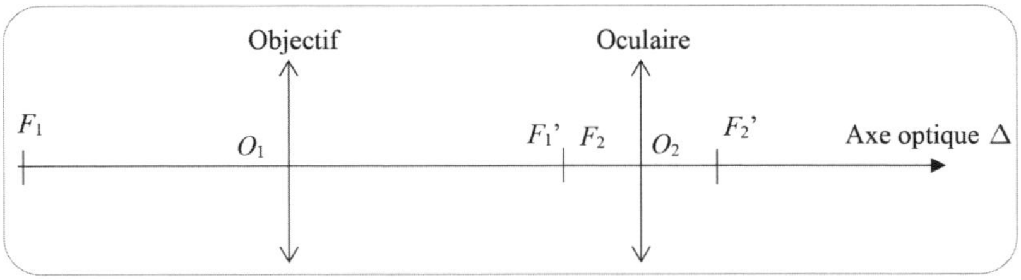

Si la lunette est afocale, alors : $\overline{O_1O_2} = \overline{O_1F_1'} + \overline{F_2O_2}$.

Or on sait que $\overline{O_1O_2} = 6{,}84\,\text{m}$, vérifions que $\overline{O_1F_1'} + \overline{F_2O_2}$ donne le même résultat : $\overline{O_1F_1'} + \overline{F_2O_2} = 6{,}80 + 4{,}0.10^{-2} = 6{,}84\,\text{m} = \overline{O_1O_2}$, la lunette est bien afocale, les points F_1' et F_2 sont confondus.

1.2. Le foyer objet F_2 de l'oculaire est confondu avec le foyer image F_1' de l'objectif (puisque la lunette est afocale). On peut ainsi placer le foyer image F_2' de l'oculaire à une distance égale à F_2O_2, du centre optique O_2.

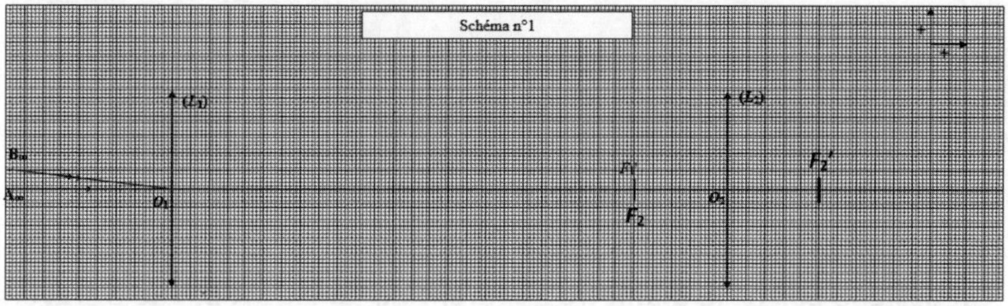

2. La nébuleuse M57, supposée à l'infini, est représentée sur le schéma 1 par *A∞B∞* (*A∞* étant sur l'axe optique). Un rayon lumineux issu de *B∞* est également représenté.

2.1.

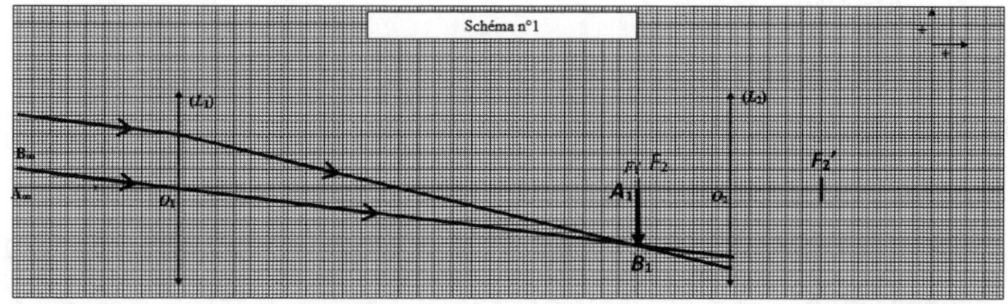

2.2. L'expression du diamètre apparent α est : $\tan\alpha = \frac{A_1B_1}{f_1'} \approx \alpha$.

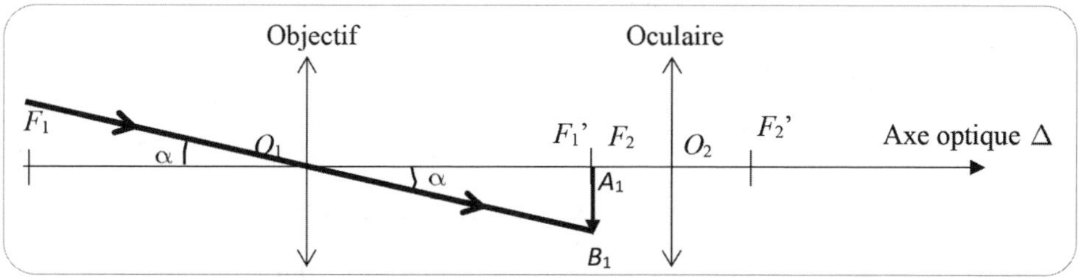

3. L'oculaire L2 permet d'obtenir une définitive A'B' de la nébuleuse M57.

3.1. La lunette étant afocale l'image *A'B'* sera située à l'infini puisque A_1B_1 est dans le plan focal de l'oculaire. Ainsi l'œil n'a pas à accommoder.

3.2.

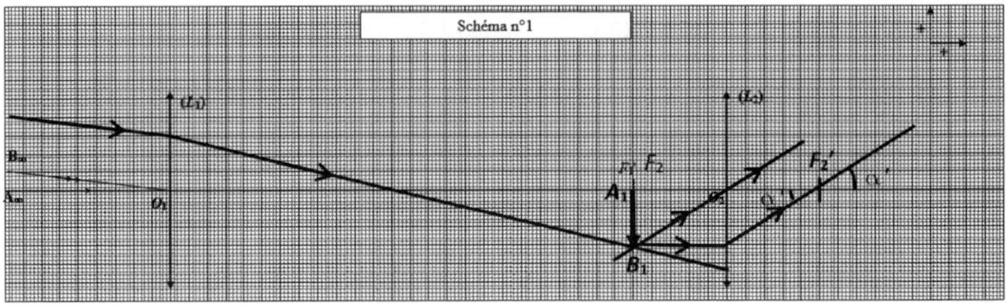

4. **On désigne par α' le diamètre apparent de l'image A'B' vue à travers la lunette, α' est l'angle sous lequel on voit l'image donnée par l'instrument.**

4.1. D'après le schéma précédent, on peut exprimer apparent :

$$\tan\alpha' = \frac{A_1B_1}{f_2'} \approx \alpha'.$$

4.2. $$G = \frac{\alpha'}{\alpha} = \frac{\left(\frac{A_1B_1}{f_2'}\right)}{\left(\frac{A_1B_1}{f_1'}\right)} = \frac{f_1'}{f_2'} = \frac{6{,}80}{4{,}0.10^{-2}} = 1{,}7.10^2.$$

Le grossissement de la lunette de l'observatoire de Harvard est de $1{,}7.10^2$.

5. **Application**

5.1. Faisons un schéma de la situation :

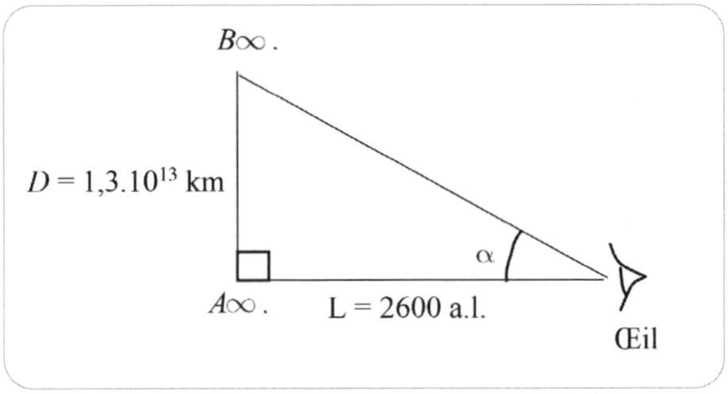

$$\tan\alpha = \frac{D}{L} \approx \alpha, \text{ d'où : } \alpha = \frac{1{,}3.10^{13}}{2600 \times 1{,}00.10^{13}} = 5{,}0.10^{-4} \text{ rad} > 3{,}0.10^{-4} \text{ rad}$$

L'œil peut donc théoriquement distinguer les points $A\infty$ et $B\infty$.

5.2. En réalité, la nébuleuse *M* 57 n'est pas observable à l'œil nu, mais, à travers la lunette, elle devient faiblement visible car elle n'est pas assez lumineuse. Plus le diamètre de l'objectif sera grand et plus la quantité de lumière collectée sera importante ce qui donnera une image lumineuse.

5.3. On sait que $G = \frac{\alpha'}{\alpha} = 1{,}7.10^2$, donc :

$\alpha' = G \times \alpha = 1{,}7.10^2 \times 5{,}0.10^{-4} = 8{,}5.10^{-2}$ rad

Le diamètre apparent de cette nébuleuse vue à travers la lunette de l'observatoire de Harvard est $8{,}5.10^{-2}$ rad.

6. Position de l'œil

6.1. Le cercle oculaire est l'image de l'objectif formée par l'oculaire.

6.2. Il faut placer l'œil au niveau du cercle oculaire pour recevoir toute la lumière collectée par l'objectif de la lunette. On obtient ainsi l'image la plus lumineuse possible.

6.3.

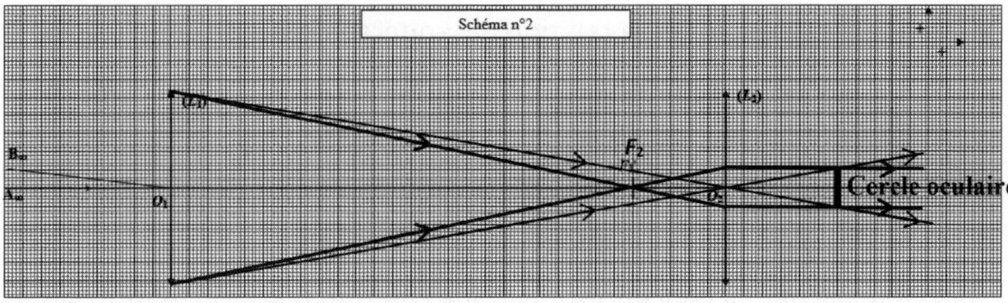

Les conseils du professeur

L'essentiel à connaître

➤ Partie A

- Savoir représenter des formules de Lewis.
- Savoir écrire l'équation de la réaction modélisant une transformation chimique se déroulant entre un acide et l'eau.
- Savoir calculer le pH d'une solution d'acide fort.
- Connaître et exploiter la relation d'Henderson pour un couple acide-base.
- Savoir tracer un digramme de prédominance connaissant le pK_A du couple acide-base.
- Savoir résoudre une équation du second degré.
- Connaître l'étendue du spectre de la lumière visible.
- Savoir calculer la concentration d'une solution fille issue d'une dilution.
- Savoir utiliser la loi de Beer-Lambert pour déterminer une concentration inconnue.
- Savoir écrire le résultat d'une mesure avec un nombre de chiffres significatifs correspondant à la précision de la mesure (incertitude-type).
- Savoir comparer une valeur mesurée et une valeur de référence.

➤ Partie B

- Savoir déterminer une période à partir d'un enregistrement et la fréquence correspondante.
- Savoir déterminer une fréquence fondamentale sur un spectre en fréquence.
- Connaître et appliquer la relation entre la vitesse, la distance parcourue par l'onde et la durée du déplacement.
- Savoir calculer un niveau d'intensité sonore à une distance D d'une source.
- Savoir calculer une atténuation.
- Décrire et interpréter qualitativement les observations correspondant à une manifestation de l'effet Doppler.
- Établir l'expression du décalage Doppler dans le cas d'un observateur fixe, d'un émetteur mobile et dans une configuration à une dimension. Exploiter l'expression du décalage Doppler.

- Savoir établir les conditions d'interférences constructives et destructives.
- Savoir prévoir les lieux d'interférences constructives ou destructives.
- Savoir établir l'expression de l'interfrange.

➤ **Partie C**

- Savoir placer les foyers image et objet des deux lentilles convergentes (objectif et oculaire) d'une lunette afocale.
- Savoir construire l'image d'un objet à l'infini par une lunette afocale.
- Savoir calculer un angle apparent.
- Savoir calculer un grossissement.

Le vocabulaire à maîtriser

Couple acide-base ; constante d'acidité ; p*H* ; acide fort ; acide faible ; diagramme de prédominance ; spectrophotomètre ; loi de Beer-Lambert ; dilution ; z-score ; incertitude-type ; interférences constructives et destructives ; effet Doppler ; atténuation ; interfrange ; lunette afocale ; foyers image et objet ; objectif ; oculaire ; objet à l'infini, grossissement ; angle apparent.

Comment singulariser sa copie

- Écrire les données de l'énoncé sur la copie, en identifiant bien les grandeurs mises en jeu et en n'oubliant pas leurs unités. On peut ici effectuer les conversions qui seront certainement nécessaires plus tard, pour montrer au correcteur que l'on connaît les unités du système international.
- Faire systématiquement des phrases réponses qui reprennent le corps de la question : on doit pouvoir comprendre ce qui est demandé sans voir l'énoncé.
- Souligner les résultats obtenus, une copie bien tenue est agréable à lire pour le correcteur.
- Quand la valeur mesurée n'est pas en accord avec la valeur de référence, il faut proposer une explication.
- Quand on réalise des calculs successifs, sur la copie on doit faire apparaître la valeur arrondie de chaque résultat avec un certain nombre de chiffres significatifs. Mais quand on reprend un résultat précédent pour réaliser un nouveau calcul, sur la calculatrice, on doit garder tous les chiffres significatifs pour ne pas faire des arrondis d'arrondis.
  Par exemple :
  1er calcul : $P = 1{,}0.10^{-12} \times 10^{9{,}5} \times 4\pi \times (1{,}0.10^{-2})^2 = 4{,}0.10^{-6}$ W , ici on doit donner le résultat avec 2 chiffres significatifs, mais à la calculatrice on trouve $3{,}973835306.10^{-6}$ W.

2e calcul : $I' = \frac{P}{S'} = \frac{4{,}0.10^{-6}}{4\pi \times 8{,}0^2} = 4{,}9.10^{-9}$ W.m^{-2}, en réalité sur la calculatrice on a tapé : $\frac{3{,}973835306.10^{-6}}{4\pi \times 8{,}0^2}$ et non $\frac{4{,}0.10^{-6}}{4\pi \times 8{,}0^2}$ qui aurait donné un arrondi d'arrondi puisque l'on trouverait $5{,}0.10^{-9}$ W.m^{-2}.

- Faire un schéma modélisant la situation même quand cela n'est pas demandé. On montre ainsi que l'élève s'est approprié les données de l'énoncé.
  Par exemple dans la partie C, à la question 1.1. on peut faire un schéma de la situation avec l'axe optique, les deux lentilles et placer les points importants : F_1, F_1', O_1, F_2, O_2, F_2'.

Exemple de copie d'élèves

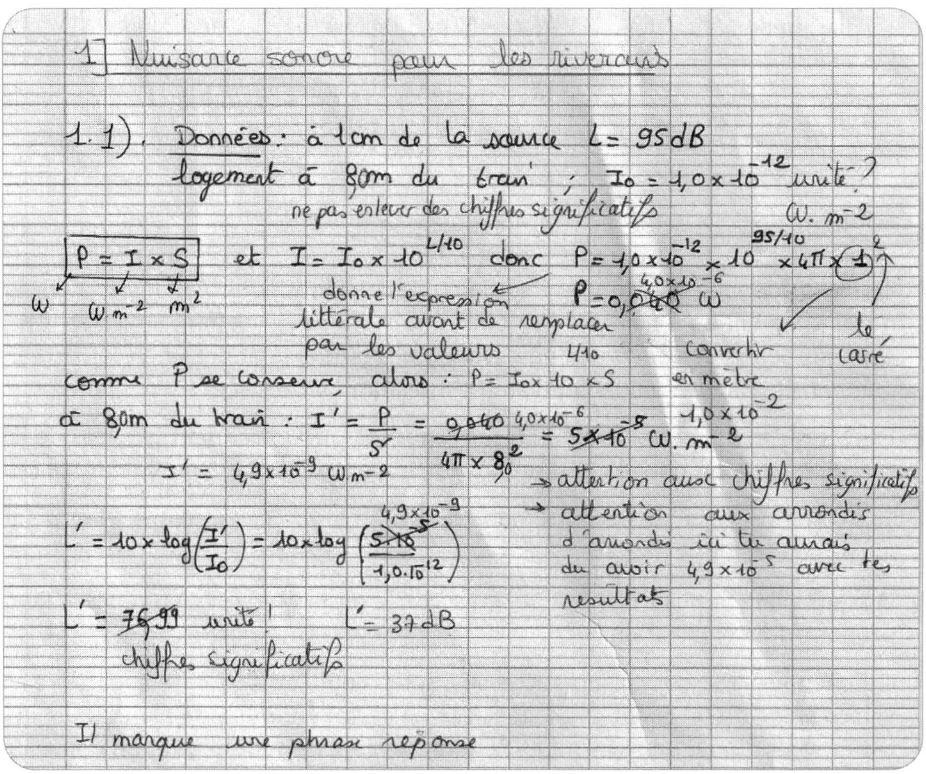
1] Nuisance sonore pour les riverains

1.1) Données : à 1 cm de la source L = 95 dB
logement à 80 m du train ; Io = 1,0 x 10^-12 unité ?
ne pas enlever des chiffres significatifs W.m^-2

P = I x S et I = Io x 10^(L/10) donc P = 1,0 x 10^-12 x 10^(95/10) x 4π x (1)^2
W W.m^-2 m^2
donne l'expression littérale avant de remplacer par les valeurs
P = 0,040 W 4,0x10^-6
le carré convertir en mètre 1,0 x 10^-2

comme P se conserve, alors : P = Io x 10^(L/10) x S
à 80 m du train : I' = P/S' = 0,040 4,0x10^-6 / 4π x 8,0^2 = 5x10^-8 W.m^-2
I' = 4,9x10^-9 W.m^-2
→ attention aux chiffres significatifs
→ attention aux arrondis d'arrondis ici tu aurais du avoir 4,9x10^-5 avec tes résultats

L' = 10 x log(I'/Io) = 10 x log(5x10^-8 / 1,0.10^-12) 4,9x10^-9
L' = 76,99 unité ! chiffres significatifs L' = 37 dB

Il manque une phrase réponse

Sujet 3

Énoncé

Partie A La synthèse de Williamson — 10 points

La synthèse de Williamson est une réaction développée par Alexander Williamson en 1850 permettant de former un éther-oxyde à partir d'un halogénoalcane (R–X) et d'un alcoolate ($R–O^-$) :

$$R-X+R'-O^- \rightarrow R'-O-R+X^-$$

1 Synthèse

On souhaite synthétiser l'éther-oxyde (A) ci-dessous :

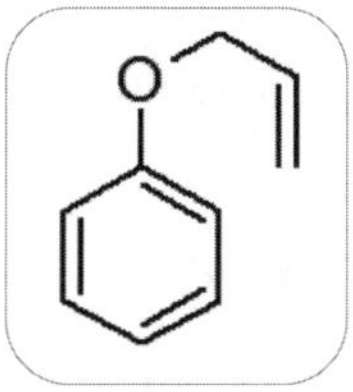

Le protocole suivi est le suivant.

Étape 1 : on mélange dans un ballon 7,53 g de phénol, 6,52 mL de l'halogénoalcane B, 3,20 g d'hydroxyde de sodium (NaOH) et 10,0 mL d'eau distillée. On réalise un montage à reflux et on agite vigoureusement le mélange réactionnel pendant 1 h 30.

Étape 2 : on laisse refroidir le mélange réactionnel puis on transfère le contenu du ballon dans une ampoule à décanter dans laquelle on ajoute 20 mL de diéthyléther $(CH_3–CH_2)_2O$ (de densité $d = 0,713$). On élimine la phase aqueuse. On lave la phase organique deux fois avec 10 mL d'une solution d'hydroxyde de sodium ($Na^+(aq)$ + $HO^-(aq)$) à 1 $mol.L^{-1}$ puis à nouveau avec 10 mL d'eau distillée.

Étape 3 : la phase organique est séchée sur sulfate de sodium anhydre puis recueillie dans un ballon après filtration.

Étape 4 : le ballon est ensuite placé à l'évaporateur rotatif où il plonge dans le bain d'eau chaude. On obtient une huile de masse $m = 10,05$ g.

L'équation globale de la réaction modélisant la transformation étudiée est fournie ci-dessous :

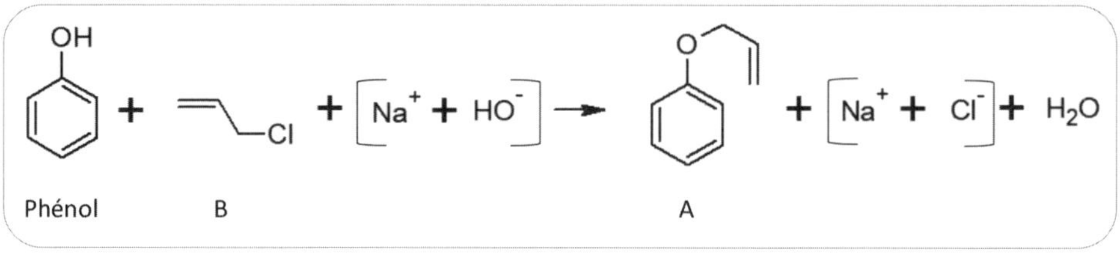

Données

	Phénol	Composé B	NaOH	Composé A	Phénolate
Masse molaire ($g.mol^{-1}$)	94,11	76,52	40,00	134,00	93,11
Densité	–	0,939	–	–	–
Solubilité dans l'éther diéthylique	Bonne	Bonne	Faible	Bonne	Faible
Solubilité dans l'eau	Faible	Faible	Forte	Quasi nulle	Forte
Température d'ébullition (°C)	–	45	–	> 60	–

- pK_A(phénol/phénolate) = 9,95.
- Température d'ébullition de l'éther diéthylique : 34,6 °C.

1.1. Nommer le composé B et donner sa formule de Lewis.

Le schéma du montage à reflux est schématisé ci-dessous :

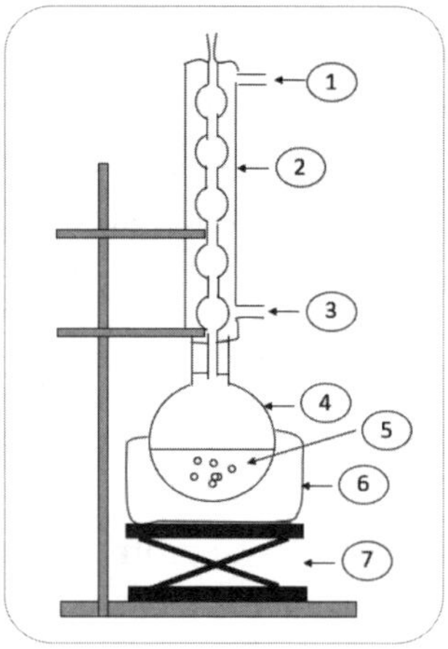

1.2. Après avoir expliqué l'intérêt d'utiliser un montage à reflux, nommer les éléments du montage numérotés de 1 à 7.

1.3. Quelles étapes donnent lieu à une séparation ?

1.4. Faire un schéma légendé de l'ampoule à décanter au début de l'étape 2 et préciser le contenu de chaque phase en présence.

1.5. À l'étape 2, expliquer l'intérêt de laver la phase organique avec une solution basique d'hydroxyde de sodium.

1.6. Quel est le but de l'étape 3 ?

1.7. Quels composés élimine-t-on grâce à l'étape 4 ? Justifier.

1.8. Calculer les quantités de matières initiales des réactifs et dresser le tableau d'avancement de cette réaction considérée comme totale.

1.9. Définir et calculer le rendement de la réaction.

Afin de vérifier la pureté du produit obtenu, on réalise un spectre infrarouge du phénol et du produit A obtenu.

Les spectres obtenus sont représentés ci-après.

Donnée

- En spectroscopie infrarouge, la bande caractéristique de la vibration de la liaison O–H des alcools se situe entre 3 200 et 3 700 cm^{-1}.

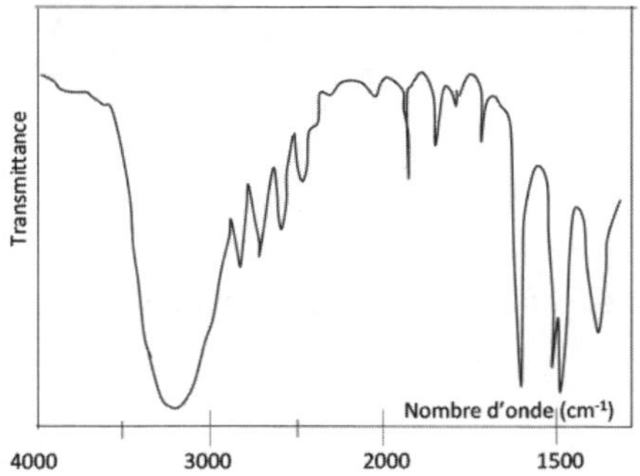

Spectre IR du phénol

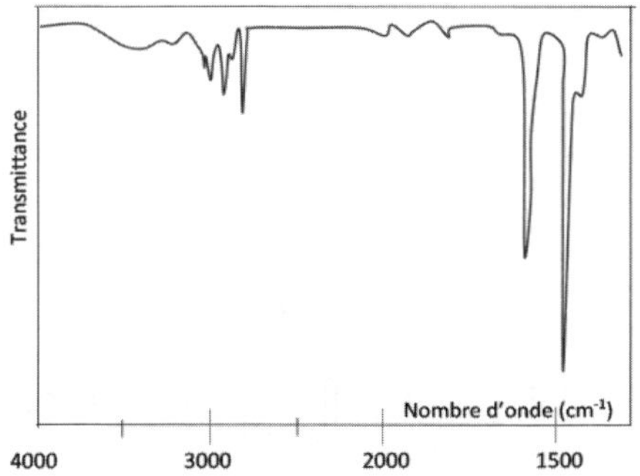

Spectre IR du composé A (huile obtenue)

1.10. À l'aide des spectres IR, conclure quant à l'utilité d'une purification du composé A.

La synthèse écoresponsable utilise des procédés chimiques qui permettent de réduire ou d'éliminer l'utilisation et la synthèse de produits dangereux.

Elle doit respecter les 12 principes de la chimie verte énoncés par Paul Anastas et John Warner en 1998.

Parmi eux figurent le principe d'économie d'atomes (un maximum d'atomes des réactifs doit se retrouver dans le produit pour diminuer les sous-produits), l'utilisation de catalyseurs (augmente la sélectivité des réactions et diminue la quantité de réactifs), d'utilisation des réactifs les moins toxiques possibles et le recours à des solvants « verts » (faiblement toxiques, facilement récupérables et recyclables).

Une voie alternative pour produire le composé A est présentée ci-dessous :

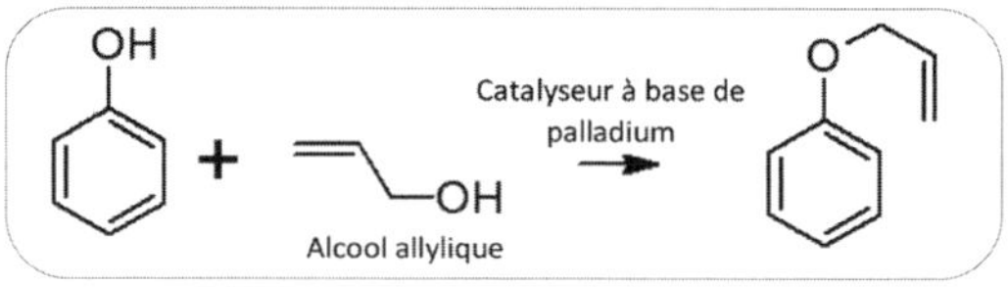

Données

Alcool allylique	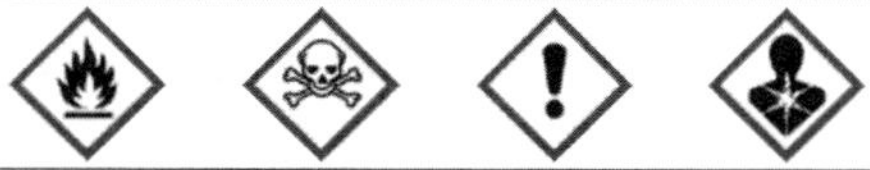
Composé B	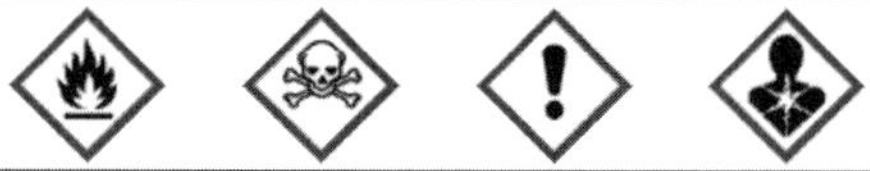
NaOH	

1.11. La voie alternative peut-elle être qualifiée de synthèse écoresponsable ? Justifier votre démarche.

2 Mécanisme

On se propose dans cette partie d'étudier le mécanisme de la réaction de Williamson menant à l'éther-oxyde A.

Le mécanisme se déroule en deux étapes :

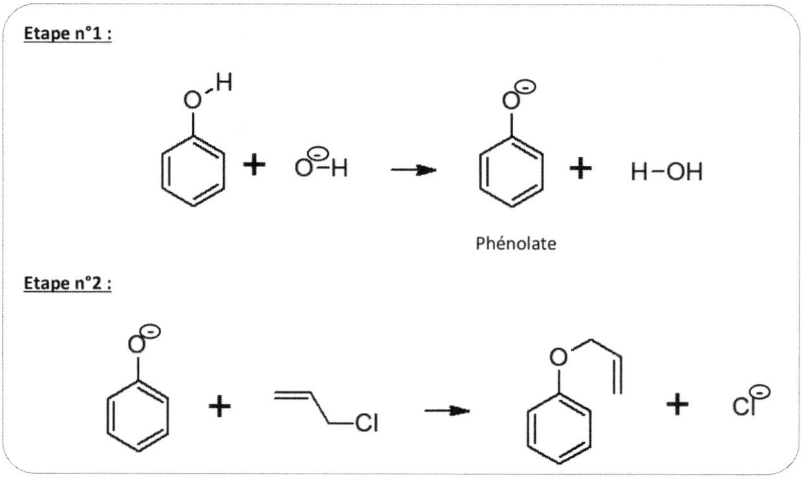

2.1. Placer les doublets non liants manquants sur les atomes des espèces chimiques intervenant dans les deux étapes de la réaction.

Données

- Numéros atomiques Z(H) = 1.
- Z(C) = 6.
- Z(O) = 8.
- Z(Cl) = 17.

2.2. Identifier la nature de l'étape n° 2.

2.3. Représenter les flèches courbes permettant de passer des réactifs aux produits pour les deux étapes.

2.4. L'étape n° 1 est une réaction acide-base. Identifier les deux couples en présence. Quelle grandeur physique faudrait-il calculer pour montrer que la réaction est totale ?

3 Étude cinétique

On s'intéresse dans cette partie à la deuxième étape du mécanisme précédent.

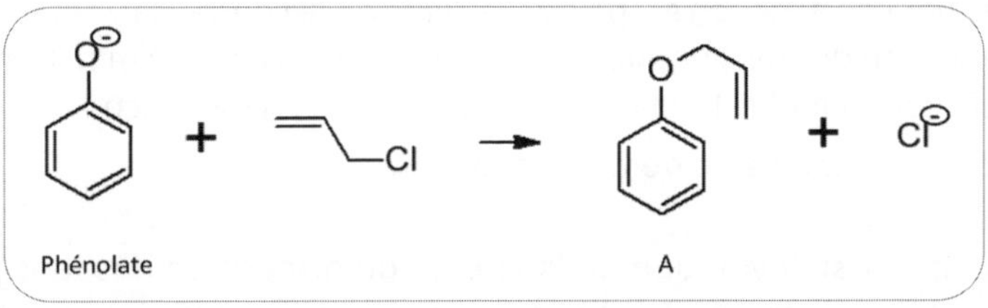

On cherche à valider l'hypothèse que dans les conditions de l'expérience de la partie *1.Synthèse*, la réaction suit une loi d'ordre 1 par rapport aux ions phénolate.

3.1. Si l'on souhaite suivre l'évolution de la concentration des ions phénolate dans le mélange réactionnel en fonction du temps, un suivi conductimétrique est-il possible ? Justifier.

Données

- Conductivités ioniques molaires dans les conditions de l'expérience : λ(Phénolate) = $4{,}1.10^{-3}$ S.m^2.mol^{-1}.
- $\lambda(C\ell^-) = 7{,}6.10^{-3}$ S.m^2.mol^{-1}.

Des résultats expérimentaux ont donné les résultats suivants pour le suivi cinétique de la disparition des ions phénolate :

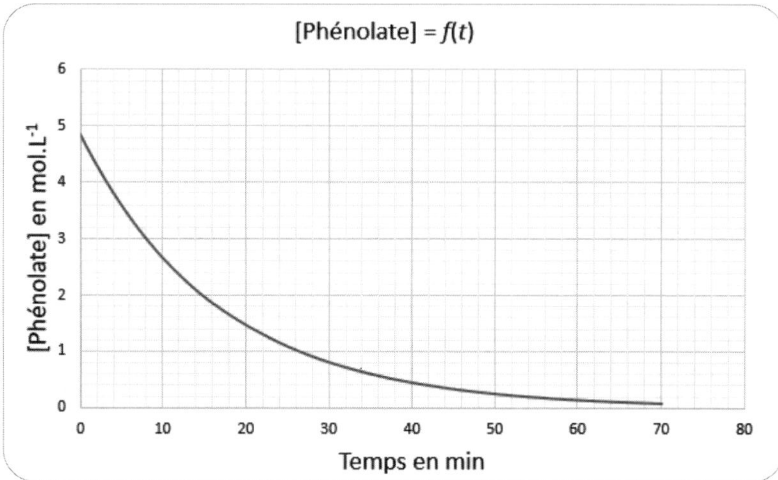

3.2. Indiquer à l'aide de la courbe si la réaction est terminée au bout de 1 h 30.

3.3. Estimer par construction graphique, à l'aide de la courbe, la vitesse volumique de disparition des ions phénolate à $t = 0$ min, puis à $t = 30$ min. Comparer ces deux vitesses. Quel est le facteur cinétique mis en évidence ?

3.4. Déterminer le temps de demi-réaction $t_{1/2}$.

On souhaite savoir si l'évolution de la vitesse de disparition des ions phénolate peut être modélisée par une loi d'ordre 1. Pour cela, on rédige un programme en langage Python qui permet de calculer les vitesses volumiques de disparition des ions phénolate aux différentes dates, puis de représenter l'évolution de cette vitesse en fonction de la concentration en ions phénolate.

Extrait du programme rédigé en langage Python

```
# Liste des valeurs expérimentales temps en min et concentration C en ions phénolate en mol.L-1
t = [0, 5, 10, 15, 20, 25, 30, 35, 40, 45, 50, 55, 60, 65, 70]
C = [4.84, 3.59, 2.66, 1.97, 1.46, 1.08, 0.80, 0.59, 0.44, 0.33, 0.24, 0.18, 0.13, 0.09, 0.07]

v = []  # Liste vide qui contiendra les valeurs de la vitesse volumique de disparition des ions phénolate
t2 = []  # Liste vide qui contiendra 14 valeurs de temps
i = 0
while i < len (t) – 1 :
        t2.append(t[i])
        v.append(-(C[i+1] – C[i]) / (t[i+1] – t[i-1]))
        i = i+1
```

Une partie du programme non reproduite ci-dessus permet de modéliser les résultats obtenus par une fonction affine.

Modélisation affine de l'évolution de la vitesse volumique de disparition des ions phénolate en fonction de la concentration en ions phénolate

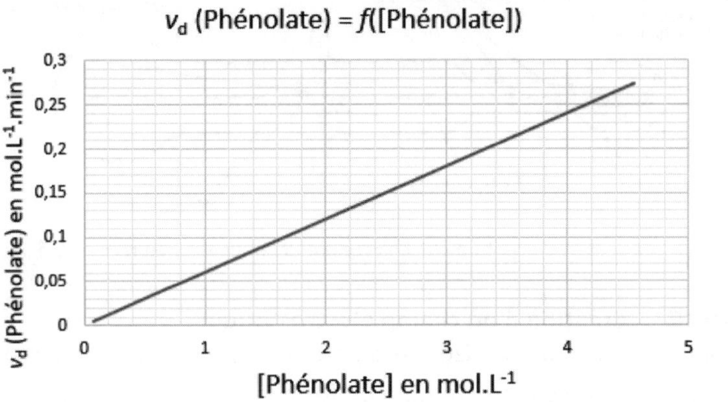

L'équation de la droite modélisant le nuage de points est : v = 0,060 C – 2 x 10^{-17}

3.5. Expliquer, en s'appuyant sur l'extrait de programme proposé, pourquoi le calcul des vitesses volumiques de disparition des ions phénolate aux différentes dates, réalisé par ce programme, est une valeur approchée.

3.6. Indiquer si la réaction suit un ordre 1 par rapport aux ions phénolate. Justifier.

Partie B Détermination du rapport e/m pour l'électron (5 points)

Sujet du Bac S, Antilles, 2013

Document 1 La deuxième expérience de Thomson

Le physicien anglais Joseph John Thomson utilisa un tube à vide, dans lequel une cathode émet des électrons. Ceux-ci sont accélérés dans un champ électrostatique créé par des anodes de collimation. À la sortie de ces anodes, les électrons forment un faisceau très étroit. Ce faisceau passe ensuite entre deux plaques métalliques de charges opposées. Les électrons, soumis à un nouveau champ électrostatique, sont alors déviés de leur trajectoire et viennent frapper un écran constitué d'une couche de peinture phosphorescente.

Tube utilisé par Thomson pour montrer la déviation de particules chargées par un champ électrostatique :

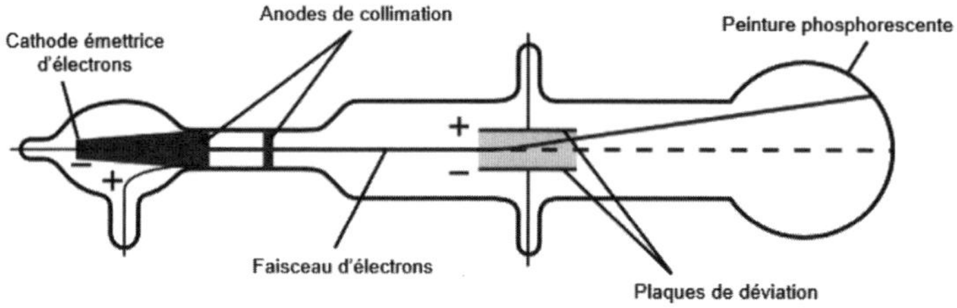

Source : https://labolycee.org/determination-du-rapport-em-pour-lelectron

Document 2 Création d'un champ électrostatique

Deux plaques métalliques horizontales portant des charges opposées possèdent entre elles un champ électrostatique uniforme $\vec{E}$ caractérisé par :

- sa direction : perpendiculaire aux plaques ;
- son sens : de la plaque chargée positivement vers la plaque chargée négativement.

Document 3 Force électrostatique subie par une particule chargée dans un champ électrique $\vec{E}$

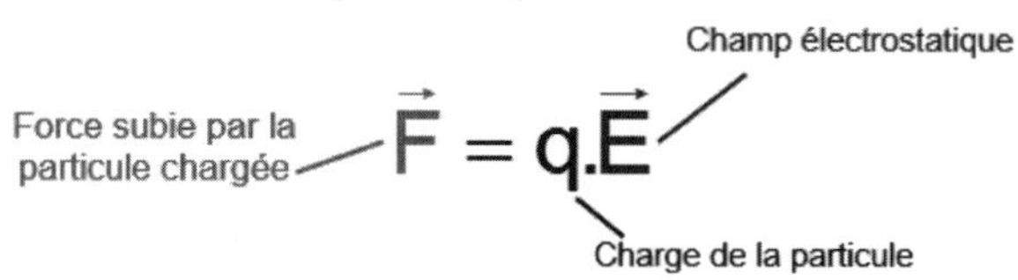

Pour un électron : $q = -e$; e étant la charge élémentaire.

Source : https://labolycee.org/determination-du-rapport-em-pour-lelectron

Document 4 Interactions entre particules chargées

Deux particules de charges de même signe se repoussent ; deux particules de charges opposées s'attirent.

Document 5 Expérience de laboratoire ; détermination du rapport e/m pour l'électron

Le montage ci-après reprend le principe de la deuxième expérience de Thomson. Il comporte un tube à vide dans lequel un faisceau d'électrons est dévié entre deux plaques de charges opposées. On mesure la déviation verticale du faisceau d'électrons lors de la traversée des plaques sur une longueur L, afin de déterminer la valeur du rapport e/m.

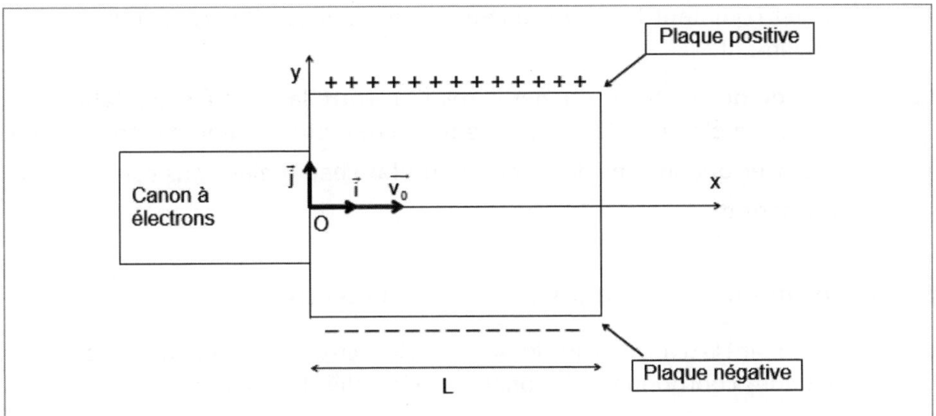

Source : https://labolycee.org/determination-du-rapport-em-pour-lelectron

Données de l'expérience

- Les électrons sortent du canon à électrons avec une vitesse $v_0 = 2{,}27 \times 10^7$ m.s^{-1}.
- Le faisceau d'électrons passe entre les deux plaques chargées et est dévié d'une hauteur h quand il sort des plaques.
- L'intensité du champ électrostatique entre les deux plaques est : $E = 15{,}0$ kV.m^{-1}.
- La longueur des plaques est : $L = 8{,}50$ cm.

On fait l'hypothèse que le poids des électrons est négligeable par rapport à la force électrostatique $\vec{F}$.

1 Détermination du caractère négatif de la charge de l'électron par J.J. Thomson

1.1. À l'aide du document 2, représenter le vecteur correspondant au champ électrostatique $\vec{E}$.
On prendra l'échelle suivante : 1,0 cm pour 5,0 kV.m^{-1}.

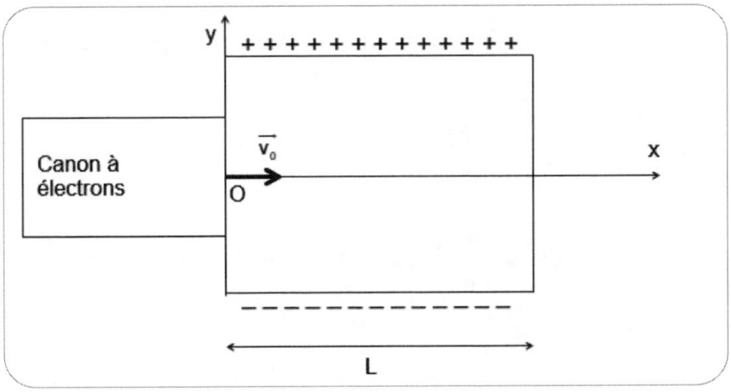

Source : https://labolycee.org/determination-du-rapport-em-pour-lelectron

1.2. J.J. Thomson a observé une déviation du faisceau d'électrons vers la plaque métallique chargée positivement (voir document 1).

Expliquer comment J.J. Thomson en a déduit que les électrons sont chargés négativement.

1.3. À l'aide du document 3, donner la relation entre la force électrostatique $\vec{F}$ subie par un électron, la charge élémentaire e et le champ électrostatique $\vec{E}$. Montrer que le sens de déviation du faisceau d'électrons est cohérent avec le sens de $\vec{F}$.

2 Détermination du rapport e/m pour l'électron

2.1. En appliquant la deuxième loi de Newton à l'électron, montrer que les relations donnant les coordonnées de son vecteur accélération sont :

$$a_x = 0 \text{ et } a_y = \frac{e \times E}{m}.$$

2.2. On montre que la courbe décrite par les électrons entre les plaques admet pour équation :

$$y = \frac{e \times E}{2 \times m \times v_0^2} \times x^2.$$

À la sortie des plaques, en $x = L$, la déviation verticale du faisceau d'électrons par rapport à l'axe (Ox) a une valeur $h = 1{,}85$ cm.

2.2.1. En déduire l'expression du rapport $\frac{e}{m}$ en fonction de E, L, h et v_0.

2.2.2. Donner la valeur du rapport $\frac{e}{m}$.

2.2.3. On donne ci-dessous les valeurs des grandeurs utilisées, avec les incertitudes associées :

- $v_0 = (2{,}27 \pm 0{,}02) \times 10^7$ m.s^{-1} ;
- $E = (15{,}0 \pm 0{,}1)$ kV.m^{-1} ;
- $L = (8{,}50 \pm 0{,}05)$ cm ;
- $h = (1{,}85 \pm 0{,}05)$ cm.

L'incertitude du rapport $\frac{e}{m}$, notée $u\left(\frac{e}{m}\right)$, s'exprime par la formule suivante :

$$u\left(\frac{e}{m}\right) = \frac{e}{m}\sqrt{\left[\left(\frac{u(h)}{h}\right)^2 + \left(\frac{u(E)}{E}\right)^2 + 4\left(\frac{u(v_0)}{v_0}\right)^2 + 4\left(\frac{u(L)}{L}\right)^2\right]}$$

Calculer l'incertitude $u\left(\frac{e}{m}\right)$, puis exprimer le résultat de $\frac{e}{m}$ avec cette incertitude.

Partie C Les satellites de Jupiter

5 points

La première découverte d'un satellite naturel (en dehors de la Lune) est attribuée à Galilée. En 1610, il observe 4 des 79 satellites naturels de Jupiter, il s'agit de Io, Europa, Ganymede et Callisto.

Ces satellites, appelés galiléens, ont une orbite quasi circulaire autour de Jupiter.

Données

- La constante de gravitation universelle : $G = 6{,}67 \times 10^{-11}\ m^3.kg^{-1}.s^{-2}$.
- Période de révolution *T* et rayon *r* de l'orbite des satellites galiléens de Jupiter :

Satellite	Io	Europa	Ganymede	Callisto
T (jour)	1,7691	3,5512	7,1546	16,689
r (km)	421 700	671 034	1 070 412	1 882 709

1 Validité de la 3e loi de Kepler dans le cas de ses satellites galiléens

1.1. Écrire la troisième loi de Kepler pour les satellites galiléens de Jupiter.

1.2. À l'aide des données du tableau, vérifier par une représentation graphique la validité de la 3e loi de Kepler pour les satellites galiléens de Jupiter.

1.3. Déterminer la valeur de la constante *k* de la 3e loi de Kepler pour les satellites de Jupiter dans les unités du système international S.I.

2 Détermination de la masse de Jupiter

2.1. En appliquant la 2e loi de Newton à un satellite étudié dans le référentiel Jupiterocentrique, supposé galiléen et en utilisant le repère de Frenet, montrer que $k = \dfrac{4 \times \pi^2}{G \times M}$, avec *M*, la masse de Jupiter.

2.2. En utilisant la réponse à la question 1.3., en déduire la masse *M* de Jupiter.

2.3. Metis est un autre satellite de Jupiter dont la trajectoire quasi circulaire a un rayon de $r = 128\ 852$ km. Déterminer sa période de révolution T_J en jours terrestres.

Avant de commencer

Aide

➢ Pour la partie A p. 79

- Ne pas confondre formule de Lewis et formule développée.
- Être précis lorsque l'on détermine les coordonnées d'un point sur un graphique.
- Écrire les données du problème peut aider à trouver la formule qui les relie.
- Soigner les représentations graphiques et le tracé des tangentes.
- Pour déterminer la vitesse volumique de disparition v_d d'un réactif à une date t, on trace la tangente à la courbe $C = f(t)$, au point d'abscisse t. L'opposé du coefficient directeur de la tangente est égal à v_d.
- Pour montrer que la vitesse d'une réaction suit un ordre un par rapport à un réactif, on peut montrer que sa vitesse de disparition est proportionnelle à la concentration de ce réactif.

➢ Pour la partie B p. 85

- Pour écrire le résultat de la mesure d'une grandeur G avec un nombre de chiffres significatif adapté, il faut exprimer le résultat avec une précision cohérente avec l'incertitude-type.
- La rédaction de la réponse attendue est de la forme : « dans les conditions de l'expérience, la valeur de la grandeur G = ... unité, avec une incertitude-type u(G) = ... unité. L'incertitude-type fournit alors une estimation de l'étendue des valeurs que l'on peut raisonnablement attribuer à la grandeur G. »

➢ Pour la partie C p. 89

- Un graphique doit prendre au moins une demi-page. Il ne faut pas représenter des points expérimentaux avec un autre marqueur qu'un « + ». Penser à légender les axes et à préciser l'unité des grandeurs. Donner un titre au graphique. Les points expérimentaux ne sont reliés à la main que s'ils ne semblent pas décrire une droite.

Rappels de formules

- Pour des solides : $n = \dfrac{m}{M}$.
- Pour un liquide pur : $n = \dfrac{d \times \rho_{eau} \times V}{M}$.
- Loi de vitesse : $v = k \times C$ pour une réaction d'ordre un.
- Définition de la vitesse volumique de disparition d'un réactif : $v_d = -\dfrac{dC}{dt}$.
- Rendement d'une réaction : $r = \dfrac{m_{\text{expérimentale}}}{m_{\text{théorique}}} \times 100$.
- 3e loi de Kepler : $\dfrac{T^2}{r^3} = k = \text{constante}$.
- Périmètre d'un cercle de rayon r : $P = 2 \times \pi \times r$.
- 2e loi de Newton : $\sum \overrightarrow{F_{extérieur}} = m \times \vec{a}$.
- Pour calculer le coefficient directeur d'une droite il faut prendre deux points A et B appartenant à la droite et suffisamment éloignés. Le coefficient directeur de la droite se calcule par la formule : $a = \dfrac{y_B - y_A}{x_B - x_A}$.
- $1 \text{ jour} = 24 \times 3600 \text{ secondes}$.

Les pièges à éviter

- Il faut connaître la valeur de la masse volumique de l'eau dans les conditions de pression et de température ambiantes.
- Il faut savoir déterminer à la main la valeur d'un coefficient directeur.
- Un suivi cinétique par conductimétrie est possible si des ions sont présents dans le bilan réactionnel.
- En spectroscopie infrarouge il ne faut pas chercher à attribuer toutes les bandes, mais il faut raisonner sur l'apparition ou la disparition de bandes caractéristiques.
- Il ne faut pas oublier le « moins » dans la formule de la vitesse volumique de disparition d'un réactif.
- Il ne faut pas oublier d'écrire l'unité à la fin de chaque calcul, même si on la donne ensuite dans la phrase réponse.
- L'incertitude-type se donne avec un seul chiffre significatif.
- Attention aux conversions d'unité. Une durée s'exprime en seconde (s), une distance en mètre (m).

Corrigé

Partie A La synthèse de Williamson

1 Synthèse

1.1. Le composé B est le 3-chloroprop-1-ène. Sa formule de Lewis est donnée ci-dessous :

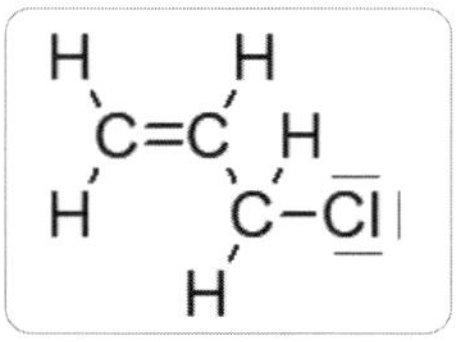

1.2. Le montage à reflux permet d'accélérer la réaction (la température est un facteur cinétique) par chauffage, tout en évitant des pertes de réactifs ou de produits grâce à la présence du réfrigérant (condense les vapeurs).
Légende du montage :
1 : Sortie d'eau.
2 : Réfrigérant à boules (à eau).
3 : Entrée d'eau.
4 : Ballon.
5 : Mélange réactionnel (+ pierre ponce).
6 : Chauffe-ballon.
7 : Support élévateur.

1.3. Les étapes de séparation mises en jeu sont les étapes :
- N° 2 : extraction liquide – liquide dans l'ampoule à décanter ;
- N° 3 : Séchage de la phase organique et filtration ;
- N° 4 : distillation sous pression réduite à l'aide de l'évaporateur rotatif.

1.4. Le schéma de l'ampoule à décanter est représenté ci-après.
La phase organique est au-dessus car la densité de l'éther diéthylique est inférieure à celle de l'eau.

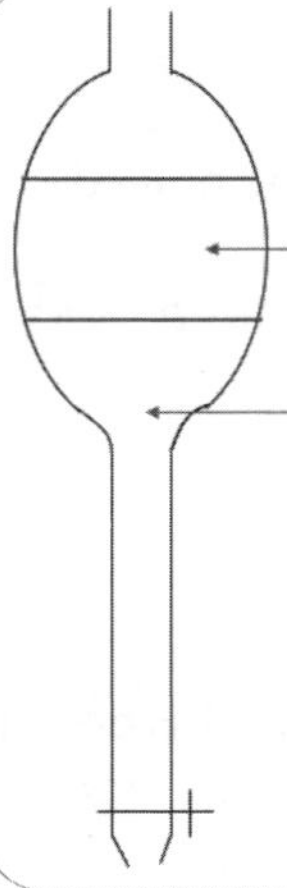

1.5. À l'étape 2, on lave la phase organique avec une solution basique d'hydroxyde de sodium afin de réagir avec le phénol. L'ion phénolate ainsi obtenu (réaction acido-basique) est très soluble dans l'eau, ce qui permet de séparer le phénol qui n'aurait pas réagi du composé A.

1.6. L'étape 3 permet de sécher la phase organique, c'est-à-dire d'enlever les traces d'eau.

1.7. À l'étape 4, on passe la phase organique à l'évaporateur rotatif. Le ballon est placé dans un bain d'eau chaude et le montage à distiller est mis sous pression réduite. Cela permet d'enlever le solvant, c'est-à-dire l'éther diéthylique et le composé B dont la température d'ébullition est faible.

1.8. Calculons la quantité de matière de phénol introduite initialement :

$$n(\text{phénol}) = \frac{m(\text{phénol})}{M(\text{phénol})} = \frac{7,53}{94,11} = 8,00 \times 10^{-2}\ \text{mol}.$$

Calculons la quantité de matière de composé B introduite initialement :

$$n(\text{B}) = \frac{d \times \rho_{eau} \times V}{M} = \frac{0,939 \times 1,00 \times 6,52}{76,52} = 8,00 \times 10^{-2}\ \text{mol}.$$

Calculons la quantité de matière en hydroxyde de sodium NaOH :

$$n(\text{NaOH}) = \frac{m(\text{NaOH})}{M(\text{NaOH})} = \frac{3,20}{40,00} = 8,00 \times 10^{-2}\ \text{mol}.$$

Le tableau d'avancement de cette réaction considérée comme totale est donné ci-dessous.

Etat du système	Avancement de la réaction (mol)	C_6H_6O + Phénol	C_3H_5Cl + B	NaOH →	NaCl +	$C_9H_{10}O$ + A	H_2O
Etat initial	x = 0	$8,00.10^{-2}$	$8,00.10^{-2}$	$8,00.10^{-2}$	0	0	Excès
Etat intermédiaire	x	$8,00.10^{-2}$ - x	$8,00.10^{-2}$ - x	$8,00.10^{-2}$ - x	x	x	Excès
Etat final	$x_f = x_{max}$	$8,00.10^{-2}$ - x_{max}	$8,00.10^{-2}$ - x_{max}	$8,00.10^{-2}$ - x_{max}	x_{max}	x_{max}	Excès

1.9. Le rendement $r = \dfrac{m(\text{A})_{\text{expérimental}}}{m(\text{A})_{\text{théorique}}} \times 100$.

On sait que l'on a produit en fin de réaction une huile de masse $m = 10{,}05$ g. Calculons la masse théorique de composé A :

$m(\text{A})_{\text{théorique}} = n(\text{A})_{\text{final}} \times M(\text{A}) = x_{\text{max}} \times M(\text{A}) = 8{,}00 \times 10^{-2} \times 134{,}00 = 10{,}7 \text{ g}$.

On obtient donc un rendement égal à :

$r = \dfrac{10{,}05}{10{,}7} \times 100 = 93{,}9\ \%$.

Il s'agit d'un très bon rendement.

1.10. On voit que la bande caractéristique de la liaison O-H présente vers 3200 cm^{-1} a disparu dans le spectre de l'huile formée. Il n'y a donc plus de phénol à la fin de la réaction.

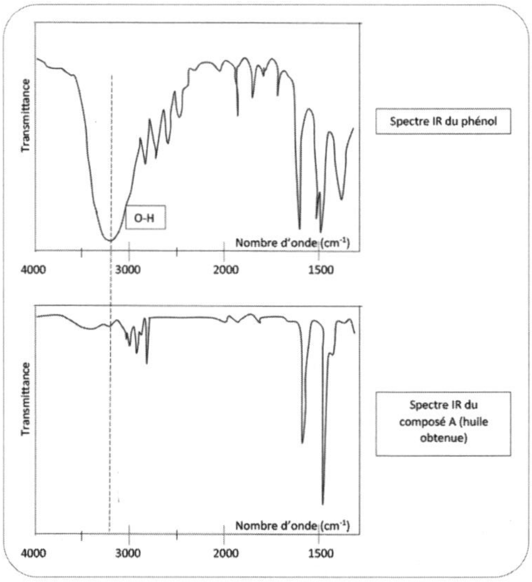

Si on fait l'hypothèse que le composé B est totalement éliminé à l'évaporateur rotatif, alors on peut en conclure qu'une purification n'est pas nécessaire. Il faudrait cependant réaliser une chromatographie sur couche mince pour vérifier que le produit est pur et qu'un sous-produit ne s'est pas formé au cours de la réaction.

1.11. La voie alternative peut être qualifiée d'écoresponsable car on réalise une économie d'atomes (il n'y a plus de NaCl et d'eau dégagés), on utilise un catalyseur (le palladium), la synthèse est moins dangereuse car elle n'utilise pas de soude corrosive.

2 Mécanisme

2.1.

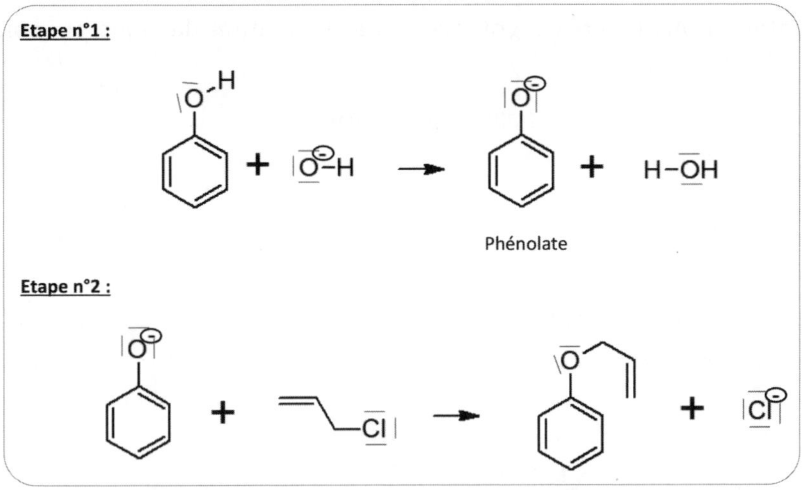

2.2. L'étape n° 2 est une substitution car le chlore est remplacé par un groupe d'atomes.

2.3.

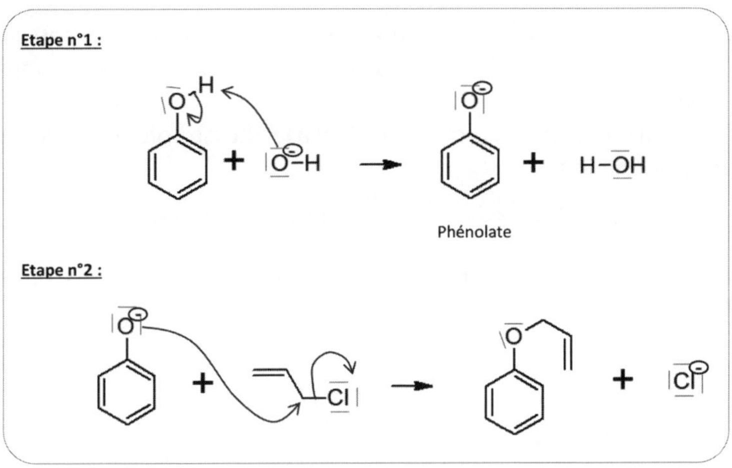

2.4. Les deux couples en présence sont : $C_6H_6O / C_6H_5O^-$ (c'est-à-dire phénol/phénolate) et H_2O / OH^-. Pour montrer qu'une réaction est totale, il faut calculer le taux d'avancement final et montrer qu'il est supérieur à 99,9 %.

3 Étude cinétique

3.1. Si l'on souhaite suivre l'évolution de la concentration des ions phénolate dans le mélange réactionnel en fonction du temps, un suivi conductimétrique est possible : la mesure de la conductivité de la solution permet de déterminer les concentrations en ions phénolate et chlorure.

3.2. La réaction est terminée au bout de 1 h 30 = 90 min car la concentration en ions phénolate est nulle pour $t > 70$ min.

3.3. Déterminons la vitesse volumique de disparition des ions phénolate à $t = 0$ min :

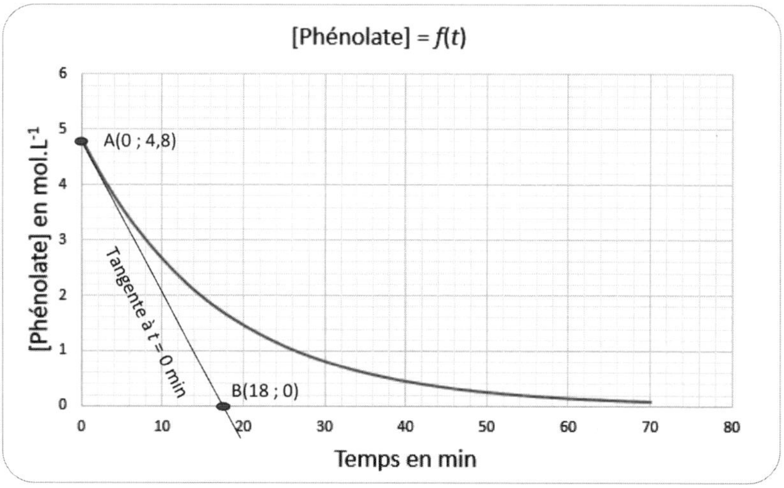

On trace la tangente à la courbe en $t = 0$ min et on détermine son coefficient directeur. Pour cela on choisit deux points A(0 ; 4,8) et B(18 ; 0) appartenant à la tangente.

L'opposé du coefficient directeur est égal à la vitesse volumique de disparition des ions phénolate.

$$v_d(\text{phénolate}) = -\frac{y_B - y_A}{x_B - x_A} = -\frac{0-4{,}8}{18-0} = 0{,}27\ \text{mol.L}^{-1}.\text{min}^{-1}.$$

Déterminons la vitesse volumique de disparition des ions phénolate à $t = 30$ min :

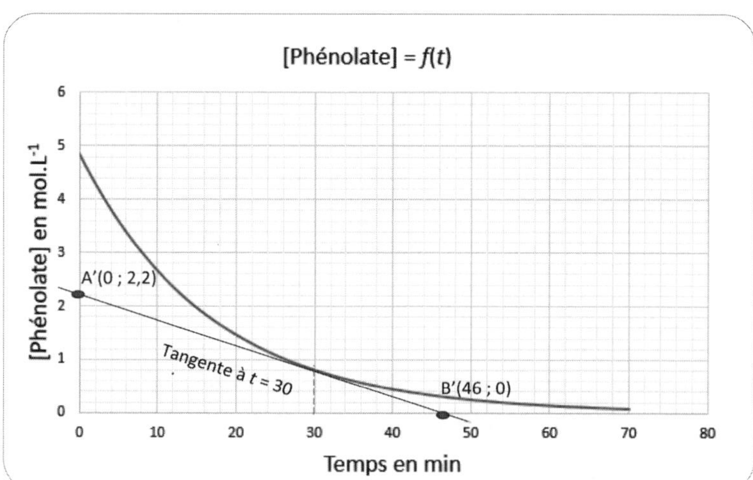

On trace la tangente à la courbe en $t = 30$ min et on détermine son coefficient directeur. Pour cela on choisit deux points A'(0 ; 2,2) et B'(46 ; 0) appartenant à la tangente.
L'opposé du coefficient directeur est égal à la vitesse volumique de disparition des ions phénolate.

$$v_{\mathrm{d}}(\text{phénolate}) = -\frac{y_B - y_A}{x_B - x_A} = -\frac{0 - 2{,}2}{46 - 0} = 0{,}048\ \text{mol.L}^{-1}.\text{min}^{-1}.$$

On voit que la vitesse de disparition des ions phénolate diminue au cours du temps : $v_{\mathrm{d}}(t = 0\ \text{min}) > v_{\mathrm{d}}(t = 30\ \text{min})$. Le facteur cinétique mis en évidence est la concentration des réactifs. La vitesse de disparition des ions phénolate diminue au cours du temps car la concentration des ions phénolate diminue au cours de la transformation.

3.4. Les ions phénolate sont totalement consommés à la fin de la réaction, ils sont limitants, on peut donc écrire que le temps de demi-réaction $t_{1/2}$ est la date à laquelle on a $[\text{Phénolate}] = \dfrac{[\text{Phénolate}]^{\text{initial}}}{2}$.

Le temps de demi-réaction se détermine graphiquement : $t_{1/2} = 12$ min.

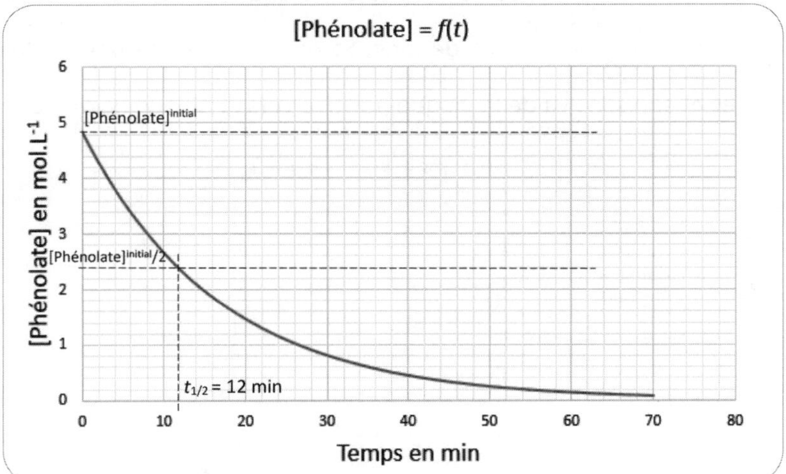

3.5. La définition de la vitesse volumique de disparition des ions phénolate s'écrit :

$$v_d(\text{phénolate}) = -\frac{d[\text{Phénolate}]}{dt}.$$

Dans le programme proposé le calcul des vitesses volumiques de disparition des ions phénolate aux différentes dates ne fait pas intervenir la dérivée, mais calcule le rapport de la différence de concentrations en ion phénolate entre deux dates par la durée écoulée :

$$v_d(\text{phénolate}) = -\frac{\Delta[\text{Phénolate}]}{\Delta t} = -\frac{[\text{Phénolate}]_{i+1} - [\text{Phénolate}]_i}{t_{i+1} - t_{i-1}}.$$

La valeur obtenue est une valeur approchée car l'écart entre deux dates doit tendre vers zéro pour respecter la définition de la vitesse, ce qui n'est pas le cas puisque $\Delta t = 5\,\text{min}$ dans le programme Python.

3.6. Dans l'hypothèse d'une réaction d'ordre 1 par rapport aux ions phénolate on peut écrire que : $v_d(\text{Phénolate}) = k[\text{Phénolate}]$, la vitesse de disparition des ions phénolate est proportionnelle à la concentration en ions phénolate au cours du temps. Les points expérimentaux sont modélisables par une droite linéaire de type y = ax, ce qui valide l'ordre 1 par rapport aux ions phénolate.

Partie B Détermination du rapport e/m pour l'électron

1 Détermination du caractère négatif de la charge de l'électron par J.J. Thomson

1.1. Le vecteur correspondant au champ électrostatique $\vec{E}$ est représenté par une flèche de $\frac{15{,}0 \times 1{,}0}{5{,}0} = 3{,}0\,\text{cm}$ de long. Sa direction est perpendiculaire aux plaques et son sens va de la plaque positive vers la plaque négative.

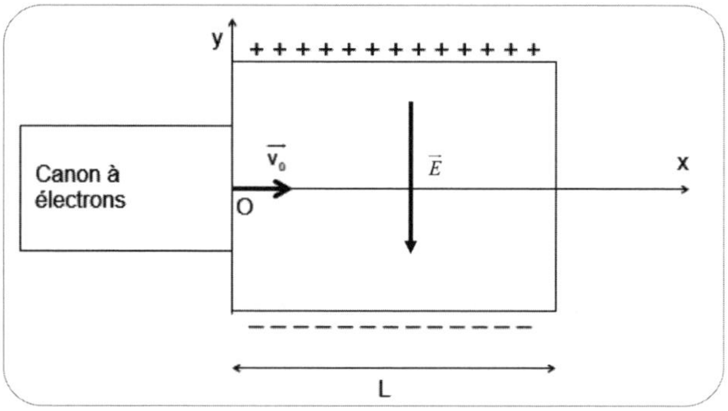

1.2. J.J. Thomson a observé une déviation du faisceau vers la plaque métallique chargée positivement. On sait que deux charges de mêmes signes se repoussent et que deux charges de signes opposés s'attirent. L'électron étant attiré par la plaque positive, on en déduit qu'il est chargé négativement.

1.3. La relation entre la force électrostatique $\vec{F}$ subie par un électron, la charge élémentaire e et le champ électrostatique $\vec{E}$ s'écrit :

$$\vec{F} = -e \times \vec{E}$$

D'après le document 1, l'électron est dévié vers la plaque positive. Comme il n'est soumis qu'à la force électrostatique, celle-ci est orientée vers la plaque positive. Or le champ $\vec{E}$ est orienté en sens inverse. Comme $\vec{F} = q \times \vec{E}$, il faut forcément que q soit négatif, ce qui est le cas pour l'électron : $q = -e$.

2 Détermination du rapport e/m pour l'électron

2.1. On applique la deuxième loi de Newton au système {électron}, dans le référentiel terrestre supposé galiléen.

$$\sum \vec{F}_{\text{extérieures}} = m \times \vec{a}$$

$$\vec{F} = m \times \vec{a}$$

$$-e \times \vec{E} = m \times \vec{a}$$

$$\vec{a} = \frac{-e \times \vec{E}}{m}$$

Le champ $\vec{E}$ est orienté suivant l'axe des y, donc en projetant la relation précédente suivant les deux axes Ox et Oy on obtient : $a_x = 0$ et $a_y = \frac{e \times E}{m}$.

2.2.1. Dans l'expression $y = \frac{e \times E}{2 \times m \times v_0^2} \times x^2$, on remplace *x* par *L* et *y* par *h*.

$$h = \frac{e \times E}{2 \times m \times v_0^2} \times L^2$$

$$\frac{e}{m} = \frac{2 \times h \times v_0^2}{L^2 \times E}$$

2.2.2. Calculons la valeur du rapport $\frac{e}{m}$:

$$\frac{e}{m} = \frac{2 \times 1{,}85 \times 10^{-2} \times \left(2{,}27 \times 10^{7}\right)^2}{\left(8{,}5 \times 10^{-2}\right)^2 \times 15{,}0 \times 10^{3}} = 1{,}76 \times 10^{11}\ \text{C.kg}^{-1}.$$

2.2.3. Calculons l'incertitude $u\left(\frac{e}{m}\right)$:

$$u\left(\frac{e}{m}\right) = \frac{e}{m}\sqrt{\left[\left(\frac{u(h)}{h}\right)^2 + \left(\frac{u(E)}{E}\right)^2 + 4\left(\frac{u(v_0)}{v_0}\right)^2 + 4\left(\frac{u(L)}{L}\right)^2\right]}.$$

$$u\left(\frac{e}{m}\right) = 1{,}76 \times 10^{11} \times \sqrt{\left[\left(\frac{0{,}05}{1{,}85}\right)^2 + \left(\frac{0{,}1}{15{,}0}\right)^2 + 4\left(\frac{0{,}02}{2{,}27}\right)^2 + 4\left(\frac{0{,}05}{8{,}50}\right)^2\right]}.$$

$$u\left(\frac{e}{m}\right) = 6 \times 10^{9}\ \text{C.kg}^{-1} = 0{,}06 \times 10^{11}\ \text{C.kg}^{-1}$$

Dans les conditions de l'expérience, la valeur du rapport $\frac{e}{m}$ est $1{,}76.10^{11}$ C.kg^{-1} avec une incertitude-type $u\left(\frac{e}{m}\right) = 0{,}06.10^{11}$ C.kg^{-1}.

L'incertitude-type fournit alors une estimation de l'étendue des valeurs que l'on peut raisonnablement attribuer au rapport $\frac{e}{m}$.

Partie C Les satellites de Jupiter

1 Validité de la 3e loi de Kepler dans le cas de ses satellites galiléens

1.1. D'après la 3e loi de Kepler, le quotient du carré de la période de révolution T d'un satellite de Jupiter par le cube de la longueur r de son orbite est égal à une même constante k, pour tous les satellites de Jupiter : $\frac{T^2}{r^3} = k$.

1.2. Il faut tracer la courbe T^2 en fonction de r^3 pour les points expérimentaux fournis. Si le nuage de points est modélisable par une droite linéaire, alors la 3e loi de Kepler est vérifiée pour les satellites de Jupiter.
Il faut donc au préalable calculer T^2 et r^3 pour chaque satellite et les exprimer dans les unités du système international.
On obtient la courbe suivante :

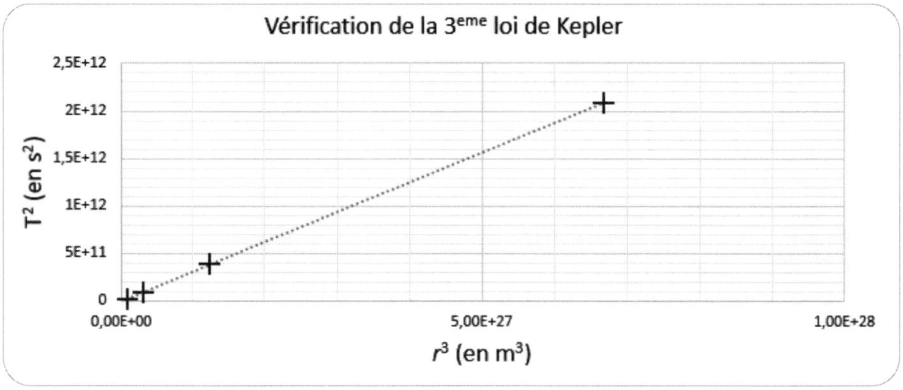

Les points expérimentaux sont alignés et la droite de régression passe par zéro. On en déduit que la 3e loi de Kepler est bien vérifiée pour les satellites de Jupiter : T^2 et r^3 sont proportionnels et la constante de proportionnalité k est le coefficient directeur de la droite : $T^2 = k \times r^3$.

1.2. Deux méthodes sont possibles :

- Prendre deux points A et B appartenant à la droite et calculer le coefficient directeur de la droite ($k = \dfrac{y_B - y_A}{x_B - x_A}$).

  On peut choisir les points suivants : A(0 ; 0) et B(5,00.10^{27} ; 1,6.10^{12}).
  Le coefficient directeur de la droite vaut :

  $$k = \frac{1{,}6 \times 10^{12} - 0}{5{,}00 \times 10^{27} - 0} = 3{,}2 \times 10^{-16}\ s^2.m^{-3}.$$

- Se servir de la calculatrice programmable et utiliser le mode STAT.
  On renseigne les listes : dans List1 (correspondant aux valeurs des abscisses) on rentre les valeurs de r^3 et dans List2 (correspondant aux valeurs des ordonnées) on rentre les valeurs de T^2.
  On réalise la régression linéaire (RegLin ax + b) et on obtient les coefficients a (qui est égal au coefficient directeur de la droite et donc à k) et b (qui doit tendre vers zéro car la droite est de type linéaire et non affine).
  On trouve $k = a = 3{,}16.10^{-16}$ $s^2.m^{-3}$.
  La valeur de la constante k de la 3e loi de Kepler pour les satellites de Jupiter vaut 3,2.10^{-16} $s^2.m^{-3}$.

2 Détermination de la masse de Jupiter

2.1. Dans le référentiel Jupiterocentrique, supposé galiléen, le système {satellite} n'est soumis qu'à la force gravitationnelle que Jupiter exerce sur lui : $\vec{F}_{\text{Jupiter/satellite}}$.

D'après la 2e loi de Newton : $\vec{F}_{\text{Jupiter/satellite}} = m_{satellite} \times \vec{a}$.

Dans le repère de Frenet le vecteur accélération s'écrit : $\vec{a} = a_N \times \vec{N} + a_T \times \vec{T}$.
L'accélération étant centripète (orientée vers le centre de Jupiter), elle est portée par le vecteur unitaire $\vec{N}$. L'accélération tangentielle est nulle, d'où $a_T = \dfrac{dv}{dt} = 0$ la vitesse du satellite est donc constante et l'expression de l'accélération devient : $\vec{a} = \dfrac{v^2}{r} \times \vec{N}$.

D'où : $F_{Jupiter/satellite} \times \vec{N} = m_{satellite} \times \dfrac{v^2}{r} \times \vec{N}$.

Et $\dfrac{G \times M \times m_{satellite}}{r^2} \times \vec{N} = m_{satellite} \times \dfrac{v^2}{r} \times \vec{N}$.

Ainsi : $v = \sqrt{\dfrac{G \times M}{r}}$ (1).

La période de révolution T d'un satellite autour de Jupiter est la durée que met le satellite pour effectuer un tour complet, donc pour parcourir une distance égale à $2 \times \pi \times r$ à la vitesse v.

On a donc : $v=\dfrac{2\times\pi\times r}{T}$ (2).

En couplant (1) et (2), on obtient : $\dfrac{2\times\pi\times r}{T}=\sqrt{\dfrac{G\times M}{r}}$.

Soit : $\dfrac{4\times\pi^2\times r^2}{T^2}=\dfrac{G\times M}{r}$ et $\dfrac{4\times\pi^2}{G\times M}=\dfrac{T^2}{r^3}=k$.

2.2. La masse de Jupiter vaut :

$$M=\frac{4\times\pi^2}{G\times k}=\frac{4\times\pi^2}{6{,}67\times10^{-11}\times3{,}2\times10^{-16}}=1{,}8\times10^{27}\text{ kg}.$$

2.3. La 3e loi de Kepler s'applique à tous les satellites de Jupiter.

Ainsi : $\dfrac{4\times\pi^2}{G\times M}=\dfrac{T_J^2}{r^3}$ et :

$$T_J=\sqrt{r^3\times\frac{4\times\pi^2}{G\times M}}=\sqrt{\left(128852\times10^3\right)^3\times\frac{4\times\pi^2}{6{,}67\times10^{-11}\times1{,}8\times10^{27}}}.$$

$T_J=2{,}7\times10^4\text{ s}=0{,}31\text{ j}$.

La période de révolution de Metis est de 0,31 jour terrestre.

Les conseils du professeur

L'essentiel à connaître

Partie A

- Savoir représenter une molécule par une formule de Lewis.
- Savoir calculer des quantités de matière et dresser un tableau d'avancement.
- Savoir définir et calculer un rendement.
- Savoir justifier si une réaction est écoresponsable.
- Savoir interpréter des spectres infrarouges.
- Connaître les différentes étapes d'une synthèse.
- Savoir représenter une ampoule à décanter et y placer les phases en présence.
- Savoir légender un montage à reflux et en connaître l'intérêt.
- Savoir représenter des flèches courbes pour rendre compte de la rupture et de la formation de liaisons lors des étapes d'un mécanisme réactionnel.
- Savoir déterminer graphiquement la valeur d'une vitesse volumique à l'instant t grâce à la courbe $C = f(t)$.
- Définir et déterminer graphiquement le temps de demi-réaction.
- Énoncer des facteurs cinétiques.

Partie B

- Savoir représenter le champ électrostatique en respectant une échelle.
- Savoir présenter le résultat d'une mesure avec une précision cohérente avec la valeur de l'incertitude-type.
- Savoir appliquer la 2e loi de Newton.

Partie C

- Connaître la 3e loi de Kepler.
- Savoir vérifier la validité de la 3e loi de Kepler.
- Savoir démontrer que $k = \frac{4 \times \pi^2}{G \times M}$, avec M, la masse de l'astre autour duquel gravitent des satellites.
- Savoir calculer le coefficient directeur d'une droite.
- Appliquer la 3e loi de Kepler pour en déduire la période de révolution d'un satellite.

Le vocabulaire à maîtriser

Montage à reflux ; substitution ; purification ; identification ; séparation ; extraction liquide-liquide ; ampoule à décanter ; rendement ; synthèse écoresponsable ; chimie verte ; spectroscopie infrarouge ; cinétique ; ordre de réaction ; symbolisme des flèches courbes ; réaction acide-base ; les fonctions len()-1, append(), et les listes pour le programme Python ; loi de vitesse ; définition de la vitesse ; incertitude-type ; force électrostatique ; champ électrique ; charge élémentaire ; 3e loi de Kepler ; régression linéaire ; coefficient directeur ; 2e loi de Newton ; période de révolution ; référentiel ; satellite naturel.

Comment singulariser sa copie

- Écrire les données de l'énoncé sur la copie, en identifiant bien les grandeurs mises en jeu et en n'oubliant pas leurs unités. On peut ici effectuer les conversions qui seront certainement nécessaires plus tard, pour montrer au correcteur que l'on connaît les unités du système international.
- Faire un graphique d'au moins une demi-page. Les points sont représentés par des « + » et pas des « x » ou des ronds. Si les points expérimentaux semblent alignés, alors il faut faire passer une droite par tous les points ou autant au-dessous qu'en dessous. Les axes doivent être gradués et légendés. Le graphique est tracé au crayon à papier.
- Lors du calcul du coefficient directeur d'une droite, quelle que soit la méthode utilisée il faut détailler la démarche sur la copie.
- Faire apparaître les conversions d'unités, par exemple le passage des secondes aux jours.
- Penser à commenter systématiquement les résultats, par exemple la valeur d'un rendement (bon, mauvais, ...). Il faut avoir un esprit critique sur vos résultats.
- Oser proposer des hypothèses. Par exemple en infrarouge dans la partie A, il faut émettre les hypothèses qu'il n'y a pas de sous-produit formé lors de la réaction et que le composé B a été totalement retiré lors de l'évaporation.

Exemple de copie d'élèves

Lorsque l'on calcule des quantités de matière de plusieurs espèces chimique il faut indiquer en indice de quelle espèce chimique il s'agit, ou bien on peut faire une phrase précédent le calcul.

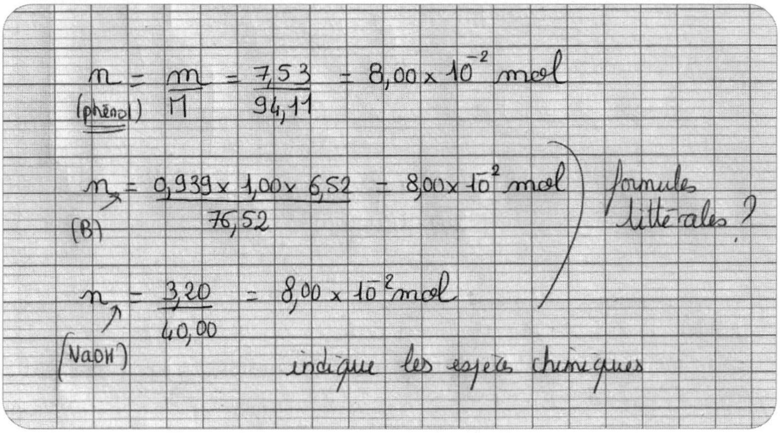

$n_{(phénol)} = \frac{m}{M} = \frac{7,53}{94,11} = 8,00 \times 10^{-2}$ mol

$n_{(B)} = \frac{0,939 \times 1,00 \times 6,52}{76,52} = 8,00 \times 10^{-2}$ mol

$n_{(NaOH)} = \frac{3,20}{40,00} = 8,00 \times 10^{-2}$ mol

formules littérales ?

indique les espèces chimiques

Sujet 4

Énoncé

Partie A Dosage pour déterminer la durée de fonctionnement d'une pile

7 points

Sujet du Bac S, Polynésie, 2012

La pile étudiée est une pile diiode-zinc. Elle est composée de deux demi-piles reliées par un pont salin, papier filtre imbibé d'une solution de chlorure de potassium ($K^+(aq) + Cl^-(aq)$).

La première demi-pile (compartiment 1) est constituée d'une lame de zinc plongeant dans 100 mL de solution contenant des ions zinc à la concentration molaire $[Zn^{2+}]_0 = 1{,}0 \times 10^{-1}$ mol.L^{-1}.

La seconde demi-pile (compartiment 2) est constituée d'une lame de platine plongeant dans 100 mL d'une solution brune contenant du diiode de concentration molaire $[I_2]_0 = 1{,}0 \times 10^{-1}$ mol.L^{-1} et des ions iodure de concentration molaire $[I^-]_0 = 5{,}0 \times 10^{-2}$ mol.L^{-1}. L'électrode de platine ne subit aucune altération chimique lorsque la pile fonctionne.

On associe à cette pile un ampèremètre et une résistance en série comme indiqué sur le schéma ci-dessous :

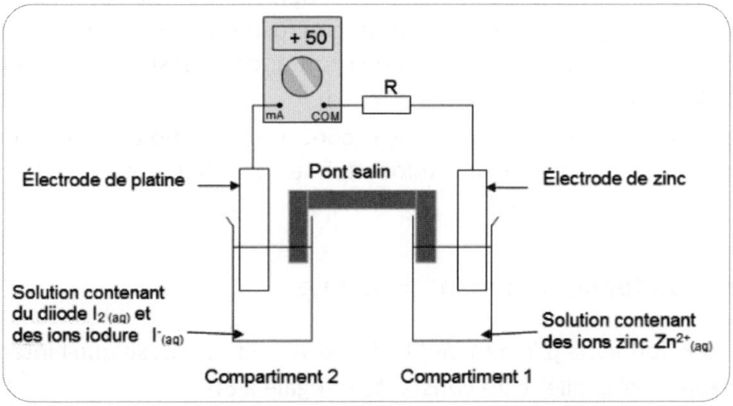

Source : https://labolycee.org/un-dosage-pour-determiner-la-duree-de-fonctionnement-dune-pile

Données

- Couples oxydant réducteur : I_2/I^- et Zn^{2+}/Zn.
- Constante de Faraday : $F = 96\,500$ C.mol^{-1}.

1 Réalisation de la pile

1.1. Sur le schéma, indiquer le sens conventionnel du courant et les polarités de la pile. Justifier.

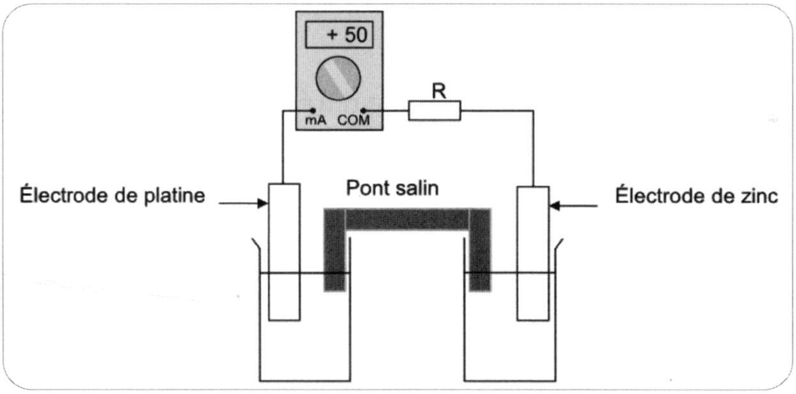

Source : https://labolycee.org/un-dosage-pour-determiner-la-duree-de-fonctionnement-dune-pile

1.2. Écrire les demi-équations des réactions se produisant aux électrodes et préciser la nature de ces réactions.

1.3. En déduire l'équation globale de fonctionnement de la pile.

1.4. Préciser la nature et le sens de déplacement des porteurs de charges à l'intérieur et à l'extérieur de la pile en complétant le schéma de la question 1.1.

2 Étude de la pile

2.1. Donner l'expression du quotient de réaction initial Q_{ri} et calculer sa valeur.

2.2. La constante d'équilibre associée à l'équation de la réaction ayant pour réactifs le zinc métal et le diiode en solution aqueuse est $K = 10^{46}$ à la température $T = 25$ °C. Prévoir le sens d'évolution spontanée du système chimique constituant la pile.

2.3. Que peut-on dire de l'évolution de la concentration molaire en diiode dans le compartiment 2 lorsque la pile fonctionne ? Justifier à partir de l'expression du quotient de réaction Q_r.

3 Durée de fonctionnement de la pile

On laisse fonctionner la pile pendant la durée Δt. On suppose que l'intensité I du courant débité par la pile reste constante et égale à 50 mA.

Pour déterminer la quantité de matière de diiode ayant été consommé pendant le fonctionnement de la pile, on dose le diiode restant dans le compartiment 2 de la pile avec une solution incolore de thiosulfate de sodium ($2\ Na^+(aq) + S_2O_3^{2-}(aq)$) de concentration molaire en soluté apporté $C_1 = 2{,}0 \times 10^{-1}$ mol.L^{-1}.

On précise que la couleur brune de la solution du compartiment 2 est due à la présence de diiode, seule espèce colorée mise en jeu.

Le volume de solution de thiosulfate de sodium versé à l'équivalence est $V_{1,E} = 14,7$ mL.

L'équation de la réaction servant de support au dosage est :

$$2\,S_2O_3^{2-}(aq) + I_2(aq) = S_4O_6^{2-}(aq) + 2\,I^-(aq)$$

3.1. Faire un schéma annoté du dispositif expérimental de dosage.

3.2. Définir l'équivalence d'un dosage. Comment la repère-t-on ici ?

3.3. Quantité de matière de diiode consommé.

3.3.1. Compléter le tableau d'avancement. On note x' l'avancement de la réaction de dosage.

Équation		$2\,S_2O_3^{2-}{}_{(aq)}$ +	$I_{2(aq)}$ =	$S_4O_6^{2-}{}_{(aq)}$ +	$2I^-{}_{(aq)}$.
État du système	Avancement (mol)	Quantités de matière (mol)			
État initial	0	n_1	n_2		$n_i(I^-)$
En cours de transformation	x'				

Source : https://labolycee.org/un-dosage-pour-determiner-la-duree-de-fonctionnement-dune-pile

3.3.2. Déterminer la valeur de la quantité de matière n_2 de diiode restant dans le compartiment 2 avant le dosage.

3.3.3. En déduire la quantité de matière $n_{cons}(I_2)$ de diiode consommé lors du fonctionnement de la pile.

3.4. Durée de fonctionnement de la pile.

3.4.1. En déduire la valeur de l'avancement x de la réaction correspondant au fonctionnement de la pile au bout de la durée Δt.

3.4.2. Exprimer la quantité de matière d'électrons échangée pendant le fonctionnement de la pile en fonction de x.

3.4.3. Vérifier que la quantité d'électricité fournie par la pile est proche de $1,6 \times 10^3$ C.

3.4.4. En déduire la durée Δt de fonctionnement de la pile.

Partie B Diagnostic d'une maison 5 points

Sujet du Bac S, Nouvelle-Calédonie, session novembre 2017

Un couple souhaite acheter une maison. Pour faire son choix, il décide de se renseigner sur l'environnement sonore de la maison ainsi que sur son isolation thermique.

1 Environnement sonore de la maison

Un projet consiste à installer une éolienne à proximité de la maison. Cette éolienne en fonctionnement a une puissance acoustique de 0,50 W.

Données

- Intensité sonore de référence : $I_0 = 1{,}0 \times 10^{-12}$ W.m^{-2}.
- **Intensité sonore**
  Pour une source sonore isotrope *S* (qui émet de la même façon dans toutes les directions), l'intensité sonore *I* (en W.m^{-2}) mesurée au point *M* dépend de la distance *d* (en m) à la source. Elle s'exprime de la façon suivante : $I = \dfrac{P}{4 \times \pi \times d^2}$ où *P* est la puissance acoustique de la source (en W).

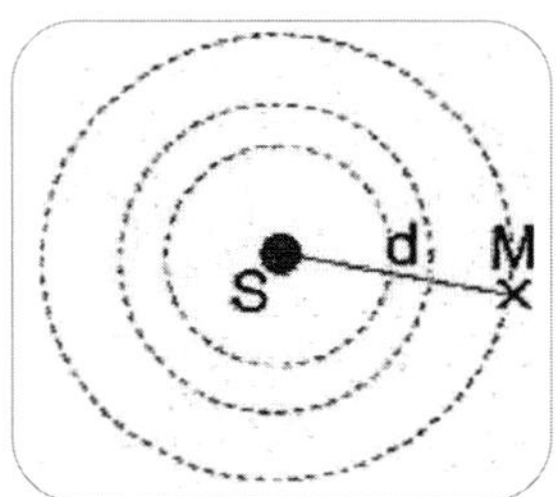

Source : https://labolycee.org/diagnostic-dune-maison

- **Échelle des niveaux sonores en décibel (dB)**

Environnement	dB	Sensation, effet auditif
Réacteur à quelques mètres	130	Dommages physiques
	120	Seuil de la douleur
Marteau-piqueur à 1m	110	Supportable un court instant
	100	Bruits très pénibles
Réfectoire scolaire	90	
	80	Supportable mais bruyant
Restaurant bruyant	70	
Bureau	60	Bruits courants
	50	
	40	Calme
Jardin calme	30	Très calme
	20	
Studio d'enregistrement	10	Silence anormal
	0	Seuil d'audibilité

Source : https://labolycee.org/diagnostic-dune-maison

Figure 1 : vue aérienne de l'emplacement de la maison

Source : https://labolycee.org/diagnostic-dune-maison

1.1. Montrer que l'intensité sonore maximale pour que la maison soit au calme est de $I_{max} = 1,0 \times 10^{-8}$ W.m^{-2}.

1.2. Déterminer si la distance *d* entre l'éolienne et la maison est suffisante pour que la maison soit au calme.

2 Diagnostic de performance énergétique (DPE) de la maison

Le DPE

Obligatoire depuis l'année 2006 lors de la vente d'un logement et depuis 2007 lors de la location d'un logement, le diagnostic de performance énergétique renseigne sur la performance énergétique d'un logement ou d'un bâtiment, en évaluant sa consommation d'énergie totale annuelle (chauffage, eau chaude, électroménager).

La lecture du DPE est facilitée par une étiquette énergie comportant 7 classes de A à G (A correspondant à la meilleure performance, G à la plus mauvaise).

Figure 2 : Consommations énergétiques en kWh/an et par m² de surface habitable

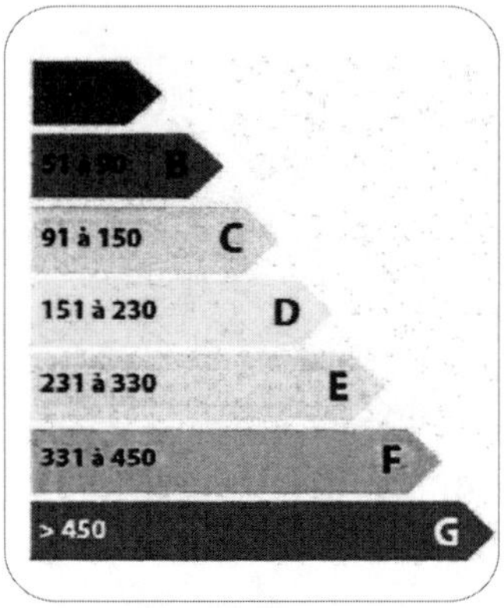

Source : https://labolycee.org/diagnostic-dune-maison

Le couple souhaite connaître le DPE d'une maison sans étage de surface habitable 100 m². La maison est construite dans une région où la température de l'air extérieur durant la période de chauffage vaut en moyenne $T_e = 4{,}0$ °C. Pendant la période de chauffage, l'intérieur de la maison est maintenu à une température constante $T_i = 19$ °C grâce au système de chauffage. On estime la durée annuelle de chauffage à 120 jours.

Caractéristiques thermiques de la maison

	Surface (m²)	Matériau	Épaisseur e (mm)	Conductivité thermique λ ($W.m^{-1}.K^{-1}$)	Résistance thermique R_{th} ($K.W^{-1}$)
Toiture	115	Laine de chanvre	100	0,042	$R_{th(toit)}$
		Terre cuite (tuile)	40	0,60	
Murs	91	Plâtre	13	0,46	0,020
		Polystyrène	50	0,036	
		Brique pleine	210	0,50	

Source : https://labolycee.org/diagnostic-dune-maison

Figure 3 : Valeurs des flux thermiques moyens lorsque $T_e = 4{,}0$ °C et $T_i = 19$ °C

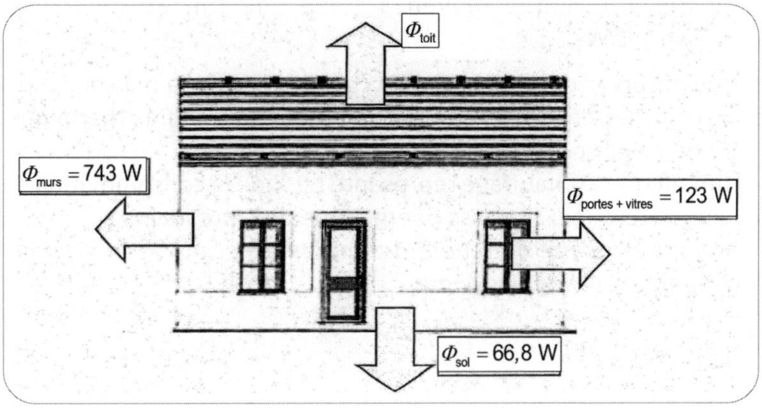

Source : https://labolycee.org/diagnostic-dune-maison

Flux thermique

Lorsque les températures extérieures T_e et intérieure T_i sont constantes au cours du temps, avec $T_i > T_e$, le flux thermique à travers une paroi peut s'exprimer aussi par la relation : $\Phi = \frac{T_i - T_e}{R_{th}}$ où R_{th} est la résistance thermique de la paroi considérée.

Résistance thermique d'une paroi

La résistance thermique R_{th} d'une paroi plane constituée d'un seul matériau a pour expression : $R_{th} = \frac{e}{\lambda \times S}$ où e est l'épaisseur de la paroi (m), S sa surface (m^2), et λ la conductivité thermique caractérisant le matériau (W.m^{-1}.K^{-1}).

En pratique, une paroi est constituée de plusieurs couches de matériaux d'épaisseurs et de conductivités différentes. Dans ce cas, les résistances thermiques de chaque couche s'additionnent.

Donnée

- $1\,\text{kW.h} = 3{,}6 \times 10^6$ J.

2.1. Les transferts thermiques s'effectuent suivant trois modes.
Associer à chacune des propriétés suivantes, le nom du transfert thermique correspondant.

Propriété 1	Propriété 2	Propriété 3
Le transfert thermique dans un milieu matériel se fait de proche en proche sans transport de matière.	Le transfert thermique ne nécessite pas de milieu matériel et se fait sans transport de matière.	Le transfert thermique se fait par déplacement macroscopique de matière, généralement au sein d'un gaz ou d'un liquide.

2.2. Calculer la résistance thermique de la toiture notée R_{th}(toit) et en déduire que le flux thermique moyen à travers le toit en hiver est égal à $\Phi_{toit} = 7{,}1 \times 10^2$ W .

2.3. Afin de conserver une température constante dans la maison, la puissance moyenne du système de chauffage doit être égale au flux thermique moyen sortant de la maison.
En estimant que le chauffage représente 60 % de la consommation d'énergie annuelle, déterminer la classe énergétique de cette maison.
Le candidat est invité à prendre des initiatives et à présenter la démarche suivie même si elle n'a pas abouti.

Partie C Nuisances sonores sous-marines — 8 points

Sujet du Bac S, Polynésie, 2018

La mer, monde du silence ? Poétique, mais faux. L'environnement marin est empli de bruits naturels provenant des vagues, du vent et de la pluie, ainsi que des sons émis par les organismes vivants. Auxquels s'ajoutent, et de manière croissante, les sons d'origine humaine. Une véritable pollution sonore dont les conséquences peuvent être dramatiques pour les mammifères marins, et contre laquelle se mobilise un nombre croissant de scientifiques et d'environnementalistes.

D'après le site www.lemonde.fr

1 Paramètres influençant la vitesse du son dans l'eau de mer

Les sons se propagent environ cinq fois plus rapidement dans l'eau que dans l'air. Toutefois les particularités physico-chimiques du milieu peuvent modifier de façon non-homogène la célérité des sons. La vitesse de propagation d'un son en milieu aquatique pourra en effet varier d'un point à un autre sous l'influence de la température, de la salinité, de la profondeur et de la pression.

1.1. Étude de la salinité de l'eau de mer.
La salinité, notée S, d'une eau de mer est proportionnelle à la chlorinité notée Cl :

$$S = 1{,}80655 \times Cl$$

La chlorinité de l'eau de mer peut être considérée comme étant la masse de chlore (exprimée en g) présente dans 1 kg d'eau de mer.

Données

- Densité de l'eau de mer à 25 °C : $d = 1{,}023$.
- Masses molaires atomiques : $M(\text{Na}) = 23{,}0$ g.mol^{-1} ; $M(C\ell) = 35{,}5$ g.mol^{-1}.

- La conductivité σ exprimée en $S.m^{-1}$ d'une solution est donnée par la relation : $\sigma = \sum_i \lambda_i \times [X_i]$ où λ_i est la conductivité molaire ionique exprimée en $S.m^2.mol^{-1}$ de l'ion X_i et $[X_i]$ sa concentration molaire exprimée en $mol.m^{-3}$.
- Conductivités molaires ioniques à 25 °C :

Ion	Na^+	$C\ell^-$	Ag^+	NO_3^-
λ (en $mS.m^2.mol^{-1}$)	5,01	7,63	6,19	7,14

On prépare 50,0 mL d'eau de mer diluée au dixième. On appelle S_{mer} cette solution. On réalise le titrage conductimétrique de 10,0 mL de la solution S_{mer} par une solution titrante de nitrate d'argent de formule chimique ($Ag^+(aq) + NO_3^-(aq)$) de concentration molaire $c_1 = 5,0 \times 10^{-2}$ mol.L^{-1}.

Lorsqu'on met en présence des ions argent Ag^+ et des ions chlorure $C\ell^-$, il se produit une réaction de précipitation rapide et totale conduisant à la formation de particules solides de chlorure d'argent.

L'équation de la réaction modélisant cette transformation chimique s'écrit :

$$Ag^+(aq) + C\ell^-(aq) \rightarrow AgC\ell(s)$$

On ajoute à la prise d'essai de 10,0 mL de solution S_{mer}, un volume $V = 100$ mL d'eau distillée.

Après chaque ajout de 1 mL de réactif titrant, on relève la valeur de la conductivité σ, exprimée en $mS.cm^{-1}$.

Le graphe ci-dessous montre l'évolution de la conductivité σ du mélange réactionnel en fonction du volume V de solution de nitrate d'argent versé.

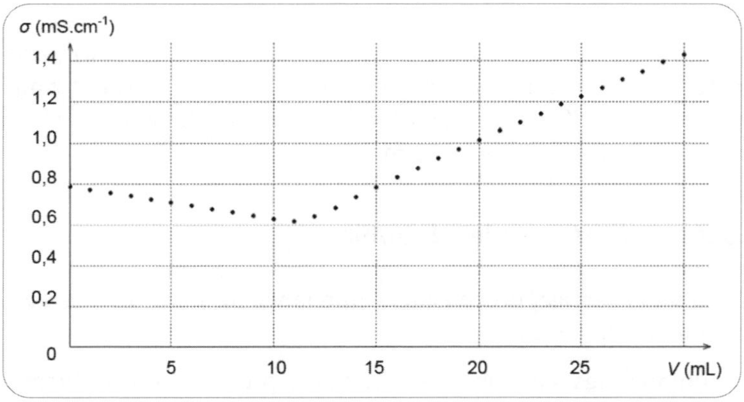

Source : https://labolycee.org/polynesie-2018

1.1.1. Proposer un protocole de préparation de 50,0 mL de solution S_{mer}.

1.1.2. Interpréter qualitativement le changement de pente observé sur le graphe $\sigma = f(V)$.

1.1.3. Vérifier que la salinité de l'échantillon étudié est voisine de 35 g.kg^{-1}.

1.2. Mesure de la vitesse du son à une profondeur donnée.

Une approximation de la valeur de la vitesse de propagation du son v dans l'eau de mer s'écrit ainsi :

$$v(\text{en m.s}^{-1}) \approx 1410 + 4{,}21 \times \theta - 0{,}037 \times \theta^2 + 1{,}10 \times S + 0{,}018 \times P$$

où θ est la température en degrés Celsius, S la salinité en g.kg^{-1}, et P la profondeur en mètre.

Données

- Vitesse de propagation du son dans l'air $\approx$ 3.10^2 m.s^{-1}.
- Évolution de la température θ (en °C) et de la salinité S (en g.kg^{-1}) en fonction de la profondeur.

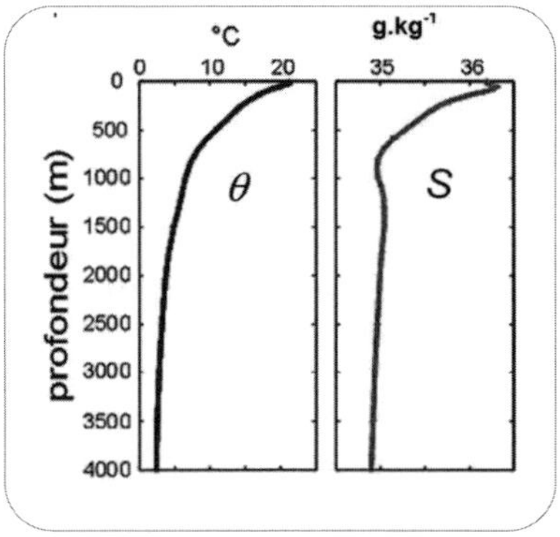

D'après le site www.lecalve.univ-tln.fr

Montrer que l'approximation « Les sons se propagent environ cinq fois plus rapidement dans l'eau que dans l'air » est justifiée lorsqu'on se trouve dans l'eau à une profondeur de 1 000 m.

2 Risques auditifs pour les dauphins

Dans la suite de l'exercice, on considère que la valeur de la vitesse du son dans l'eau de mer vaut 1 500 m.s^{-1}.

Pour communiquer, les dauphins bleus et blancs produisent des sifflements dont la fréquence peut varier entre 1,1 kHz et plus de 24 kHz et qui peuvent posséder jusqu'à 11 harmoniques.

Données

- Domaine d'audibilité de l'oreille humaine :

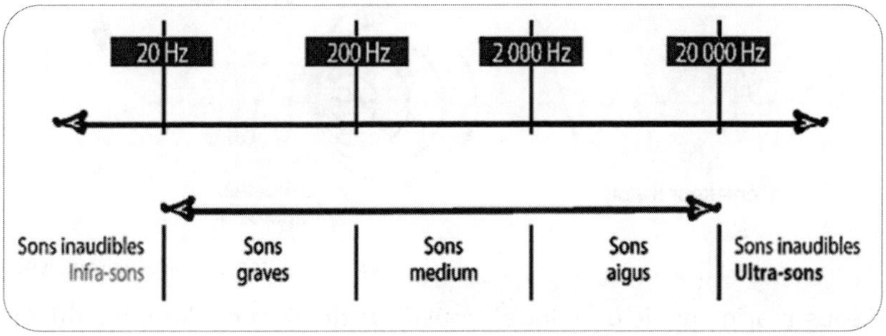

Source : https://labolycee.org/polynesie-2018

- Seuil d'audibilité à la fréquence 1 kHz pour l'être humain : $I_0 = 10^{-12}$ W.m^{-2}.
- D'après l'Ifremer, le seuil de risque auditif pour les cétacés, dont les dauphins, est de 220 dB à 3 kHz.

2.1. Signaux émis par les dauphins

2.1.1. Les ondes émises par les dauphins sont des ondes progressives mécaniques : que signifient ces deux derniers termes ?

2.1.2. Les sifflements des dauphins sont-ils audibles par l'homme ? Justifier.

2.1.3. Déterminer la longueur d'onde de l'onde ultrasonore correspondant à un sifflement de fréquence 24,9 kHz émis par un dauphin.

2.1.4. Calculer la valeur de la fréquence des trois premières harmoniques de ce sifflement.

2.2. Impact du son émis par un sonar.
Lors d'exercices en mer, certains bateaux militaires utilisent des sonars de forte puissance qui peuvent, par exemple, émettre des signaux d'intensité sonore de $3{,}2\times10^{11}$ W.m^{-2} pour une fréquence égale à 3 kHz.

2.2.1. Montrer que le signal du sonar correspond à un niveau d'intensité sonore de 235 dB.

2.2.2. Le son est atténué de 0,16 dB.km^{-1} dans l'eau de mer.
Estimer la distance minimale à laquelle un dauphin peut se trouver sans subir de risques auditifs. Que penser de ce résultat ?

2.2.3. Lorsque l'émetteur d'une onde de fréquence f_E se déplace par rapport au récepteur à une vitesse v_E, la fréquence f_R de l'onde reçue par le récepteur est différente : le décalage Doppler est donné par la relation $f_R - f_E = \pm\frac{v_E}{v}\times f_E$ dans le cas où la vitesse de déplacement est faible par rapport à la vitesse de propagation v des ondes.
Le signe est positif dans la relation précédente lorsque l'émetteur s'approche du récepteur et négatif lorsque l'émetteur s'éloigne du récepteur.

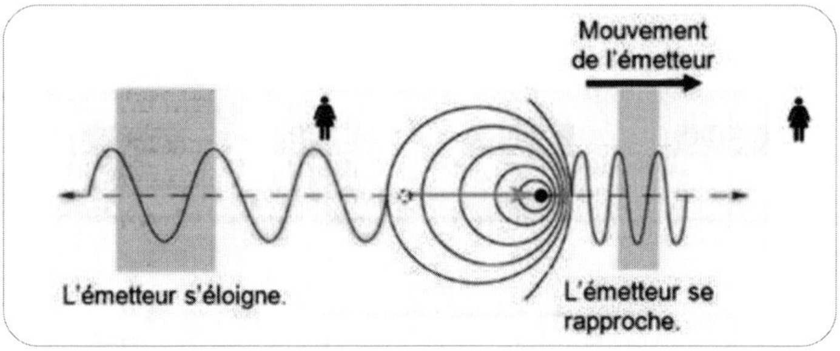

Source : https://labolycee.org/polynesie-2018

Le sous-marin envoie une onde acoustique de 3kHz en direction du dauphin. Le sous-marin se rapproche du dauphin à la vitesse v égale à 22,0 $km.h^{-1}$.

a. Le son perçu par le dauphin est-il plus grave ou plus aigu ? Justifier la réponse à partir des données.

b. On considère que le sonar du sous-marin et le dauphin se situent tous les deux à la même profondeur.
Calculer la valeur du décalage Doppler. Commenter le résultat obtenu.

Avant de commencer

Aide

➢ Pour la partie A — p. 109

- Sens conventionnel du courant I : du + vers le –.
- Sens de parcours des électrons dans un circuit électrique : du – vers le +.
- La cathode est l'électrode positive d'une pile, c'est également le siège d'une réduction.
- L'anode est l'électrode négative d'une pile, siège d'une oxydation.
- Un pont salin permet de fermer le circuit et de garantir l'électroneutralité d'une solution contenue dans une demi-pile.
- Lors d'un titrage, la solution titrante se place dans la burette graduée et la solution titrée dans l'erlenmeyer (ou le bécher).
- À l'équivalence les deux réactifs ont été introduits en proportions stœchiométriques et sont totalement consommés. Un changement de couleur peut permettre de repérer l'équivalence.

➢ Pour les parties B et C — p. 112-116

- Il faut savoir passer de L à I et inversement.
- Il faut bien écrire toutes les données sur la copie pour mieux voir les relations entre elles.
- Dans un calcul, une longueur d'onde s'exprime en mètre et pas en nm.
- Dans les formules les vitesses sont en $m.s^{-1}$ et non en $km.h^{-1}$.

Rappel de formules

- Quantité de matière d'un soluté en solution : $n = C \times V$.
- Quantité d'électricité : $Q = n(e^-) \times N_A \times e = n(e^-) \times F$.
- Durée de fonctionnement d'une pile : $\Delta t = \dfrac{Q}{I}$.
- Niveau d'intensité sonore : $L = 10 \times \log\left(\dfrac{I}{I_0}\right)$.
- Intensité sonore : $I = I_0 \times 10^{\left(\frac{L}{10}\right)}$.
- Concentration en masse d'un soluté de masse molaire M : $C_m = C \times M$.
- Lors d'une dilution : $C_{\text{mère}} \times V_{\text{mère}} = C_{\text{fille}} \times V_{\text{fille}}$.

- Le facteur de dilution (= nombre de fois que l'on dilue) est égal à :
$F = \frac{C_{\text{mère}}}{C_{\text{fille}}} = \frac{V_{\text{fille}}}{V_{\text{mère}}}$.

Les pièges à éviter

- Il ne faut pas oublier les conversions : dans une formule l'intensité du courant I s'exprime en A et pas en mA ; une distance s'exprime en m et pas en mm ; une fréquence s'exprime en Hz et pas en kHz, une longueur d'onde s'exprime en m et pas en nm.
- Lorsque l'on exprime un quotient de réaction il ne faut pas oublier de mettre en exposant les coefficients stœchiométriques apparaissant dans l'équation de la réaction.
- Il ne faut pas confondre la réaction support du titrage et celle de fonctionnement de la pile (partie A).
- Les électrons ne se déplacent pas dans une solution aqueuse, mais seulement dans le circuit électrique. Ce sont les ions qui peuvent se déplacer dans une solution.
- Il faut faire attention aux chiffres significatifs et bien indiquer l'unité à la fin d'un calcul, même si on l'écrit dans la phrase réponse.

Corrigé

Partie A Dosage pour déterminer la durée de fonctionnement d'une pile

1 Réalisation de la pile

1.1. Le sens conventionnel du courant va du pôle + vers le pôle –.
La borne COM de l'ampèremètre est reliée au pôle négatif et la borne mA au pôle positif d'une pile si la valeur de l'intensité du courant affichée est positive.
On en déduit que l'électrode de zinc constitue la borne négative (l'anode) de la pile et l'électrode de platine la borne positive (cathode) de la pile.

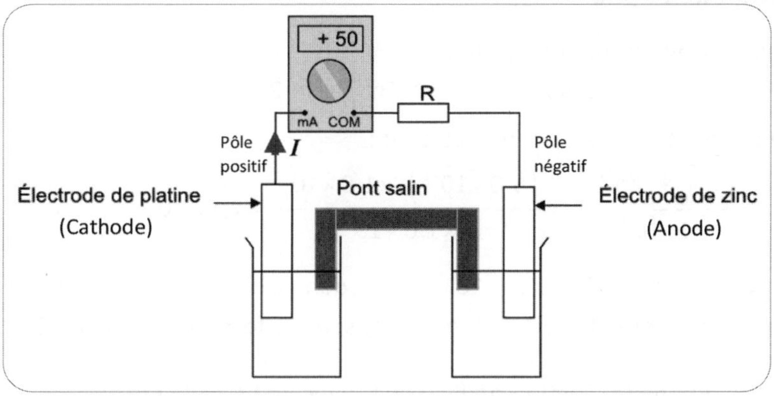

1.2. La cathode (électrode de platine) est le siège d'une réduction :

$$I_2(aq) + 2\,e^- = 2\,I^-(aq).$$

L'anode (électrode de zinc) est le siège d'une oxydation :

$$Zn(s) = Zn^{2+}(aq) + 2\,e^-.$$

1.3. Le nombre d'électrons échangés étant le même pour les deux demi-équations, on peut écrire l'équation globale de fonctionnement de la pile :

$$Zn(s) + I_2(aq) \rightleftarrows Zn^{2+}(aq) + 2\,I^-(aq).$$

1.4. À l'intérieur de la pile les porteurs de charge sont les ions : dans le pont salin les ions $K^+(aq)$ migrent dans le compartiment 2 pour compenser la formation d'ions $I^-(aq)$ et garantir ainsi l'électroneutralité de la solution ; les ions $Cl^-(aq)$ du pont salin migrent dans le compartiment 1 pour compenser la formation d'ions $Zn^{2+}(aq)$ et garantir l'électroneutralité de la solution.

À l'extérieur de la pile les porteurs de charge sont les électrons (e^-) qui circulent dans le circuit de l'anode (électrode de zinc) vers la cathode (électrode de platine).

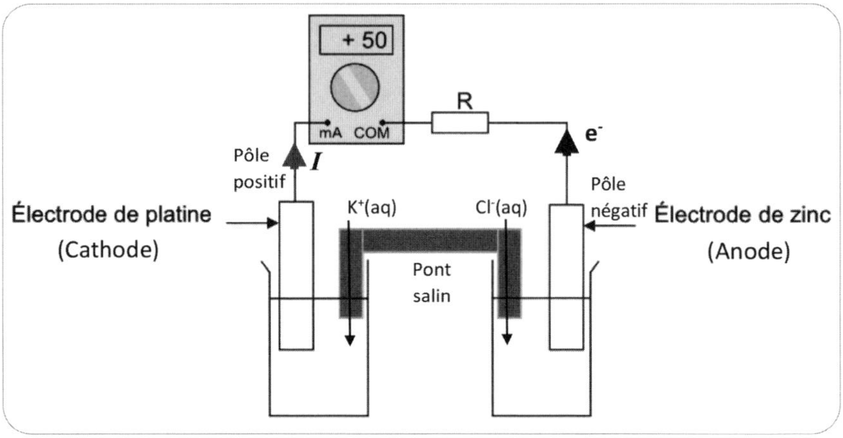

2 Étude de la pile

2.1. Pour la transformation étudiée :

$$Zn(s) + I_2(aq) \rightleftarrows Zn^{2+}(aq) + 2\,I^-(aq)\ .$$

Le quotient de réaction initial s'écrit :

$$Q_{r,i} = \frac{[I^-]_0^2 \times [Zn^{2+}]_0}{1 \times [I_2]_0} = \frac{(5{,}0\times10^{-2})^2 \times 1{,}0\times10^{-1}}{1\times1{,}0\times10^{-1}} = 2{,}5\times10^{-3}\ .$$

2.2. On voit que $Q_{r,i} < K$ car $2{,}5\times10^{-3} < 10^{46}$, donc la réaction évolue spontanément dans le sens direct, c'est-à-dire dans le sens de formation des ions Zn^{2+} et des ions I^-.

L'équation de la réaction peut s'écrire avec une simple flèche :

$$Zn(s) + I_2(aq) \rightarrow Zn^{2+}(aq) + 2\,I^-(aq)\ .$$

2.3. Au cours de la réaction le quotient de réaction Q_r se rapproche de la valeur de K (c'est-à-dire $Q_{r,éq}$), donc il va augmenter. D'après l'expression du quotient de réaction on en déduit que pour que Q_r augmente, il faut que la concentration en I_2 diminue.

La concentration molaire en diiode dans le compartiment 2 diminue lorsque la pile fonctionne.

3 Durée de fonctionnement de la pile

3.1. Schéma du dispositif expérimental de titrage :

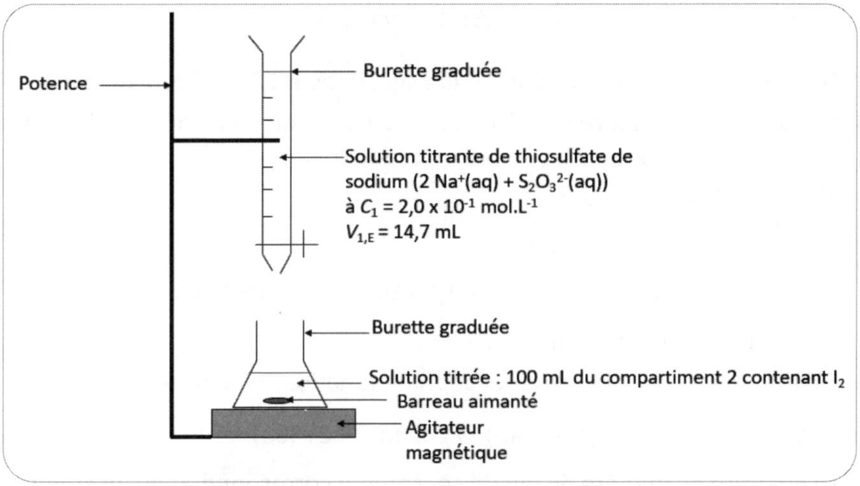

3.2. L'équivalence est repérée par un changement de couleur dans l'erlenmeyer : la solution initialement marron-brun (coloration due au diiode) devient incolore. L'équivalence correspond à l'état du système pour lequel tous les réactifs ont été totalement consommés et introduits en proportions stœchiométriques. À l'équivalence il y a changement de réactif limitant.

3.3. Quantité de matière de diiode consommé.

3.3.1.

Équation		$2\ S_2O_3^{2-}{}_{(aq)}$ +	$I_{2(aq)}$ =	$S_4O_6^{2-}{}_{(aq)}$ +	$2I^-{}_{(aq)}$.
État du système	Avancement (mol)	Quantités de matière (mol)			
État initial	0	n_1	n_2	0	$n_i(I^-)$
En cours de transformation	x'	$n_1 - 2x'$	$n_2 - x'$	x'	$n_i(I^-) + 2x'$

3.3.2. À l'équivalence les deux réactifs sont entièrement consommés donc :
$n_1 - 2x_{éq} = 0$ et $n_2 - x_{éq} = 0$.

On en déduit que : $x_{éq} = \dfrac{n_1}{2} = \dfrac{C_1 \times V_{1,E}}{2}$.

Ainsi : $n_2 = x_{éq} = \dfrac{C_1 \times V_{1,E}}{2}$.

$$n_2 = \frac{2,0\times10^{-1}\times14,7\times10^{-3}}{2} = 1,5\times10^{-3}\ \text{mol}.$$

Dans le compartiment 2 avant le dosage, il reste $1,5.10^{-3}$ mol de diiode.

3.3.3. La quantité de matière $n_{cons}(I_2)$ de diiode consommé lors du fonctionnement de la pile se déduit de la question précédente :.

$n_{cons}(I_2) = n_0(I_2) - n_{restant}(I_2)$.

$n_{cons}(I_2) = [I_2]_0 \times V - n_{restant}(I_2)$

$n_{cons}(I_2) = 1,0\times10^{-1}\times100\times10^{-3} - 1,5\times10^{-3} = 8,5\times10^{-3}\ \text{mol}$.

3.4. Durée de fonctionnement de la pile.

3.4.1. On rappelle l'équation de la réaction de fonctionnement de la pile :

$$Zn(s) + I_2(aq) \rightarrow Zn^{2+}(aq) + 2\,I^-(aq).$$

La quantité de matière de diiode consommé correspond à l'avancement x de la réaction car : $n(I_2) = n_0(I_2) - x = n_0(I_2) - n_{cons}(I_2)$ si l'on dressait le tableau d'avancement relatif à cette réaction.

La valeur de l'avancement x de la réaction correspondant au fonctionnement de la pile au bout de la durée Δt est de $8,5.10^{-3}$ mol.

3.4.2. On raisonne sur la demi-équation du couple I_2/I^- :

$$I_2(aq) + 2\,e^- = 2\,I^-(aq).$$

D'après les coefficients stœchiométriques, lorsque 1 mol de I_2 est consommé, alors 2 moles d'électrons le sont aussi.

$\dfrac{n_{cons}(I_2)}{1} = \dfrac{n(e^-)}{2}$, d'où : $n(e^-) = 2\times n_{cons}(I_2) = 2\times x$.

3.4.3. La quantité d'électricité Q est la charge électrique de la quantité de matière d'électrons $n(e^-)$ ayant traversé le circuit pendant la durée Δt.

$Q = n(e^-)\times N_A \times e = n(e^-)\times F$.

$Q = n(e^-)\times F = 2\times x\times 96500 = 2\times8,5\times10^{-3}\times96500 = 1,6\times10^3\ \text{C}$.

Nous avons bien vérifié que la quantité d'électricité fournie par la pile est proche de $1,6\times10^3$ C.

3.4.4. L'intensité I du courant délivré par une pile est liée à la quantité d'électricité transférée et à la durée de fonctionnement Δt : $Q = I\times\Delta t$.

$$\Delta t = \frac{Q}{I} = \frac{1,6\times10^3}{50\times10^{-3}} = 3,2\times10^4\ \text{s} = 8\ \text{h}\ 53\ \text{min}\ 20\ \text{s}.$$

La pile a fonctionné pendant 8 h, 53 min et 20 s.

Partie B Diagnostic d'une maison

1 Environnement sonore de la maison

1.1. D'après l'échelle des niveaux sonores, un environnement est calme si le niveau d'intensité sonore L est égal à 40 dB.
Calculons l'intensité sonore correspondante :

On sait que : $L = 10 \times \log\left(\frac{I}{I_0}\right)$.

Isolons I de cette expression :

$I = I_0 \times 10^{\left(\frac{L}{10}\right)}$.

$I = 1{,}0 \times 10^{-12} \times 10^{\left(\frac{40}{10}\right)} = 1{,}0 \times 10^{-8}$ W.m^{-2}.

On retrouve bien la valeur de I_{max}.

1.2. Nous allons calculer le niveau d'intensité sonore à la distance d de l'éolienne et voir si celui-ci est bien inférieur ou égal à 40 dB.
Nous devons tout d'abord mesurer la valeur de la distance à l'aide du plan fourni. Un produit en croix utilisant l'échelle permet de déterminer que :

$$d = \frac{\text{longueur en cm entre l'éolienne et la maison} \times 500}{\text{longueur en cm de l'échelle fournie}} = 2{,}7 \times 10^3 \text{ m}.$$

Il faut ensuite calculer la valeur de l'intensité sonore I à la distance d de la source :

$$I = \frac{P}{4 \times \pi \times d^2} = \frac{0{,}50}{4 \times \pi \times \left(2{,}7 \times 10^3\right)^2} = 5{,}5 \times 10^{-9} \text{ W.m}^{-2}.$$

Et en déduire la valeur du niveau d'intensité sonore :

$$L = 10 \times \log\left(\frac{I}{I_0}\right) = 10 \times \log\left(\frac{5{,}5 \times 10^{-9}}{1{,}0 \times 10^{-12}}\right) = 37 \text{ dB}.$$

La distance d entre l'éolienne et la maison est suffisante pour que la maison soit au calme car le niveau d'intensité sonore à cette distance de la source est inférieur à 40 dB.

2 Diagnostic de performance énergétique (DPE) de la maison

2.1. Propriété 1 : conduction ; propriété 2 : rayonnement ; propriété 3 : convection.

2.2. Le toit est constitué de deux matériaux : la laine de chanvre et la terre cuite. L'énoncé précise que quand une paroi est constituée de plusieurs couches de matériaux d'épaisseurs et de conductivités différentes, les résistances thermiques de chaque couche s'additionnent.

D'où : $R_{th}(\text{toit}) = R_{th}(\text{laine}) + R_{th}(\text{Terre})$.

$$R_{th}(\text{toit}) = \frac{e(\text{laine})}{\lambda(\text{laine}) \times S} + \frac{e(\text{Terre})}{\lambda(\text{Terre}) \times S}. \qquad R_{th}(\text{toit}) = \frac{1}{S} \times \left(\frac{e(\text{laine})}{\lambda(\text{laine})} + \frac{e(\text{Terre})}{\lambda(\text{Terre})}\right).$$

$$R_{th}(\text{toit}) = \frac{1}{115} \times \left(\frac{100 \times 10^{-3}}{0{,}042} + \frac{40 \times 10^{-3}}{0{,}60} \right) = 0{,}021\,\text{K.W.}$$

La résistance thermique de la toiture notée R_{th}(toit) vaut 0,021 K.W^{-1}.

En hiver $T_e = 19$ °C et $T_i = 4{,}0$ °C.

Le flux thermique moyen à travers le toit en hiver est égal à :

$$\Phi_{toit} = \frac{T_i - T_e}{R_{th}(\text{toit})} = \frac{19 - 4{,}0}{0{,}021} = 7{,}1 \times 10^2 \text{ W}.$$

On retrouve bien la valeur indiquée.

2.3. Calculons le flux thermique sortant de la maison :

$$\Phi_{total} = \Phi_{toit} + \Phi_{portes\ et\ vitres} + \Phi_{sol} + \Phi_{murs}.$$

$$\Phi_{total} = 7{,}1 \times 10^2 + 123 + 66{,}8 + 743 = 1{,}6 \times 10^3 \text{ W}.$$

La puissance moyenne du système de chauffage est égale à 1,6.10^3 W.

L'énergie consommée en un an par le système de chauffage (qui ne fonctionne que 120 jours par an) vaut :

$$E = \Phi_{total} \times \Delta t = 1{,}6 \times 10^3 \times 120 \times 24 = 4{,}6 \times 10^3 \text{ kW.h}.$$

La consommation d'énergie annuelle vaut donc :

$$E_{totale} = \frac{E \times 100}{60} = \frac{4{,}6 \times 10^3 \times 100}{60} = 7{,}7 \times 10^3 \text{ kW.h}.$$

La maison a une surface habitable de 100 m^2, donc la consommation énergétique annuelle au mètre carré vaut : $\frac{E_{totale}}{S_{habitable}} = \frac{7{,}7 \times 10^3}{100} = 77\,\text{kW.h.m}^{-2}$.

51 W.h.m^{-2}.an^{-1} < 77 W.h.m^{-2}.an^{-1} < 90 k.W.h.m^{-2}.an^{-1} donc cette maison est de classe énergétique B.

Partie C Nuisances sonores sous-marines

1 Paramètres influençant la vitesse du son dans l'eau de mer

1.1.1. Pour préparer de 50,0 mL de solution S_{mer} :

Il faut diluer 10 fois de l'eau de mer. Le facteur de dilution $F = 10$ et $F = \frac{V_{fille}}{V_{mère}} = \frac{C_{mère}}{C_{fille}}$.

Le volume de solution fille à préparer vaut $V_{fille} = 50{,}0$ mL, d'où :

$$V_{mère} = \frac{V_{fille}}{F} = \frac{50{,}0}{10} = 5{,}0\,\text{mL}.$$

Protocole :
Verser un peu d'eau de mer dans un bécher et en prélever 5,0 mL à l'aide d'une pipette jaugée ou graduée de 5,0 mL. Déposer l'eau de mer dans une fiole jaugée de 50,0 mL et ajouter de l'eau distillée jusqu'aux 3/4. Boucher et agiter pour homogénéiser la solution. Compléter à l'eau distillée jusqu'au trait de jauge (le bas du ménisque touche le trait ; on pourra s'aider d'une pipette pasteur pour plus de précision). Boucher et agiter pour homogénéiser la solution S_{mer}.

1.1.2. • Au début du titrage dans le bécher se trouve la solution S_{mer} qui contient entre autres des ions chlorure Cl^-. Ces ions conduisent le courant électrique, donc la conductivité de la solution n'est pas nulle.

• Avant l'équivalence, les ions argent Ag^+ ajoutés sont totalement consommés à chaque ajout (Ag^+ est le réactif limitant avant l'équivalence) et on consomme des ions chlorure, la conductivité baisse. Du point de vue de la conductivité, tout se passe comme si on remplaçait l'ion chlorure par l'ion nitrate (présent dans la solution titrante) de conductivité ionique moindre.

• Après l'équivalence, les ions chlorure sont entièrement consommés et les ions argent Ag^+ et nitrate NO_3^- sont introduits en excès, la conductivité augmente.

1.1.3. Déterminons le volume de solution titrante versée à l'équivalence.

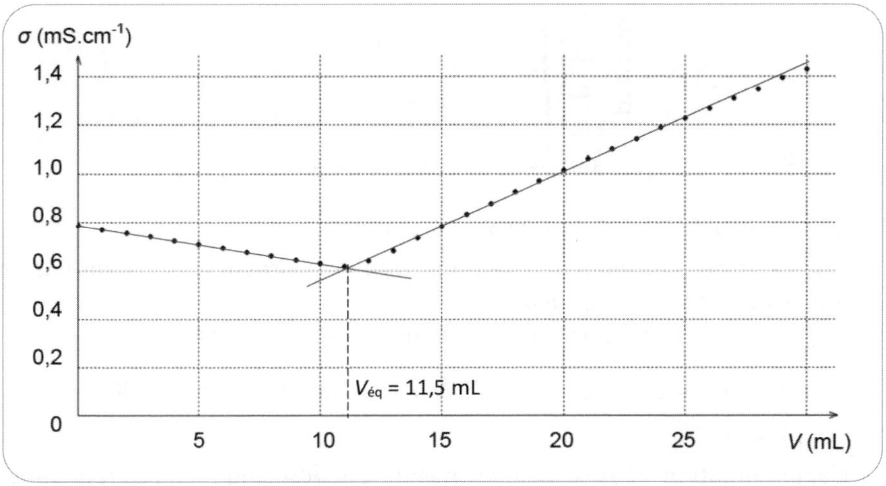

Le volume équivalent vaut 11,5 mL.
À l'équivalence les deux réactifs sont entièrement consommés et introduits en proportions stœchiométriques, on peut écrire que :

$$\frac{n(C\ell^-)}{1} = \frac{n(Ag^+)}{1}.$$

D'où : $\left[C\ell^-\right] \times V_{mer} = C_1 \times V_{éq}$.

$$\left[C\ell^-\right] = \frac{C_1 \times V_{éq}}{V_{mer}} = \frac{5{,}0 \times 10^{-2} \times 11{,}5}{10{,}0} = 5{,}8 \times 10^{-2} \times \text{mol.L}^{-1}.$$

Déterminons la concentration massique en ion chlorure de la solution S_{mer} :

$C_m(Cl^-)_{S_{mer}} = \left[C\ell^-\right] \times M(C\ell)$.

$C_m(NaCl)_{S_{mer}} = 5{,}8 \times 10^{-2} \times 35{,}5 = 2{,}0\ g.L^{-1}$.

La solution S_{mer} a été obtenue en diluant 10 fois l'eau de mer, donc l'eau de mer est 10 fois plus concentrée, $C_m(C\ell^-)_{\text{eau de mer}} = 10 \times 2{,}0 = 20\ g.L^{-1}$.

La densité de l'eau de mer est égale à 1,023, donc 1 L d'eau de mer pèse 1,023 kg. La chlorinité de l'échantillon étudié vaut $Cl = \dfrac{20}{1{,}023} = 20\ g.kg^{-1}$.

La salinité de l'échantillon vaut : $S = 1{,}80655 \times Cl = 1{,}80655 \times 20 = 36\ g.kg^{-1}$
Cette salinité est voisine de 35 $g.kg^{-1}$.

1.2. On détermine la température et la salinité de l'eau de mer à 1 000 m de profondeur.

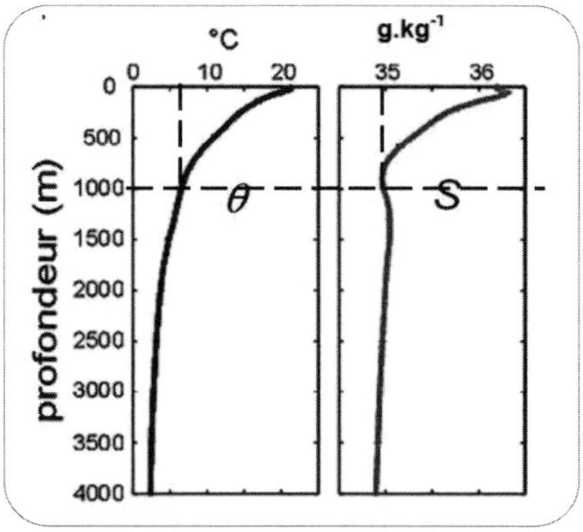

On trouve que $\theta = 7°C$ et que $S = 35\ g.kg^{-1}$.

On se sert de la formule fournie pour calculer la vitesse du son dans l'eau de mer à 1 000 m de profondeur :

$v(\text{en } m.s^{-1}) \approx 1410 + 4{,}21 \times \theta - 0{,}037 \times \theta^2 + 1{,}10 \times S + 0{,}018 \times P$

$v(\text{en } m.s^{-1}) \approx 1410 + 4{,}21 \times 7 - 0{,}037 \times 7^2 + 1{,}10 \times 35 + 0{,}018 \times 1000$

$v = 1494\ m.s^{-1}$

L'approximation « Les sons se propagent environ cinq fois plus rapidement dans l'eau que dans l'air » est justifiée lorsqu'on se trouve dans l'eau à une profondeur de 1 000 m car $5 \times v(\text{air}) = 5 \times 3.10^2 = 1{,}5 \times 10^3\ m.s^{-1}$, on retrouve la même valeur en gardant 2 chiffres significatifs.

2 Risques auditifs pour les dauphins

2.1. Signaux émis par les dauphins.

2.1.1. Les ondes émises par les dauphins sont des ondes progressives mécaniques, c'est-à-dire la propagation d'une perturbation dans un milieu matériel sans transport de matière, mais avec transport d'énergie.

2.1.2. Les sifflements des dauphins ont une fréquence comprise entre 1,1 kHz et 24 kHz. L'oreille humaine peut entendre des sons de fréquences comprises entre 20 Hz et 20 kHz. Les sifflements des dauphins dont les fréquences sont comprises entre 1,1 kHz et 20 kHz sont audibles pour l'oreille humaine, mais pas ceux dont la fréquence est comprise entre 20 kHz et 24 kHz.

2.1.3. On sait que $v = \lambda \times f$, donc : $\lambda = \frac{v}{f} = \frac{1500}{24{,}9 \times 10^{3}} = 6{,}02 \times 10^{-2}$ m.

La longueur d'onde de l'onde ultrasonore correspondant à un sifflement de fréquence 24,9 kHz émis par un dauphin vaut 6,02 cm.

2.1.4. Les fréquences des harmoniques sont des multiples de la fréquence fondamentale.
La fréquence des trois premiers harmoniques de ce sifflement :

- 1er harmonique $f_1 = 2 \times f = 2 \times 24{,}9 = 49{,}8$ kHz ;
- 2e harmonique $f_2 = 3 \times f = 3 \times 24{,}9 = 74{,}7$ kHz ;
- 3e harmonique $f_3 = 4 \times f = 4 \times 24{,}9 = 99{,}6$ kHz.

2.2. Impact du son émis par un sonar.

2.2.1. Calculons le niveau d'intensité sonore correspondant à l'intensité sonore fournie : $L = 10 \times \log\left(\frac{I}{I_0}\right) = 10 \times \log\left(\frac{3{,}2 \times 10^{11}}{10^{-12}}\right) = 2{,}4 \times 10^{2}$ dB (soit 235 dB si on ne tient pas compte des chiffres significatifs).
Le signal du sonar correspond bien à un niveau d'intensité sonore de 235 dB.

2.2.2. Le dauphin ne subit pas de risques auditifs si le niveau sonore est inférieur à 220 dB.
Le son est atténué de 0,16 dB.km^{-1} dans l'eau de mer.
Il faut atténuer le son de 235 – 220 = 15 dB, la distance minimale vaut donc :

$d = \frac{15}{0{,}16} = 94$ km, ce qui est énorme ! ! !

Il est donc fort probable que le dauphin se trouve à moins de 94 km du sonar et subisse des risques auditifs.

2.2.3. a. On sait que $f_R - f_E = +\frac{v_E}{v} \times f_E$.

Or $\frac{v_E}{v} \times f_E > 0$

Donc $f_R - f_E > 0$ et $f_R > f_E$

Le son perçu par le dauphin est plus aigu.

b. $f_R - f_E = \frac{\left(\frac{22,0}{3,6}\right)}{1500} \times 3 \times 10^3 = 12\,\text{Hz}$

La valeur du décalage Doppler est de 12 Hz.

Les conseils du professeur

L'essentiel à connaître

Partie A

- Connaître le sens de circulation des porteurs de charge à l'intérieur et à l'extérieur d'une pile.
- Connaître le sens conventionnel du courant électrique.
- Savoir écrire les demi-équations d'oxydoréduction se déroulant dans chaque demi-pile et en déduire l'équation globale de fonctionnement de la pile.
- Savoir trouver la polarité d'une pile grâce au schéma du montage.
- Savoir dresser un tableau d'avancement et déterminer la valeur de l'avancement.
- Savoir représenter le schéma légendé du montage utilisé pour un titrage.
- Savoir écrire la relation existant entre les quantités de matière des réactifs à l'équivalence d'un titrage.
- Savoir calculer une quantité d'électricité débitée par une pile.
- Prévoir le sens d'évolution spontanée d'une transformation chimique.
- Exprimer et calculer un quotient de réaction.
- Calculer la durée de fonctionnement d'une pile.

Partie B

- Connaître la relation entre l'énergie, la puissance et la durée d'utilisation.
- Savoir calculer une intensité sonore I à une distance d d'une source.
- Savoir calculer un niveau d'intensité sonore L à partir d'une intensité sonore.
- Savoir calculer une résistance thermique à l'aide des données fournies.
- Savoir estimer un flux thermique.

Partie C

- Savoir déterminer le volume versé à l'équivalence lors d'un titrage conductimétrique.
- Savoir justifier l'allure des pentes des droites pour un titrage conductimétrique.
- Savoir calculer la concentration massique d'un réactif titré.

- Savoir calculer un niveau d'intensité sonore à partir de la valeur de l'intensité sonore.
- Savoir justifier le caractère audible d'un son pour l'oreille humaine.
- Savoir calculer le décalage Doppler.

Le vocabulaire à maîtriser

Pile ; dosage ; titrage ; demi-équations ; demi-pile ; anode ; cathode ; réduction ; oxydation ; sens conventionnel du courant ; électroneutralité ; pont salin ; électrode ; solution titrante ; réactif titré ; équivalence d'un titrage ; quantité d'électricité ; durée de fonctionnement d'une pile ; constante de Faraday ; sens spontané ; quotient de réaction ; constante d'équilibre ; conduction ; convection ; rayonnement ; flux thermique ; résistance thermique ; niveau d'intensité sonore ; intensité sonore ; puissance acoustique ; source sonore ; décalage Doppler ; titrage conductimétrique ; salinité ; chlorinité ; son audible.

Comment singulariser sa copie

- Lorsque l'on représente le schéma du montage d'un titrage, il faut penser à placer toutes les données utiles sur le schéma en plus de la légende du matériel et des solutions.
- Faire les schémas à la règle et au crayon à papier.
- Après avoir fait un calcul dans l'unité du système international, penser à la convertir dans une unité qui fait sens pour vous. Par exemple une durée $\Delta t = 3{,}2 \times 10^4$ s n'a pas de sens dans la vie de tous les jours, mais $\Delta t = 8$ h 53 min 20 s fait sens pour nous.
- Bien détailler la démarche lors d'une question de type ouverte.
- Faire des schémas des situations et y placer les données même si cela n'est pas demandé.

Exemple de copie d'élèves

- Pour le titrage étudié, l'élève n'a pas placé les données connues, le schéma n'est pas fait à la règle, il manque des éléments importants.

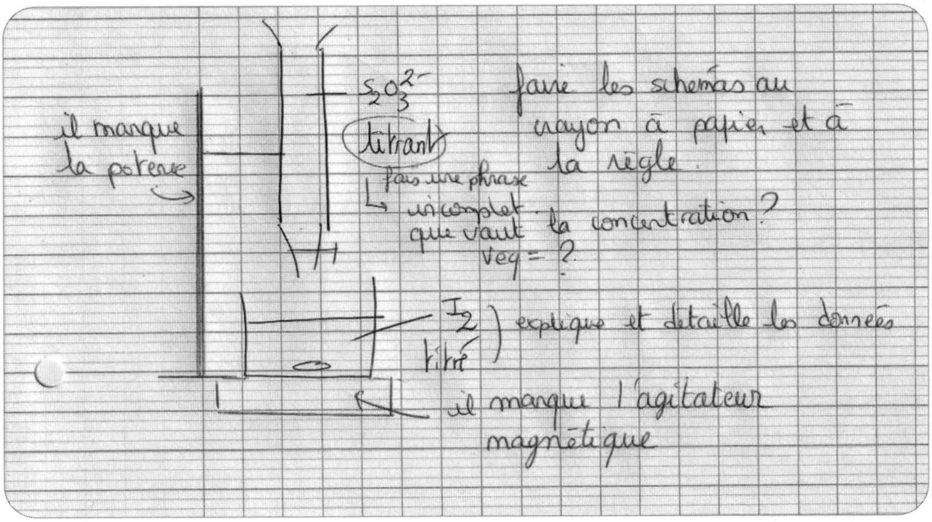

- Pour le calcul de la classe énergétique de la maison, l'élève oublie de mettre les unités, ne détaille pas les formules littérales et ne donne pas le résultat avec le bon nombre de chiffres significatifs. Il oublie à la fin de diviser par la surface.

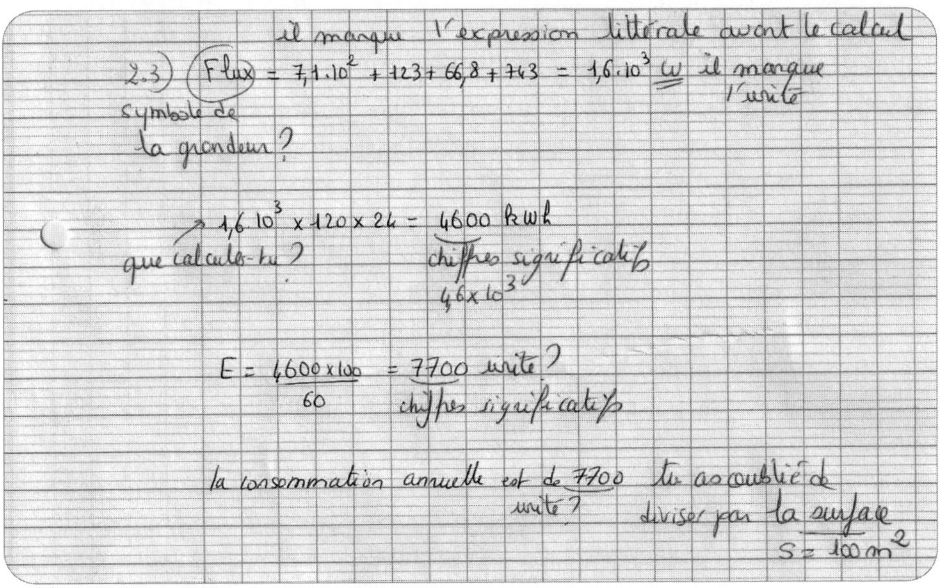

Sujet 5

Énoncé

Partie A L'acide lactique

11 points

Le lactose est le sucre du lait. En présence de certaines bactéries, le lactose est dégradé en acide lactique.

L'acide lactique se trouve également dans le vin, certains fruits et légumes. Dans les cellules animales il est présent sous sa forme basique l'ion lactate.

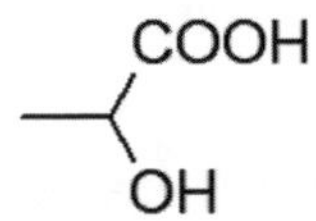

Formule topologique de l'acide lactique

L'acide lactique est utilisé dans l'industrie alimentaire comme additif (c'est le E270) en tant qu'antioxygène, acidifiant ou exhausteur de goût. Il peut être utilisé dans des préparations pour peeling esthétiques par les dermatologues.

1 Structure et propriétés de l'acide lactique

Données

- pK_A(acide lactique/ion lactate) = 3,90.
- Masse molaire de l'acide lactique : $M = 90{,}08\ g.mol^{-1}$.
- Spectroscopie infrarouge :

Liaison	Nombre d'onde (cm^{-1})	Forme de la bande
O-H alcool lié	3 200-3 600	Intense/moyenne et large
O-H acide carboxylique	2 500-3 200	Intense et large
C-H alcane	2 850-2 970	Moyenne
C=O ester	1 735-1 750	Intense et fine
C=O aldéhyde et cétone	1 700-1 740	Intense et fine
C=O acide carboxylique	1 700-1 725	Intense et fine

1.1. Écrire la formule de Lewis de l'acide lactique et en déduire la formule de Lewis de sa base conjuguée, l'ion lactate.

1.2. Représenter le diagramme de prédominance du couple acide lactique/ion lactate.

1.3. Afin de préparer un peeling esthétique, une préparatrice dissout 2,0 g d'acide lactique (noté AH) dans 250,0 mL d'eau distillée.

1.3.1. Proposer un protocole pour cette dissolution.

1.3.2. Calculer la concentration en quantité de matière initiale en acide lactique.

1.3.3. Dresser le tableau d'avancement relatif à la transformation étudiée.

1.3.4. En déduire le p*H* de la solution obtenue et la concentration en ion lactate à l'équilibre.

Le programme écrit en langage Python ci-dessous permet de déterminer le taux d'avancement final x_f de la réaction se déroulant entre l'acide lactique (noté AH) et l'eau.

```
1  # Définition des variables
2  m_AH_init = 2.0
3  M = 90.08
4  Ka = 10**(à compléter)
5  V = à compléter
6
7  # Calcul de la quantité de matière initiale en AH notée n
8  n = à compléter
9
10 # Calcul du discriminant de l'équation du second degré en xf
11 Delta = (Ka/V)**2 + 4*(1/V**2)*(Ka*n/V)
12
13 # Calcul de l'avancement à l'état final
14 xf = ((-Ka/V) + Delta**0.5)/(2*(1/V**2))
15
16 # Calcul du taux d'avancement
17 Tau = à compléter
18
19 # Affichage du taux d'avancement
20 A compléter ("Le taux d'avancement vaut : ", Tau)
```

Le résultat obtenu dans la console Python est le suivant :

```
>>>
Le taux d'avancement vaut :  0.0369482611974412
>>>
```

1.3.5. Compléter le programme aux lignes 4, 5, 8, 17 et 20 pour qu'il affiche le résultat obtenu.

1.3.6. Commenter la valeur du taux d'avancement final de la réaction, que peut-on en déduire ?

1.4. La présence d'acide lactique en solution peut être détectée en réalisant un spectre infrarouge.
Attribuer l'un des deux spectres IR ci-dessous à l'acide lactique (justifier).

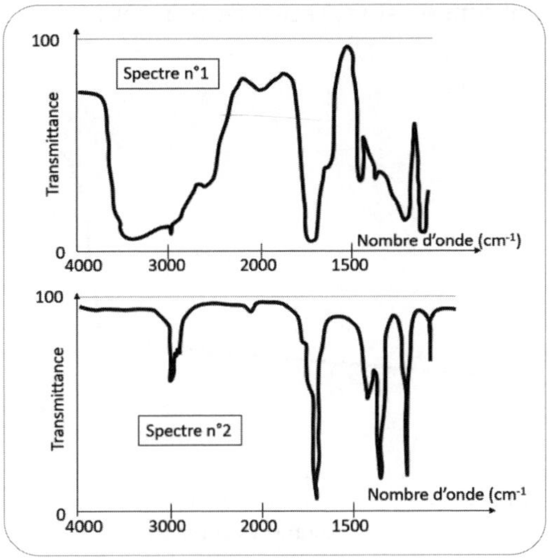

2 Titrage de l'acide lactique présent dans un lait

Une bouteille de lait non pasteurisé a été laissée dans le réfrigérateur d'une famille pendant quelques jours. Un adolescent s'en sert pour arroser ses céréales du matin. Le but de cette partie est de déterminer si le lait était encore frais ou si l'adolescent risque d'être malade.

L'industrie laitière utilise le degré Dornic pour quantifier l'acidité d'un lait. Un degré Dornic (1 °D) correspond à 0,1 g d'acide lactique (noté AH par la suite) par litre de lait. Pour être considéré comme frais, un lait doit avoir une acidité inférieure ou égale à 18 °D.

Pour doser l'acide lactique contenu dans le lait étudié, on en prélève 25,0 mL auquel on ajoute 50 mL d'eau distillée. Cette solution est dosée par une solution de soude ($Na^+(aq) + HO^-(aq)$) à la concentration $C_B = 5{,}0.10^{-2}$ mol.L^{-1}.

L'évolution du pH est relevée à l'aide d'un pH-mètre en fonction du volume V_B de soude versé.

La courbe de titrage obtenue est représentée ci-après :

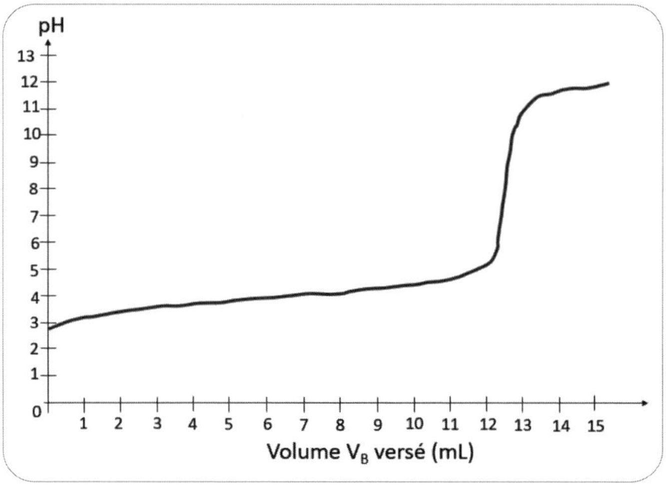

Données

- Incertitude-type sur la concentration de la solution titrante vaut : $u(C_B) = 5,0 \times 10^{-4}$ mol.L^{-1}

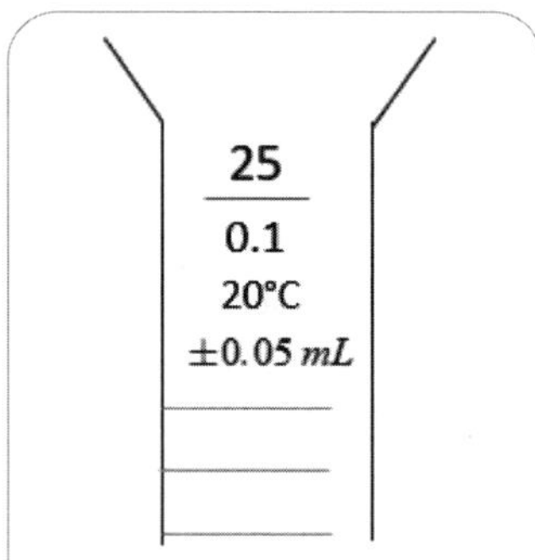

Inscription sur le haut de la burette graduée

- Pour calculer l'incertitude-type $u(n_{AH})$ sur la quantité de matière d'acide lactique on utilise la formule ci-dessous : $u(n_{AH}) = n_{AH} \times \sqrt{\left(\frac{u(C_B)}{C_B}\right)^2 + \left(\frac{u(V_{éq})}{V_{éq}}\right)^2}$.

2.1. Écrire l'équation support du titrage.

2.2. Déterminer le volume de soude versé à l'équivalence (on fera apparaître les traits de construction).

2.3. Déterminer la quantité de matière d'acide lactique présent dans le volume d'échantillon testé. Présenter le résultat de la mesure avec son incertitude-type.

2.4. En déduire si le lait testé est frais. Conclure.

Partie B Diffraction par une poudre de cacao (5 points)

Sujet du Bac S, Amérique du Nord, 2017

On attribue la découverte de la diffraction à Francesco Grimaldi (1618-1663).

Le but de l'exercice est d'étudier une application pratique de la diffraction : la détermination de la taille moyenne de poudre de cacao par granulométrie.

Les deux parties de l'exercice sont indépendantes.

Document 1 Granulométrie laser de la poudre de cacao

L'appareil ci-contre permet de mesurer la taille de particules allant de 40 nm à 2500 µm tout en occupant un encombrement extrêmement réduit.

Le fabriquant de l'appareil indique que deux diodes laser de longueurs d'onde 635 nm et 830 nm sont utilisées dans cet instrument de mesure.

Source : https://labolycee.org/diffraction-par-une-poudre-de-cacao

Document 2 Différents types de chocolat

Le succès du chocolat, auprès des consommateurs, est lié à des caractéristiques gustatives bien identifiées mais aussi à la granulométrie de chacun des constituants.

Cette dernière propriété représente un enjeu important du procédé de fabrication puisque des particules trop finement broyées rendront le chocolat collant alors que de trop grosses particules lui donneront un aspect granuleux à l'œil et en bouche.

La mesure de la taille des particules, par diffraction laser, est une technique simple et rapide, adaptée à la détermination de la distribution granulométrique de tous les types de chocolat comme les chocolats de couverture utilisés pour le nappage, les chocolats au lait ou les chocolats agglomérés utilisés pour les recettes instantanées.

Type de chocolat	De couverture	Au lait	Aggloméré
a(*) en µm	10	30	300

(*) a représente le diamètre moyen recommandé de la poudre de cacao pour un type de chocolat.

D'après http ://www.es-France.com/pdf/010-Cacao.pdf

1 Vérification de la longueur d'onde d'une des diiodes laser utilisées

L'objectif de cette partie est de vérifier la valeur de la longueur d'onde λ d'une des diodes laser utilisées dans l'appareil de granulométrie. Sur le trajet du faisceau laser, on intercale des fils de différents diamètres. Sur un écran placé à une distance *D*, on observe une figure de diffraction.

L représente la largeur de la tache centrale et θ_0 le demi-angle au sommet exprimé en radian.

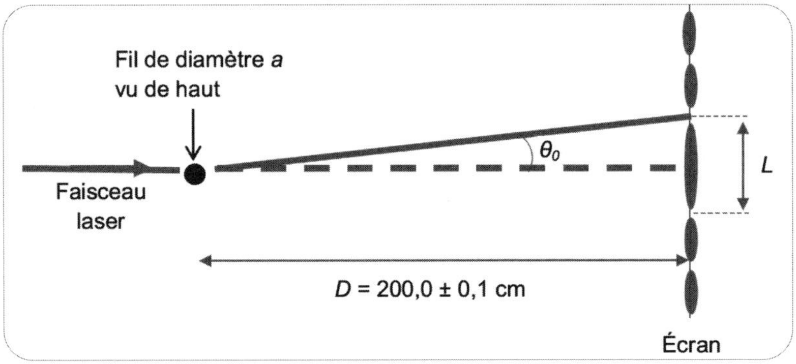

Source : https://labolycee.org/diffraction-par-une-poudre-de-cacao

1.1. Rappeler les trois principales propriétés du faisceau d'un laser.

1.2. Pour une longueur d'onde donnée, décrire l'évolution du demi-angle θ_0 en fonction du diamètre a du fil. Donner la relation qui lie λ, θ_0 et *a*.

1.3. On fait l'hypothèse que l'angle θ_0 est petit. Dans ce cas, on peut écrire $\tan\theta_0 \approx \theta_0$ avec θ_0 en radian.

À l'aide du schéma, démontrer que la largeur de la tache centrale est donnée par l'expression : $L = k \times \frac{1}{a}$ avec $k = 2 \times \lambda \times D$.

1.4. Expérimentalement, on mesure la largeur de la tache centrale *L* pour des fils calibrés de différentes valeurs de diamètre *a*. On porte les valeurs obtenues sur le graphique ci-dessous.
À partir du graphique, déterminer la longueur d'onde λ de la diode laser utilisée.

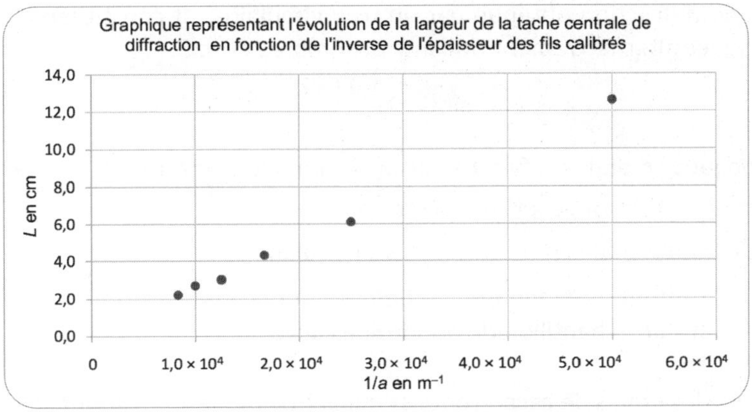

Source : https://labolycee.org/diffraction-par-une-poudre-de-cacao

1.5. L'incertitude sur la longueur d'onde λ , notée $u(\lambda)$, peut être déterminée à partir de la relation suivante :

$$u(\lambda) = \lambda \times \sqrt{\left(\frac{u(D)}{D}\right)^2 + \left(\frac{u(k)}{k}\right)^2}.$$

L'incertitude sur la valeur du coefficient directeur est $u(k) = 1,2 \times 10^{-7}$ m².
Exprimer la valeur de la longueur d'onde λ avec son incertitude. Confronter aux valeurs données par le fabricant de l'appareil ; conclure.

2 Étude de la diffraction par la poudre de cacao

Dans cette partie, on considère que l'on peut déterminer le diamètre moyen des grains de cacao d'une poudre donnée en utilisant une figure de diffraction réalisée avec la diode laser de longueur d'onde $\lambda = 635$ nm.

Donnée

- Expérience de diffraction par un trou circulaire.

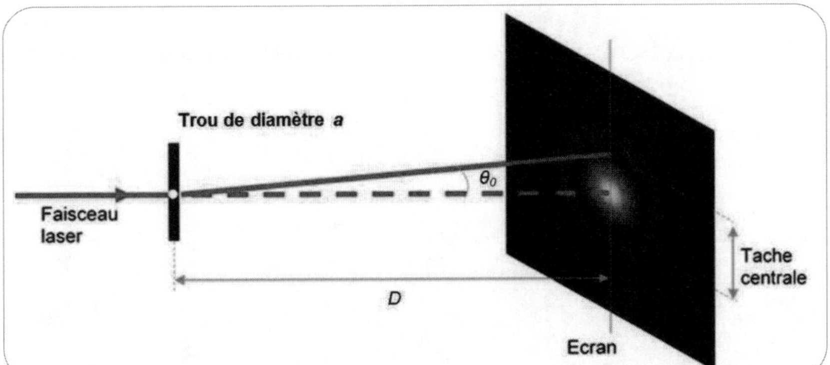

Source : https://labolycee.org/diffraction-par-une-poudre-de-cacao

La figure de diffraction obtenue par un trou circulaire est constituée de cercles concentriques alternativement brillants et sombres avec :

$$\sin\theta_0 = \frac{1{,}22 \times \lambda}{a}$$

- λ : longueur d'onde du faisceau laser, exprimée en mètre ;
- A : diamètre du trou, exprimé en mètre ;
- θ_0 : demi-angle au sommet, exprimé en radian.

2.1. En utilisant un montage proche de celui donné ci-dessus, on réalise l'expérience sur un échantillon de poudre de cacao.

Sachant que les grains de cacao sont assimilés à des sphères, justifier le fait qu'on observe une figure de diffraction identique à celle obtenue avec un trou circulaire.

2.2. Après traitement informatique des résultats expérimentaux lors du contrôle d'un échantillon de poudre de cacao, on obtient le graphe ci-dessous donnant l'intensité lumineuse relative sur l'écran en fonction du demi-angle θ_0.

Peut-on utiliser cet échantillon pour un chocolat de couverture ?

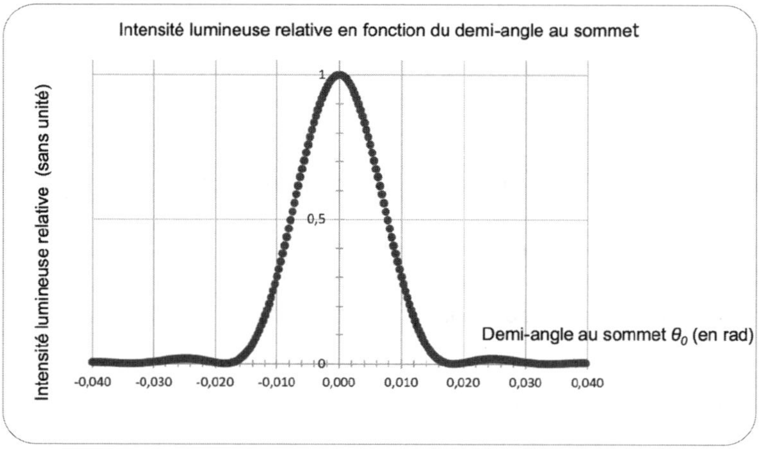

Source : https://labolycee.org/diffraction-par-une-poudre-de-cacao

Partie C La pile GENEPAC

4 points

Sujet du Bac S, Métropole, 2010

Faire le tour de la Méditerranée à bord d'un voilier dont le moteur auxiliaire est sans rejet direct de gaz carbonique, tel est le défi du projet « Zéro CO_2 ».
Présenté pour la première fois en Europe, au salon nautique de Paris en décembre 2009, un voilier de 12 m sera équipé d'un moteur électrique auxiliaire alimenté par une pile à combustible à hydrogène.
Ce projet doit permettre de tester un bateau aux énergies renouvelables et au dihydrogène pour promouvoir un littoral économe et respectueux de l'environnement. L'industrie automobile a développé la pile GÉNÉPAC : c'est la pile à combustible choisie pour le projet « Zéro CO_2 ».

D'après les sites Internet : « http ://www.zeroCO2sailing.com », « http ://www.cea.fr », « http ://www.psa-peugeot-citroen.com »

Source : https://labolycee.org/metropole-2010

Le principe de la pile à combustible est le suivant : une réaction électrochimique contrôlée, entre du dihydrogène et le dioxygène de l'air, produit simultanément de l'électricité, de l'eau et de la chaleur.

Cette réaction s'opère au sein d'une cellule élémentaire composée de deux électrodes, de forme ondulée, séparées par un électrolyte (figure 4).

L'électrolyte est constitué d'une membrane polymère échangeuse de protons H^+.

Cette pile est un empilement de 170 cellules élémentaires identiques.

Le dihydrogène est stocké à bord sous forme de gaz comprimé à la pression de 700 bars ; le volume du réservoir est $V = 15,0$ L.

Lorsque le réservoir de dihydrogène est plein, la masse du dihydrogène disponible est de 3,0 kg.

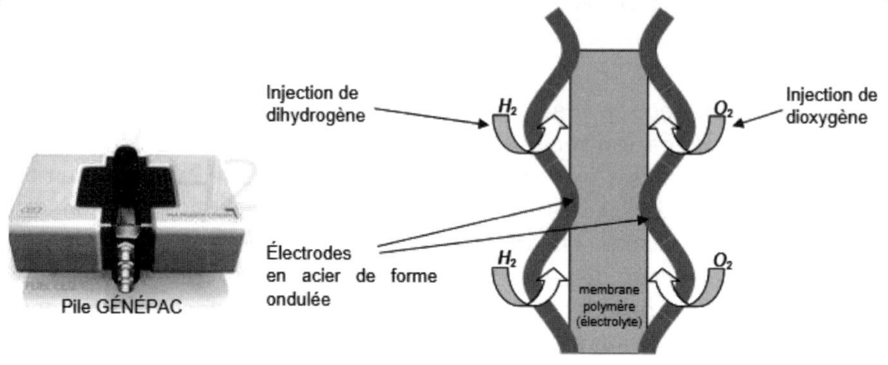

Figure 4. Schéma d'une des 170 cellules élémentaires

Dans cet exercice, on étudie le principe de fonctionnement d'une cellule élémentaire et la durée d'autonomie de la pile GÉNÉPAC.

Données

- Masses molaires atomiques : $M(\text{H}) = 1{,}0$ g.mol^{-1} ; $M(\text{O}) = 16{,}0$ g.mol^{-1}.
- Constante d'Avogadro : $N_A = 6{,}0.10^{23}$ mol^{-1}.
- Constante des gaz parfaits : $R = 8{,}314$ J.K^{-1}.mol^{-1}.
- Pression normale : $P_0 = 1{,}01.10^5$ Pa.
- Température normale : $T_0 = 273$ K.
- Loi des gaz parfaits dans les conditions normales de pression et de température : $P_0 \times V_0 = n \times R \times T_0$, où n représente la quantité de matière de gaz et V_0 son volume.
- Charge électrique élémentaire : e = $1{,}6.10^{-19}$ C.
- Couples d'oxydo-réduction mis en jeu dans la réaction : $H^+(aq)/H_2(g)$ et $O_2(g)/H_2O(\ell)$.

1 Principe de fonctionnement d'une cellule élémentaire

1.1. Réactions dans la cellule.

1.1.1. Écrire les équations des réactions à chaque électrode quand la pile débite.

1.1.2. Préciser pour chaque réaction s'il s'agit d'une oxydation ou d'une réduction.

1.1.3. Montrer que l'équation de la réaction chimique mise en jeu dans le fonctionnement de la pile est :

$$2\ H_2(g) + O_2(g) = 2\ H_2O(\ell)$$

1.2. Mouvement des porteurs de charge.
Sur la figure ci-après, indiquer :
- le sens de circulation et la nature des porteurs de charges circulant à l'extérieur de la pile ;
- le sens conventionnel de circulation du courant électrique ;
- la polarité de chaque électrode ;
- le sens de circulation des protons H^+ dans la membrane polymère (électrolyte).

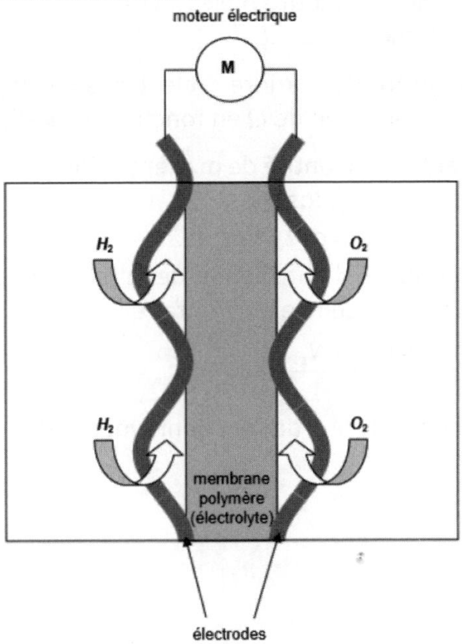

Figure 5. Schéma d'une des 170 cellules élémentaires qui alimentent le moteur

Source : https://labolycee.org/metropole-2010

1.3. Quel peut être l'intérêt d'utiliser des électrodes ondulées plutôt que des électrodes planes ?

2 Durée d'autonomie de la pile GENEPAC

Les 170 cellules élémentaires constituant la pile sont montées électriquement en série.

Dans certaines conditions d'utilisation, on peut considérer que le courant circulant dans les cellules élémentaires est constant, d'intensité $I = 120$ A.

2.1. Quantités de matière de dihydrogène.

2.1.1. En utilisant la masse de dihydrogène disponible dans le réservoir plein, calculer la quantité de matière de dihydrogène $n_R(H_2)$ correspondante. En considérant que le dihydrogène est un gaz parfait, déterminer le volume de dihydrogène V_0, pris dans les conditions normales de pression et de température, qu'il a fallu comprimer pour remplir le réservoir.

2.1.2. On note $n_C(H_2)$ la quantité de matière de dihydrogène disponible pour chaque cellule élémentaire. Quelle est la relation entre $n_C(H_2)$ et $n_R(H_2)$?

2.2. Quantité d'électricité
On note Δt la durée de fonctionnement d'une cellule élémentaire.

2.2.1. Donner l'expression de la quantité d'électricité Q échangée par une cellule élémentaire pendant une durée Δt .

2.2.2. On note $n(e^-)$ la quantité de matière d'électrons échangés pendant cette durée Δt . Donner l'expression de Q en fonction de $n(e^-)$, N_A et e.

2.2.3. Donner la relation entre la quantité de matière d'électrons échangés $n(e^-)$ et la quantité de matière $n_C(H_2)$. Justifier.

2.3. Durée d'autonomie de la pile GÉNÉPAC.
Par construction, la durée d'autonomie de la pile est égale à la durée de fonctionnement Δt d'une cellule élémentaire.

2.3.1. Montrer que $\Delta t = \dfrac{2 \times n_C(H_2) \times N_A \times e}{I}$.

2.3.2. Calculer la durée théorique Δt de fonctionnement de la pile GÉNÉPAC.

Avant de commencer

Aide

Pour la partie A p. 139

- À l'équivalence les deux réactifs sont entièrement consommés et introduits en proportions stœchiométriques.
- Lorsque l'on doit résoudre une équation du second degré « à la main » il faut détailler toutes les étapes, garder les formules littérales jusqu'au bout et bien vérifier les calculs une fois les valeurs remplacées.
- La constante K_A est définie par rapport à la réaction d'un acide faible dans l'eau : $\text{Acide} + H_2O \rightleftarrows \text{Base} + H_3O^+$.
- En spectroscopie infrarouge il ne faut pas chercher à attribuer toutes les bandes, mais seulement les bandes caractéristiques de l'espèce chimique étudiée, dont on aura noté les groupes caractéristiques.
- En langage Python, la fonction print() permet d'afficher une valeur ou un texte.
- Si le taux d'avancement final est supérieur à 99,9 %, la réaction est considérée comme totale, sinon elle est équilibrée.
- L'incertitude-type peut se lire directement sur la verrerie : elle correspond à l'indication $\pm .....\text{mL}$.
- L'incertitude-type permet d'exprimer le résultat d'une mesure avec un nombre de chiffres significatifs adapté à sa précision.

Pour la partie B p. 143

- Repérer le triangle rectangle pour trouver une relation de trigonométrie qui relie les grandeurs.
- Pour comparer une valeur mesurée à une valeur de référence, on utilise le z-score.
- Si la grandeur y est proportionnelle à la grandeur x, alors la courbe $y = f(x)$ est une droite linéaire dont le coefficient directeur est égal au coefficient de proportionnalité.

Pour la partie C p. 147

- Il y a une oxydation à l'anode et une réduction à la cathode.
- La cathode est la borne positive d'une pile, l'anode la borne négative.

Rappel de formules

- Quantité de matière d'une espèce chimique : $n = \frac{m}{M}$.
- Pour un acide faible : $K_A = \frac{[H_3O^+]_f \times [Base]_f}{[Acide]_f \times C^\circ}$.
- La quantité de matière d'un soluté : $n = C \times V$.
- La concentration en masse d'un soluté : $C_m = \frac{m}{V}$.
- Une équation du second degré est du type : $a \times x^2 + b \times x + c = 0$.
- Le discriminant d'une équation du second degré : $\Delta = b^2 - 4 \times a \times c$
- Les racines d'une équation du second degré sont de type : $x_1 = \frac{-b - \sqrt{\Delta}}{2 \times a}$ et $x_1 = \frac{-b + \sqrt{\Delta}}{2 \times a}$.
- Taux d'avancement final d'une transformation chimique : $\tau_f = \frac{x_f}{x_{max}}$.
- Pour une figure de diffraction : $\theta_0 = \frac{\lambda}{a}$.
- Dans un triangle rectangle : $\tan\theta = \frac{\text{côté opposé}}{\text{côté adjacent}}$.
- Le coefficient directeur k d'une droite se calcule à partir de deux points A(x_A ; y_A) et B(x_B ; y_B) : $k = \frac{y_B - y_A}{x_B - x_A}$.
- Le z-score : $z = \frac{|\text{valeur mesurée} - \text{valeur de référence}|}{u(\text{valeur mesurée})}$, s'il est < 2 alors il y a un bon accord entre la valeur mesurée et la valeur de référence.
- Pour une pile : $Q = n(e^-) \times N_A \times e$ et $Q = I \times \Delta t$.
- Loi des gaz parfaits : $P \times V = n \times R \times T$.

Les pièges à éviter

- Lorsque l'on doit calculer les deux racines x_1 et x_2 d'une équation du second degré, il y en a forcément une qui est aberrante : négative ou incompatible avec la valeur de la quantité de matière initiale du réactif.
- Attention à toujours exprimer les distances en mètre dans les formules.
- L'incertitude-type doit être donnée avec un seul chiffre significatif.
- Dans la loi des gaz parfaits, le volume s'exprime en m³ et non en L.

Corrigé

Partie A L'acide lactique

1 Structure et propriétés de l'acide lactique

1.1.

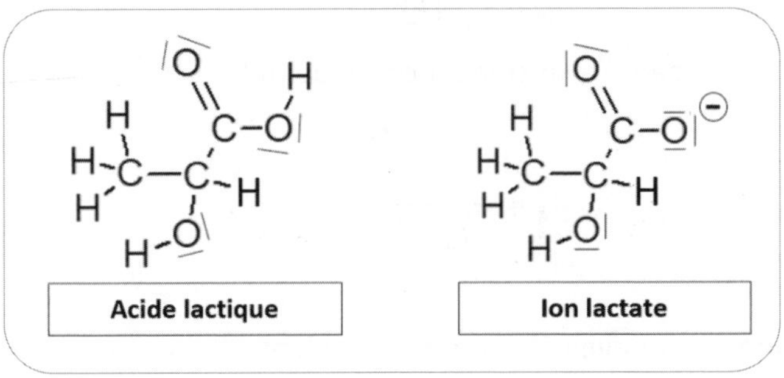

1.2.

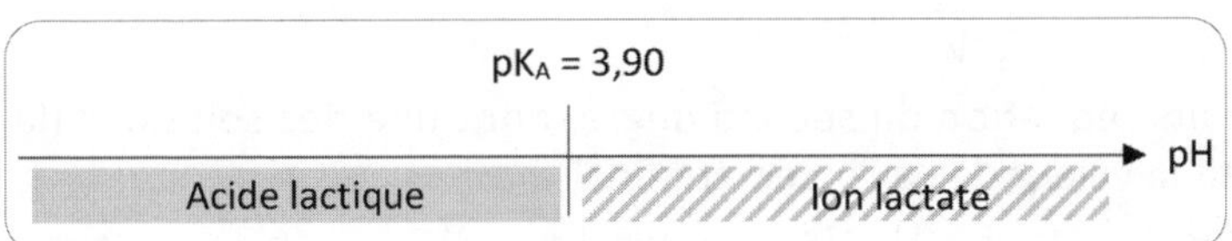

1.3.1. *Protocole* : sur une balance de précision, on dépose une coupelle de pesée et on appuie sur tare, puis on pèse 2,0 g d'acide lactique. L'acide lactique est versé dans une fiole jaugée de 250,0 mL à l'aide d'un entonnoir. On rince l'entonnoir et la coupelle à l'eau distillée et on récupère l'eau de rinçage dans la fiole jaugée. On remplit d'eau distillée jusqu'aux 3/4 de la fiole, on bouche et on agite pour dissoudre le soluté. On complète à l'eau distillée jusqu'au trait de jauge. On bouche et on agite pour homogénéiser la solution.

1.3.2. La concentration en acide lactique initiale vaut :

$$[\mathrm{AH}] = \frac{\left(\frac{m}{M}\right)}{V} = \frac{\left(\frac{2,0}{90,08}\right)}{250,0 \times 10^{-3}} = 8,9 \times 10^{-2}\ \mathrm{mol.L^{-1}}$$

1.3.3.

Equation de la réaction		AH	+ H_2O	= A^-	+ H_3O^+
Etat du système	Avancement x de la réaction (en mol)	Quantités de matière en moles			
Etat initial	$x = 0$	0,022	Excès	0	0
Etat intermédiaire	x	$0{,}022 - x$	Excès	x	x
Etat final	x_f	$0{,}022 - x_f$	Excès	x_f	x_f

1.3.4. Par définition, la constante d'acidité s'écrit :

$$K_A = \frac{\left[H_3O^+\right]_f \times \left[A^-\right]_f}{\left[AH\right]_f \times C°}.$$

À l'aide du tableau d'avancement on en déduit que :

$$K_A = \frac{\left(\dfrac{x_f}{V}\right)^2}{\left(\dfrac{n_{AH}^{initial} - x_f}{V}\right) \times C°}.$$

En développant et avec $C° = 1$ mol.L^{-1}, il vient :

$$\frac{1}{V^2} \times x_f^{\,2} + \frac{K_A}{V} \times x_f - \frac{K_A \times n_{AH}^{initial}}{V} = 0.$$

C'est une équation du second degré, dont une des solutions (la positive) fournit la valeur de l'avancement final.

$$\Delta = \left(\frac{K_A}{V}\right)^2 + 4 \times \frac{K_A \times n_{AH}^{initial}}{V^3} = \left(\frac{10^{-3,90}}{250{,}0 \times 10^{-3}}\right)^2 + 4 \times \frac{10^{-3,90} \times 0{,}022}{\left(250{,}0 \times 10^{-3}\right)^3}.$$

$\Delta = 7{,}2 \times 10^{-4}$.

$$x_f = \frac{-\left(\dfrac{K_A}{V}\right) + \sqrt{\Delta}}{\dfrac{2}{V^2}} = \frac{-\left(\dfrac{10^{-3,90}}{250{,}0 \times 10^{-3}}\right) + \sqrt{7{,}2 \times 10^{-4}}}{\dfrac{2}{\left(250{,}0 \times 10^{-3}\right)^2}} = 8{,}2 \times 10^{-4} \text{ mol}.$$

D'après le tableau d'avancement, à l'état final :

$n(H_3O^+) = x_f = 8{,}2 \times 10^{-4}$ mol et $n(A^-) = x_f = 8{,}2 \times 10^{-4}$ mol.

Par définition :

$$pH = -\log\left(\frac{\left[H_3O^+\right]_f}{C°}\right).$$

D'où :

$$pH = -\log\left(\frac{x_f}{V}\right) = -\log\left(\frac{8{,}2\times10^{-4}}{250{,}0\times10^{-3}}\right) = 2{,}5.$$

La solution obtenue a un p*H* égal à 2,5.
La concentration en ions lactate vaut :

$$\left[A^-\right]_f = \frac{x_f}{V} = \frac{8{,}2\times10^{-4}}{250{,}0\times10^{-3}} = 3{,}3\times10^{-3}\ \text{mol.L}^{-1}.$$

1.3.5.

```
# Définition des variables
m_AH_init = 2.0
M = 90.08
Ka = 10**(-3.90)
V = 250.0E-3

# Calcul de la quantité de matière initiale en AH
n = m_AH_init/M

# Calcul du discriminant de l'équation du second degré en xf
Delta = (Ka/V)**2 + 4*(1/V**2)*(Ka*n/V)

# Calcul de l'avancement à l'état final
xf = ((-Ka/V) + Delta**0.5)/(2*(1/V**2))

# Calcul du taux d'avancement
Tau = xf / n

# Affichage du taux d'avancement
print("Le taux d'avancement vaut : ", Tau)
```

1.3.6. Le taux d'avancement final est inférieur à 99,9 %, la réaction n'est pas totale, elle est équilibrée.

1.4. D'après les données, pour un acide carboxylique, on doit observer les bandes caractéristiques des liaisons OH pour un acide et C=O pour un acide. C'est le cas du spectre n° 1 : on observe une bande intense et large vers 3 100 cm^{-1} (bande O–H) et une bande forte et fine vers 1710 cm^{-1} (bande C=O).

2 Titrage de l'acide lactique présent dans un lait

2.1. Les couples acide base en présence sont l'acide lactique/ion lactate (notés AH/A^-) et le couple de l'eau HO^-/H_2O.
L'équation de la réaction (totale et rapide) support du titrage s'écrit :

$$AH(aq) + HO^-(aq) \rightarrow A^-(aq) + H_2O(\ell).$$

2.2. On utilise la méthode des tangentes pour déterminer le volume de soude versé à l'équivalence.

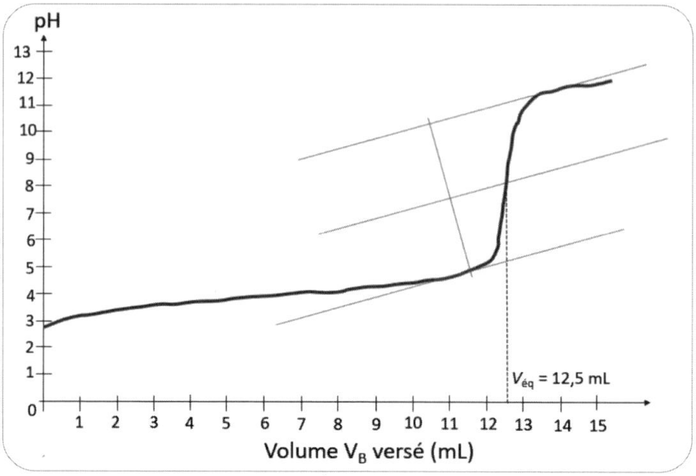

2.3. À l'équivalence les deux réactifs sont introduits dans les proportions stœchiométriques et sont totalement consommés. On peut donc écrire que :

$$\frac{n(\text{AH})}{1} = \frac{n(\text{HO}^-)}{1}.$$

$$n(\text{AH}) = C_B \times V_{éq} = 5{,}0 \times 10^{-2} \times 12{,}5 \times 10^{-3} = 6{,}3 \times 10^{-4}\ \text{mol}.$$

Calculons l'incertitude-type sur la quantité de matière d'acide lactique :

$$u(n_{\text{AH}}) = n_{\text{AH}} \times \sqrt{\left(\frac{u(C_B)}{C_B}\right)^2 + \left(\frac{u(V_{éq})}{V_{éq}}\right)^2}.$$

$$u(n_{\text{AH}}) = 6{,}25 \times 10^{-4} \times \sqrt{\left(\frac{5{,}0 \times 10^{-4}}{5{,}0 \times 10^{-2}}\right)^2 + \left(\frac{0{,}05}{12{,}5}\right)^2} = 7 \times 10^{-6}\ \text{mol}.$$

La quantité de matière d'acide lactique doit être donnée avec une précision cohérente avec son incertitude-type, on retient donc la valeur de $6{,}25.10^{-4}$ mol.

Présentation du résultat de la mesure :
Dans les conditions de l'expérience, la valeur de la quantité de matière d'acide lactique est de $6{,}25.10^{-4}$ mol avec une incertitude-type $u(n_{\text{AH}}) = 7.10^{-6}$ mol. L'incertitude-type donne alors une estimation de l'étendue des valeurs que l'on peut raisonnablement attribuer à la quantité de matière d'acide lactique.

2.4. La masse d'acide lactique correspondante vaut :

$$m(\text{AH}) = n(\text{AH}) \times M = 6{,}25 \times 10^{-4} \times 90{,}08 = 0{,}0563\ \text{g}.$$

Calculons la concentration en masse du lait en acide lactique :

$$C_m(\text{AH}) = \frac{m(\text{AH})}{V_{\text{lait}}} = \frac{0{,}0563}{25{,}0 \times 10^{-3}} = 2{,}25\ \text{g.L}^{-1}.$$

1°D correspond à 0,1 g d'acide lactique pour 1 L de lait. Donc par un produit en croix on trouve que le degré Dornic du lait vaut 22,5°, ce qui est supérieur à 18°, le lait n'est pas frais et l'adolescent risque d'être malade.

Partie B Diffraction par une poudre de cacao

1 Vérification de la longueur d'onde d'une des diiodes laser utilisées

1.1. Les principales propriétés d'un faisceau laser sont : sa directivité, sa monochromaticité (une seule longueur d'onde émise), sa cohérence (le déphasage entre les ondes lumineuses émises est constant).

1.2. D'après la relation : $\theta_0 = \frac{\lambda}{a}$, quand le diamètre a du fil diminue, alors θ_0 augmente.

1.3. Grâce au schéma fourni, on peut écrire que dans le triangle rectangle :

$$\tan\theta_0 = \frac{\left(\frac{L}{2}\right)}{D}.$$

Or $\tan\theta_0 \approx \theta_0$, donc : $\theta_0 = \frac{L}{2D}$.

Or on sait que : $\theta_0 = \frac{\lambda}{a}$, d'où : $\frac{\lambda}{a} = \frac{L}{2D}$ et $L = \frac{2 \times \lambda \times D}{a}$.

On en déduit que $L = k \times \frac{1}{a}$, avec $k = 2 \times D \times \lambda$.

1.4. On sait que L est inversement proportionnel à a. Le graphique représente l'évolution de L en fonction de $1/a$, donc le coefficient directeur de la droite modélisée (voir schéma ci-dessous) est égal à k.
Déterminons la valeur du coefficient directeur de la droite de régression linéaire :

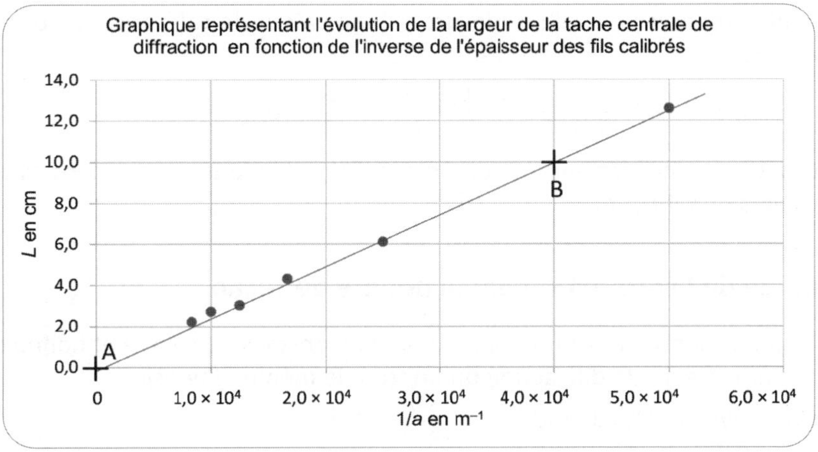

On prend deux points A(0 ; 0) et B($4{,}0.10^4$; $10{,}0.10^{-2}$) appartenant à la droite. Le coefficient directeur est donné par la relation :

$$k=\frac{y_B-y_A}{x_B-x_A}=\frac{10{,}0\times10^{-2}-0}{4{,}0\times10^{4}-0}=2{,}50\times10^{-6}\ \text{m}^2$$

Or $k=2\times D\times\lambda$ et D = 200,0 cm, donc :

$$\lambda=\frac{k}{2\times D}=\frac{2{,}50\times10^{-6}}{2\times200{,}0\times10^{-2}}=6{,}25\times10^{-7}\ \text{m}$$

Les diodes laser utilisées dans l'instrument de mesure sont de longueurs d'onde 635 nm et 830 nm. On en déduit que la longueur d'onde de la diode laser utilisée vaut 635 nm.

1.5. On connaît les incertitudes-types suivantes : $u(k)=1{,}2.10^{-7}$ m² et $u(D)=0{,}1$ cm. On sait que l'incertitude-type sur la valeur de la longueur d'onde se calcule par la formule :

$$u(\lambda)=\lambda\times\sqrt{\left(\frac{u(D)}{D}\right)^2+\left(\frac{u(k)}{k}\right)^2}.$$

D'où : $u(\lambda)=6{,}3\times10^{2}\times\sqrt{\left(\frac{0{,}1}{200{,}0}\right)^2+\left(\frac{1{,}2\times10^{-7}}{2{,}50\times10^{-6}}\right)^2}=3\times10^{1}\ \text{nm}.$

La longueur d'onde doit être donnée avec une précision cohérente avec son incertitude-type, on retient donc la valeur de $6{,}4.10^2$ nm.

Présentation du résultat de la mesure :
Dans les conditions de l'expérience, la valeur de la longueur d'onde est de $\lambda=6{,}4.10^2$ nm avec une incertitude-type $u(\lambda)=3\times10^{1}$ nm. L'incertitude-type donne alors une estimation de l'étendue des valeurs que l'on peut raisonnablement attribuer à la longueur d'onde.
Pour comparer une valeur mesurée à une valeur de référence, on utilise le z-score.

$$z-score=\frac{\left|\lambda_{\text{mesuré}}-\lambda_{\text{référence}}\right|}{u(\lambda)}=\frac{6{,}3\times10^{2}-635}{3\times10^{1}}=0{,}2.$$

Le z-score est inférieur à 2, on en conclut qu'il y a un bon accord avec les valeurs du fabricant.

2 Étude de la diffraction par la poudre de cacao

2.1. Le grain sphérique se comporte comme un obstacle circulaire et donne donc la même figure de diffraction qu'un trou de même dimension.

2.2. On trouve $\theta_0=0{,}018\ \text{rad}$.

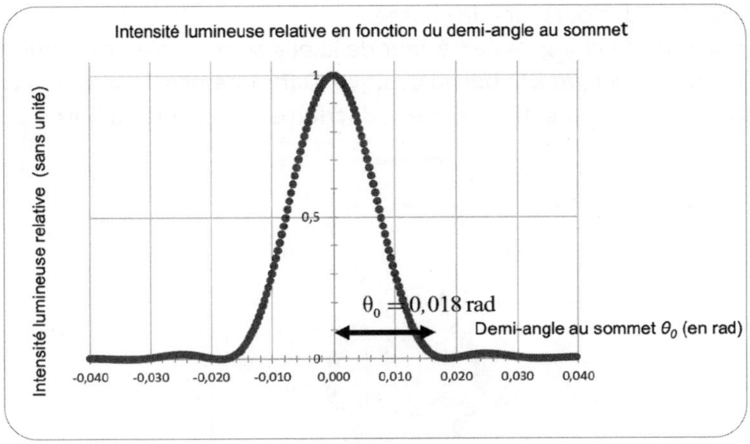

On sait que $\sin\theta_0 = \dfrac{1{,}22\times\lambda}{a}$, d'où :

$$a = \frac{1{,}22\times\lambda}{\sin\theta_0} = \frac{1{,}22\times 635\times 10^{-9}}{\sin(0{,}018)} = 4{,}3\times 10^{-5}\ \text{m} = 43\ \mu\text{m}.$$

Le rayon moyen d'un chocolat de couverture est $a = 10\ \mu\text{m}$, ce qui est inférieur à la valeur trouvée, les grains sont trop gros pour être du chocolat de couverture.

Partie C La pile GENEPAC

1 Principe de fonctionnement d'une cellule élémentaire

1.1. Réactions dans la cellule.

1.1.1. Les équations des réactions à chaque électrode quand la pile débite s'écrivent :

$$H_2(g) = 2H^+(aq) + 2e^-$$
$$4e^- + O_2(g) + 4\,H^+(aq) = 2\,H_2O(\ell)$$

1.1.2. La première demi-équation est une oxydation du dihydrogène en ions H^+, la deuxième est une réduction du dioxygène en eau.

1.1.3. Pour trouver l'équation de la réaction chimique mise en jeu dans le fonctionnement de la pile il faut coupler (les additionner membre à membre) les deux demi-équations et faire en sorte qu'il y ait le même nombre d'électrons échangés. La première sera donc multipliée par 2, pour avoir en tout 4 électrons échangés.
On retrouve ainsi que :

$$2\,H_2(g) + O_2(g) = 2\,H_2O(\ell).$$

1.2. Mouvement des porteurs de charge.
Les porteurs de charge à l'extérieur de la pile sont les électrons qui circulent de la borne négative à la borne positive. Dans une pile il y a une oxydation à l'anode, la borne négative et une réduction à la cathode, la borne positive.

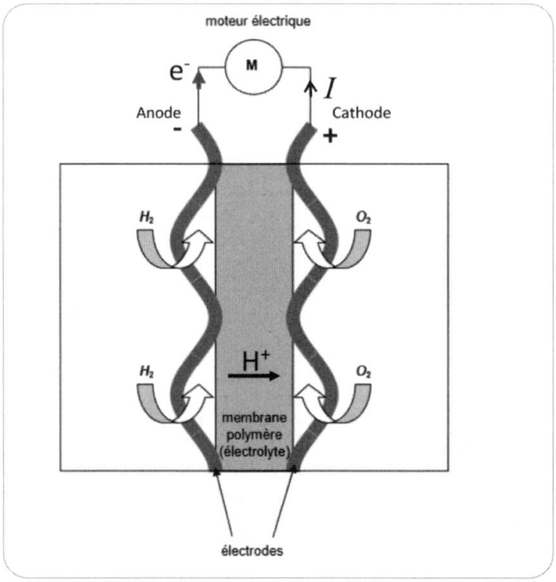

1.3. On utilise des électrodes ondulées plutôt que des électrodes planes pour augmenter la surface d'échange avec les gaz.

2 Durée d'autonomie de la pile GENEPAC

2.1. Quantités de matière de dihydrogène

2.1.1. On sait que $m(H_2) = 3{,}0$ kg et que $M(H) = 1{,}0$ g.mol^{-1}.

D'où : $n_R(H_2) = \dfrac{m(H_2)}{2 \times M(H)} = \dfrac{3{,}0 \times 10^3}{2{,}0} = 1{,}5 \times 10^3$ mol

D'après la loi des gaz parfaits : $P_0 \times V_0 = n \times R \times T_0$.

$$V_0 = \frac{n \times R \times T_0}{P_0} = \frac{1{,}5 \times 10^3 \times 8{,}314 \times 273}{1{,}01 \times 10^5} = 34 \text{ m}^3 .$$

2.1.2. Il y a 170 cellules élémentaires, on peut donc écrire que :

$$n_C(H_2) = \frac{n_R(H_2)}{170} .$$

2.2. Quantité d'électricité

2.2.1. L'expression de la quantité d'électricité Q échangée par une cellule élémentaire pendant une durée Δt s'écrit :

$$Q = I \times \Delta t .$$

2.2.2. L'expression de Q en fonction de $n(e^-)$, N_A et e s'écrit :

$$Q = n(e^-) \times N_A \times e .$$

2.2.3. D'après la demi-équation : $H_2(g) = 2H^+(aq) + 2e^-$, pour 1 mole de dihydrogène consommé, on produit 2 moles d'électrons.

On a donc : $\dfrac{n_C(H_2)}{1} = \dfrac{n(e^-)}{2}$.

2.3. Durée d'autonomie de la pile GÉNÉPAC

2.3.1. On sait que $Q = I \times \Delta t$ et que $Q = n(e^-) \times N_A \times e$, donc :

$$I \times \Delta t = n(e^-) \times N_A \times e .$$

Or $n(e^-) = 2 \times n_C(H_2)$.

En remplaçant dans l'expression précédente :

$$I \times \Delta t = 2 \times n_C(H_2) \times N_A \times e .$$

Il vient enfin que : $\Delta t = \dfrac{2 \times n_C(H_2) \times N_A \times e}{I}$.

2.3.2. La durée théorique Δt de fonctionnement de la pile GÉNÉPAC :

$$\Delta t = \frac{2 \times n_C(H_2) \times N_A \times e}{I}$$

$$\Delta t = \frac{2 \times \left(\dfrac{1,5 \times 10^{-3}}{170} \right) \times 6,0 \times 10^{23} \times 1,6 \times 10^{-19}}{120} = 1,4 \times 10^{4} \text{ s} = 3,9 \text{ h}$$

Ce qui semble normal pour un moteur auxiliaire.

Les conseils du professeur

L'essentiel à connaître

- Savoir déterminer un volume équivalent par la méthode des tangentes.
- Savoir représenter la formule de Lewis d'un acide carboxylique et de sa base conjuguée.
- Déterminer une quantité de matière grâce à un titrage p*H*-métrique.
- Savoir résoudre une équation du second degré.
- Déterminer, à l'aide d'un langage de programmation, le taux d'avancement final d'une transformation, modélisée par la réaction d'un acide sur l'eau.
- Savoir calculer un p*H*.
- Savoir exploiter un diagramme de prédominance.
- Prévoir la composition finale d'une solution aqueuse de concentration donnée en acide faible.
- Savoir associer K_A à l'équation de réaction correspondante.
- Exploiter, à partir de données tabulées, un spectre d'absorption infrarouge pour identifier une espèce chimique.
- Évaluer, à l'aide d'une formule fournie, l'incertitude-type d'une grandeur s'exprimant en fonction d'autres grandeurs dont les incertitudes-types associées sont connues.
- Écrire, avec un nombre adapté de chiffres significatifs, le résultat d'une mesure.
- Proposer un protocole de dissolution avec une verrerie adaptée.
- Connaître la relation entre λ, a et θ_0 dans le cas d'un phénomène de diffraction.
- Savoir calculer un coefficient directeur.
- Savoir comparer une valeur mesurée à une valeur de référence en utilisant le z-score.
- Savoir différencier une oxydation d'une réduction.
- Connaître la nature des électrodes d'une pile.
- Calculer la durée d'utilisation d'une pile.
- Connaître la nature et le sens des porteurs de charge dans le circuit extérieur d'une pile.
- Connaître le sens conventionnel du courant.

Le vocabulaire à maîtriser

Diagramme de prédominance ; K_A ; pK_A ; incertitude-type ; spectre infrarouge ; p*H* ; dosage p*H*-métrique ; formule de Lewis ; acide carboxylique ; base conjuguée ; dissolution ; diffraction ; longueur d'onde ; z-score ; pile ; charge ; oxydation ; réduction ; loi des gaz parfaits ; température en kelvin ; porteurs de charges dans un circuit extérieur à une pile ; sens conventionnel du courant.

Comment singulariser sa copie

- Les protocoles doivent être détaillés le plus possible.

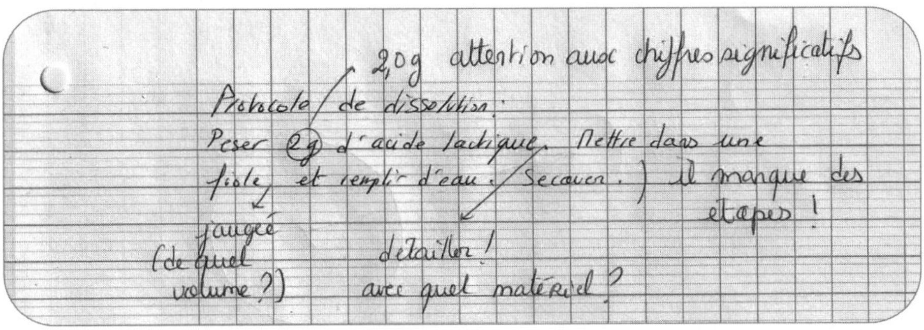

- Il faut bien détailler la démarche lors des questions de type problème : faire des phrases réponses, souligner les résultats, rendre la copie propre et claire.

Sujet 6

Énoncé

Partie A Synthèse du paracétamol 9 points

Sujet du Bac S, Centres étrangers, 2014

Le paracétamol ou para-acétyl-amino-phénol est un antipyrétique, entre autres, synthétisé pour la première fois par Harmon Northrop Morse en 1878. Jusque-là les antipyrétiques étaient obtenus à partir de préparations réalisées avec des écorces de Cinchona ou de Saule. Le paracétamol découvert par Morse ne fut commercialisé qu'une cinquantaine d'années plus tard sous le nom de paracétamol.

Remarque : Le genre Cinchona rassemble en vérité une vingtaine d'espèces d'arbres ou d'arbustes, tous originaires d'Amérique du Sud.

La synthèse du paracétamol peut être réalisée au laboratoire à partir du para-aminophénol et de l'anhydride éthanoïque. L'équation de la réaction de la synthèse est la suivante :

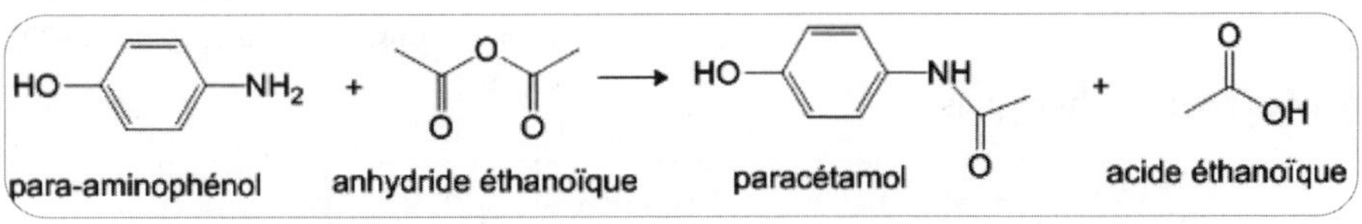

Source : https://labolycee.org/afrique-2014

Les différentes phases d'un protocole de synthèse sont décrites ci-après.

Phase n° 1 : Dans un erlenmeyer de 150 mL, introduire 2,7 g de para-aminophénol, 25 mL d'eau distillée, 2 mL d'acide éthanoïque pur prélevés à la pipette graduée, et un barreau aimanté. Adapter sur l'erlenmeyer un réfrigérant à air et plonger pendant 10 minutes dans un bain-marie à 80 °C placé sur un agitateur magnétique chauffant.

Phase n° 2 : Ramener la solution à température ambiante puis, sous la hotte enlever le réfrigérant à air et ajouter lentement 3,5 mL d'anhydride éthanoïque au mélange précédent. L'addition terminée, adapter le réfrigérant à air et placer à nouveau le mélange au bain-marie à 80 °C pendant 10 minutes.

Phase n° 3 : Refroidir le mélange réactionnel dans un bain d'eau glacée et attendre la cristallisation complète. Amorcer le cas échéant, la formation du paracétamol solide à l'aide d'un agitateur en verre. Filtrer les cristaux sur Büchner (sous pression réduite). Rincer le solide avec un minimum d'eau glacée, puis le récupérer dans un erlenmeyer.

Phase n° 4 : Dans l'erlenmeyer contenant le solide, introduire au maximum 20 mL d'eau distillée et chauffer le mélange placé sur un agitateur magnétique chauffant jusqu'à dissolution complète du solide. Laisser refroidir lentement jusqu'à l'amorce de la cristallisation, puis la terminer dans un mélange eau-glace. Filtrer sous pression réduite les cristaux obtenus et les récupérer dans une coupelle. Sécher les cristaux dans une étuve à 80 °C, puis peser le solide obtenu.

Phase n° 5 : Éluant : mélange $CHCl_3$ (chloroforme) et CH_3OH (méthanol) ; 60/40 en volume. Échantillons :

- 1 mL d'éluant + une pointe de spatule de 4-aminophénol.
- 1 mL d'éluant + une pointe de spatule de paracétamol synthétisé et purifié.
- 1 mL d'éluant + une pointe de spatule de paracétamol du commerce.

Révélation sous UV ($\lambda = 254$ nm).

Données

- Electronégativité (échelle de Pauling) de quelques éléments chimiques :

Numéro atomique	Nom	Symbole	Électronégativité (Pauling)
1	Hydrogène	H	2,20
6	Carbone	C	2,55
7	Azote	N	3,04
8	Oxygène	O	3,44

Source : https://labolycee.org/afrique-2014

Données physico-chimiques

Composé	Aspect à 25°C et sous 10^5 Pa	Risques	Solubilité dans l'eau	Temp. de fusion en °C	Temp. d'ébullition en °C	Masse molaire en $g.mol^{-1}$
Para-aminophénol	Solide blanc	  	$8\ g.L^{-1}$ à 20°C $33\ g.L^{-1}$ à 60°C $85\ g.L^{-1}$ à 100°C Solubilité accrue en solution aqueuse d'acide éthanoïque	186	284	109
Anhydride éthanoïque	Liquide incolore de densité 1,08	 	Réagit avec l'eau en donnant l'acide dont il est issu	- 73	136	102
Paracétamol	Solide blanc		$10\ g.L^{-1}$ à 20°C $250\ g.L^{-1}$ à 100°C	168	388	151
Acide éthanoïque	Liquide incolore de densité 1,05		Très grande solubilité de 0 °C à 100 °C	17	118	60

Source : https://labolycee.org/afrique-2014

Questions

1. Recopier, avec soin sur votre copie, les molécules de para-aminophénol et de paracétamol, et entourer les groupes caractéristiques sur ces deux molécules. Préciser les familles de composés qui leur sont associées.

2. Identifier, en justifiant votre réponse, les deux sites donneurs de doublets d'électrons présents sur la molécule de para-aminophénol.

3. Le mécanisme simplifié de la réaction de synthèse du paracétamol peut être modélisé par les trois étapes représentées ci-dessous.

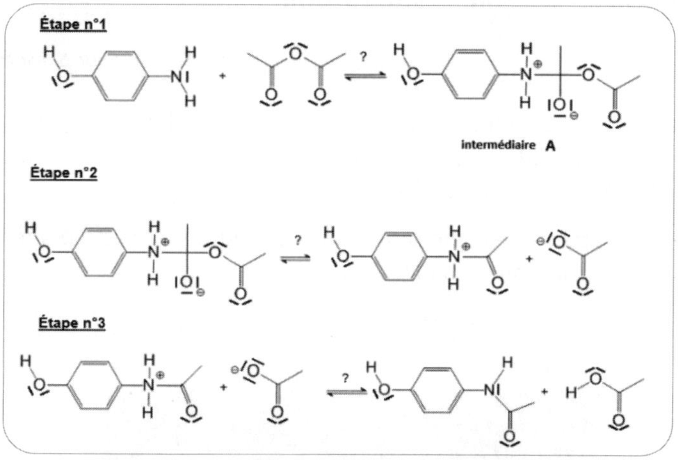

Source : https://labolycee.org/afrique-2014

3.1. Reproduire sur votre copie, l'étape n° 1 de ce mécanisme et représenter la (ou les) flèche(s) courbe(s) qui rend(ent) compte de l'obtention de l'intermédiaire **A**. Justifier votre schéma.

3.2. Indiquer la catégorie de chacune des réactions des trois étapes du mécanisme.

4. Un autre déplacement de doublets d'électrons pourrait intervenir dans l'étape 1 et produire un intermédiaire **B** différent de l'intermédiaire **A**.

4.1. Représenter ce déplacement de doublets d'électrons, en reproduisant sur votre copie cette première étape qui conduirait à l'intermédiaire **B**.

4.2. À partir de cet intermédiaire **B**, et en supposant deux étapes analogues aux étapes 2 et 3, donner la formule topologique du produit final **E** qui serait alors formé.

5. En réalité, seul le paracétamol est obtenu lors de la mise en œuvre de ce protocole de synthèse. Quelle propriété possède donc cette réaction entre le para-aminophénol et l'anhydride éthanoïque ?

6. Analyse du protocole expérimental.

6.1. Donner un nom à chacune des cinq phases du protocole expérimental de synthèse mis en œuvre au laboratoire.

6.2. À l'aide de vos connaissances et des documents fournis, justifier le choix des techniques utilisées dans les phases 3 et 4 du protocole expérimental, en rédigeant un texte précis et concis.

6.3. Déterminer la masse maximale de paracétamol qui peut être obtenue à partir du protocole expérimental mis en œuvre. Expliciter votre démarche pour la déterminer.

Partie B Coucher de Soleils sur Tatooine

5 points

Sujet du Bac S, Métropole, 2016

Dans la saga Star Wars, deux héros, Luke et Anakin Skywalker, ont passé leur enfance sur la planète Tatooine. Cette planète désertique a la particularité d'être en orbite autour de deux étoiles : Tatoo 1 et Tatoo 2.

On se propose de déterminer quelques caractéristiques de cette planète et de ses deux étoiles à partir de données extraites du film.

Source : Image du film Star Wars Episode IV : A new hope (© Lucasfilm Ltd)
Luke Skywalker marchant au coucher de soleils

Données

- Masse et rayon du Soleil et de la Terre :

	Soleil	Terre
Masse (kg)	$2{,}0 \times 10^{30}$	$6{,}0 \times 10^{24}$
Rayon (km)	$7{,}0 \times 10^{5}$	$6{,}4 \times 10^{3}$

- Constante gravitationnelle : $G = 6{,}67 \times 10^{-11}$ m^3.s^{-2}.kg^{-1}.
- Volume d'une sphère de rayon r : $V = \frac{4}{3} \times \pi \times r^3$.

L'orbite de Tatooine

Impossible d'évoquer la célèbre planète Tatooine, repaire de brigands galactiques sur lequel règne le fameux Jabba le Hutt, sans parler de ses deux soleils (ou étoiles).

Cette particularité n'est pas si étonnante quand on considère que les deux tiers des étoiles visibles à l'œil nu font partie d'un système multiple. Le problème n'est donc pas de trouver une étoile double, mais de comprendre comment une planète peut évoluer dans un tel système.

(...) L'orbite de Tatooine pourrait englober ses deux soleils à la fois. Ce type d'orbite n'est stable que si la distance qui sépare la planète de ses soleils est au moins quatre fois plus grande que celle qui sépare les étoiles. Du point de vue de la planète, tout se passe comme si les étoiles ne faisaient qu'une. Peut-on estimer le rayon de l'orbite de Tatooine ? Oui, bien sûr !

(...) Remarquons d'abord que les deux étoiles sont assez semblables à notre Soleil : l'une est jaune et l'autre est orange, laissant supposer qu'elle est un peu plus froide. Si ces deux étoiles étaient trop proches l'une de l'autre, elles devraient être déformées par leur gravité mutuelle. Comme aucune déformation n'est perceptible dans la scène du coucher des soleils, on peut calculer que leur distance est légèrement supérieure à 10 millions de kilomètres. Pour avoir une orbite stable Tatooine doit donc être distante de ces deux étoiles d'au moins 40 millions de kilomètres. En fait, elle ne doit pas être si près, sous peine d'être vraiment trop chaude et totalement inhabitable. Deux cents millions de kilomètres est une bonne position : à cette distance Tatooine reçoit une énergie lumineuse un peu supérieure à celle qui frappe la Terre, ce qui expliquerait son aspect désertique.

D'après Carte blanche à Roland Lehoucq, astrophysicien,
http ://www.knowtex. com/nav/les-secrets-de-star-wars_26418

1 Les étoiles Tatoo 1 et Tatoo 2

1.1. En supposant que Tatoo 1 et Tatoo 2 ne sont pas déformées et sont à égale distance de Tatooine, montrer, en s'appuyant sur la photo et sur le texte, que la valeur du rayon de chacune des deux étoiles est environ égale à deux millions de kilomètres. Justifier avec soin la démarche utilisée.

On adoptera pour la suite de l'exercice cette valeur commune pour le rayon des deux étoiles.

1.2. En supposant que les deux étoiles ont la même masse volumique moyenne que le Soleil, évaluer l'ordre de grandeur de la masse M_{Tatoo} de Tatoo (1 ou 2). Commenter le résultat obtenu.

2 Tatooine en orbite

Du point de vue de Tatooine, tout se passe comme si les étoiles ne faisaient qu'une, l'étoile unique équivalente sera appelée Tatoo 1-2 ; sa masse sera prise égale à $9,5 \times 10^{31}$ kg.

2.1. Justifier la phrase précédente à l'aide d'informations données dans le texte.

2.2. Faire un schéma du système Tatooine-Tatoo 1-2 et représenter sans souci d'échelle la force d'attraction gravitationnelle exercée par Tatoo 1-2 sur Tatooine ainsi que le vecteur accélération de la planète Tatooine dans le référentiel lié à Tatoo 1-2 considéré comme galiléen.

2.3. Montrer que le mouvement, supposé circulaire, de la planète dans ce référentiel est uniforme.

2.4. Déduire des résultats précédents et du texte, la valeur de la période de révolution de Tatooine. Comparer cette valeur à la période de révolution de la Terre autour du Soleil.

Partie C Un jus pour bébé

6 points

Une mère décide de décongeler pour son bébé un petit pot de 150 mL de jus de pêches qu'elle avait préparé l'été dernier.

D'habitude elle décongèle ses pots à l'aide du micro-ondes mais celui-ci est en panne ! Elle décide donc d'utiliser son cuiseur vapeur pour réchauffer le pot.

Le cuiseur vapeur est un appareil qui permet de cuire à la vapeur d'eau (l'eau gaz sort à la température de 130 °C), de réchauffer ou de décongeler des aliments et des liquides.

Le jus de pêches est initialement à la température de –4,0 °C et est réchauffé par la vapeur d'eau pour obtenir un jus que le bébé puisse boire à 32 °C.

Hypothèses simplificatrices de travail

- On suppose que les transferts thermiques se font uniquement entre le jus et la vapeur d'eau et que toute la vapeur injectée devient liquide et se refroidit à 50,0 °C.
- On considère que le jus de pêches possède les mêmes capacités thermiques massiques, la même densité que l'eau liquide et les mêmes températures de changement d'état que l'eau.

Données

$c_{eau,liq}$: 4,18 kJ.kg^{-1}.°C^{-1} ;

$L_{vaporisation\ eau}$ =2 257 kJ.kg^{-1};

Masse volumique de l'eau ρ_{eau} = 1,00 kg.L^{-1} ;

$c_{eau,\ gaz}$ = 1,85 kJ.kg^{-1}.°C^{-1} ;

$L_{solidification\ eau}$ =– 333 J.g^{-1} ;

$c_{eau,solide}$ = 2060 J.kg^{-1}.°C^{-1}

1. Quelle durée la mère aurait-elle dû régler sur son micro-ondes de puissance 700 W pour décongeler le jus de pêches et obtenir du jus liquide à 32 °C ?
2. Quelle masse de vapeur d'eau doit-on injecter grâce au cuiseur vapeur pour obtenir le même résultat ?

Le candidat est invité à soigner sa rédaction et à l'agrémenter de schémas explicatifs.

Avant de commencer

Aide

➤ **Pour la partie A** p. 167

- Bien lire les étapes du protocole et prendre des notes lors de la lecture. Faire des schémas au brouillon peut aider à la compréhension.
- Une recristallisation permet de purifier un solide.
- Une chromatographie sur couche mince permet de séparer et d'identifier les constituants d'un mélange homogène.
- Dans la majorité des cas, un soluté est toujours plus soluble à chaud qu'à froid.
- Les flèches courbes des mécanismes partent toujours des sites donneurs d'électrons vers les sites attracteurs d'électrons.
- Les atomes doivent respecter la règle de l'octet dans une molécule.
- La masse volumique de l'eau liquide vaut : $\rho_{eau} = 1{,}00\ g.mL^{-1}$.

➤ **Pour la partie B** p. 170

- On réalise une échelle en mesurant directement des distances sur la photo.
- La vitesse est égale à une distance sur une durée. La distance parcourue peut être le périmètre d'une orbite et la durée la période de révolution de la planète.
- Pour comparer deux valeurs, on fait le rapport de la plus grande sur la plus petite. On obtient ainsi le « nombre de fois » que la plus grande l'est.

➤ **Pour la partie C** p. 172

- Il faut décomposer le problème en différentes étapes.
- Il faut distinguer les changements de température du système et les changements d'états physiques.

Rappel de formules

- Calcul d'une quantité de matière : $n = \frac{m}{M}$.
- Calcul d'une quantité de matière pour un liquide pur : $n = \frac{d \times \rho_{eau} \times V}{M}$.
- Loi de gravitation universelle : $F_{A/B} = G \times \frac{m_A \times m_B}{d^2}$.
- 2e loi de Newton : $\sum \vec{F}_{ext} = m \times \vec{a}$.
- Périmètre d'un cercle de rayon r : $P = 2 \times \pi \times r$.
- Vitesse moyenne : $v = \frac{d}{\Delta t}$.
- Masse volumique : $\rho = \frac{m}{V}$.
- Transfert thermique lors d'un changement de température du système : $Q = c \times m \times (\theta_{fin} - \theta_{début})$.
- Transfert thermique lors d'un changement d'état : $Q = m \times L$.

Les pièges à éviter

- Il ne faut pas confondre la densité de l'eau (sans unité) et la masse volumique de l'eau (en $g.L^{-1}$ ou en $g.mL^{-1}$).
- Il faut faire attention à bien exprimer les grandeurs dans les unités du système international quand on utilise une formule. Il faut dans ce cas faire les conversions nécessaires.
- Il faut veiller à écrire les résultats avec un nombre de chiffres significatifs adapté et à toujours mettre l'unité à la fin d'un calcul, même si on la rappelle dans la phrase réponse qui suit le calcul.
- Faire des schémas suffisamment grands pour qu'ils soient clairs et lisibles. Utiliser des couleurs pour le rendre plus attractif.
- $L_{fusion} = -L_{solidification}$.

Corrigé

Partie A Synthèse du paracétamol

1.

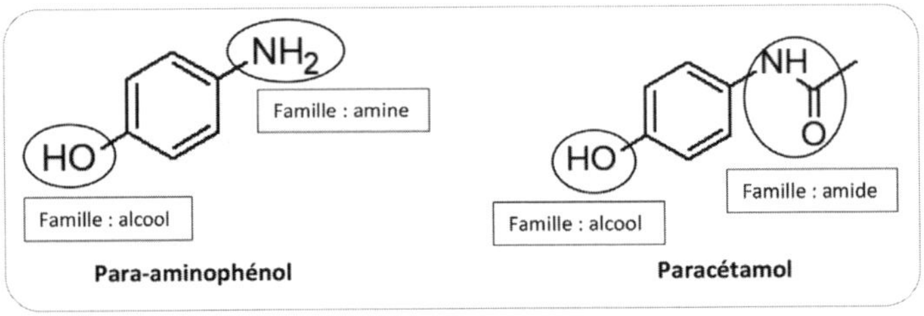

2. Les deux sites donneurs de doublets d'électrons présents sur la molécule de para-aminophénol sont l'oxygène du groupe hydroxyle et l'azote du groupe amine. Ces deux éléments portent en effet des doublets non liants.

3.1. L'azote est un site donneur d'électrons, il va se lier à un site accepteur d'électrons.

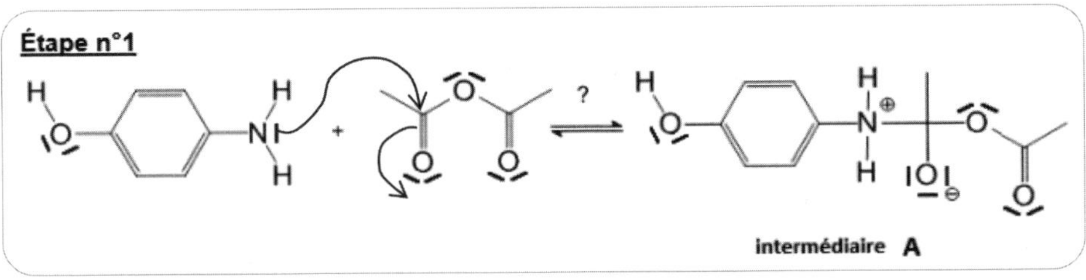

3.2. L'étape 1 est une réaction d'addition : on part de deux réactifs pour former un seul produit.
L'étape 2 est une réaction d'élimination : on part d'un seul réactif et on forme deux produits).
L'étape 3 est une réaction acide-base.

4.1. Un autre déplacement de doublets d'électrons à partir du doublet non liant de l'oxygène pourrait intervenir dans l'étape 1 et produire un intermédiaire B différent de l'intermédiaire A :

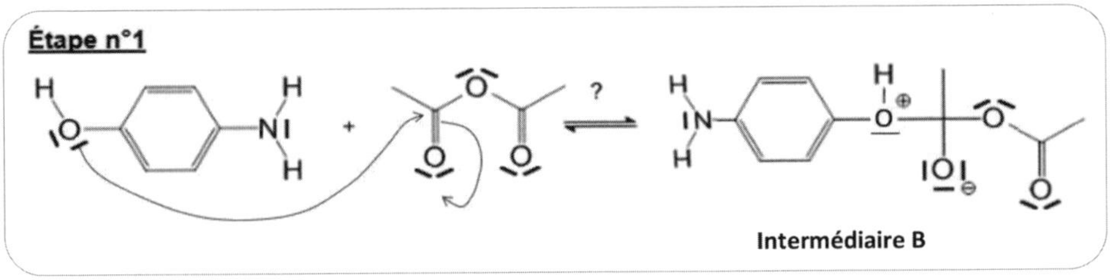

4.2. Formule topologique du produit final E qui serait alors formé :

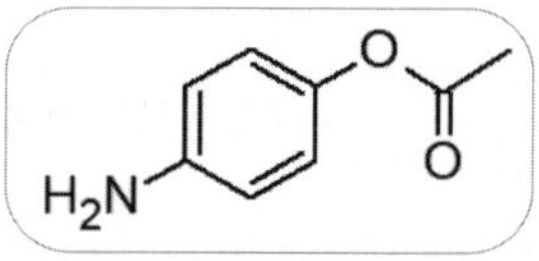

5. La réaction est sélective car parmi les deux fonctions présentes dans le para-aminophénol, une seule réagit avec l'anhydride éthanoïque.

6. Analyse du protocole expérimental

6.1.
- Phase 1 : Dissolution du para-aminophénol.
- Phase 2 : Transformation chimique (réaction) menée grâce à un chauffage à reflux.
- Phase 3 : Extraction du paracétamol par cristallisation puis filtration sous vide.
- Phase 4 : Purification du paracétamol par recristallisation.
- Phase 5 : Identification et vérification de la pureté du paracétamol par chromatographie sur couche mince.

6.2. Pour la phase 3 : Le paracétamol qui a été synthétisé est dissous en fin de réaction dans le milieu réactionnel qui est chaud (à cause du chauffage à reflux).

Quand on refroidit le mélange réactionnel, la solubilité du paracétamol diminue peu à peu, ce qui entraîne au final sa précipitation (il cristallise).

Pour amorcer la cristallisation du paracétamol on peut gratter les parois du récipient avec une tige de verre.

La filtration sur Büchner (qui est plus rapide et efficace qu'une filtration simple) permet de récupérer les cristaux de paracétamol.

On rince le paracétamol avec un minimum d'eau glacée (le paracétamol y est moins soluble que dans l'eau à température ambiante) pour éviter au maximum de le dissoudre dans l'eau de rinçage.

Pour la phase 4 : lors de l'ajout des 20 mL d'eau distillée, l'anhydride éthanoïque qui n'aurait pas réagi pendant la réaction se transforme alors en acide éthanoïque.

La recristallisation repose sur la différence de solubilité à chaud et à froid du paracétamol et d'autres espèces chimiques considérées comme des impuretés.

Le mélange d'acide éthanoïque, de paracétamol et éventuellement les traces de para-aminophénol se dissolvent dans l'eau lors du chauffage. Lorsque l'on refroidit le mélange, seul l'acide éthanoïque reste soluble dans l'eau, le paracétamol recristallise. Si cette recristallisation est lente, le paracétamol sera plus pur que si une trempe (refroidissement rapide) est effectuée, car dans ce cas les impuretés de para-aminophénol risquent d'être piégés dans les cristaux obtenus.

On ne rajoute que 20 mL d'eau distillée au maximum car si le volume est trop important, le paracétamol ne précipitera pas lors du refroidissement.

Le séchage sert à éliminer les dernières traces d'eau.

6.3. Déterminons la quantité de matière de para-aminophénol introduite initialement :

$$n(\text{para-aminophénol}) = \frac{m}{M} = \frac{2{,}7}{109} = 2{,}5\times10^{-2}\ \text{mol}.$$

La quantité d'anhydride éthanoïque introduite initialement vaut :

$$n(\text{anhydride éthanoïque}) = \frac{d\times\rho_{eau}\times V}{M} = \frac{1{,}08\times1{,}00\times3{,}5}{102} = 3{,}7\times10^{-2}\ \text{mol}.$$

À l'état final, si le para-aminophénol est le réactif limitant, alors :

$2{,}5\times10^{-2} - x_{max} = 0$ et $x_{max} = 2{,}5\times10^{-2}\,\text{mol}$.

Si c'est l'anhydride éthanoïque le réactif limitant, alors :

$3{,}7\times10^{-2} - x_{max} = 0$ et $x_{max} = 3{,}7\times10^{-2}\,\text{mol}$.

On prend le plus petit x_{max} des deux, donc le para-aminophénol est le réactif limitant et $x_{max} = 2{,}5\times10^{-2}\,\text{mol}$.

On formera donc au maximum une quantité de matière de paracétamol égale à $x_{max} = 2{,}5\times10^{-2}\,\text{mol}$.

La masse maximale de paracétamol qui peut être obtenue à partir du protocole expérimental mis en œuvre :

$$m(\text{paracétamol}) = x_{max}\times M = 2{,}5\times10^{\ 2}\times151 = 3{,}7\ \text{g}.$$

Partie B Coucher de Soleils sur Tatooine

1 Les étoiles Tatoo 1 et Tatoo 2

1.1. Le texte de l'énoncé précise concernant Tatoo 1 et Tatoo 2 qu'« on peut calculer que leur distance est légèrement supérieure à 10 millions de kilomètres ». Grâce à la photo on peut réaliser une échelle :

On réalise le produit en croix suivant :

Distance en cm pour d	10 millions de km
Distance en cm pour $2r$	$2r$

$$2r = \frac{\text{Distance en cm pour } 2r \times 10}{\text{Distance en cm pour } d}.$$

$$r = \frac{\text{Distance en cm pour } 2r \times 10}{2 \times \text{Distance en cm pour } d} = 1{,}8 \text{ millions de km}.$$

La valeur du rayon r de chacune des deux étoiles est environ égale à deux millions de kilomètres (si on ne garde que deux chiffres significatifs).

1.2. En supposant que les deux étoiles ont la même masse volumique moyenne que le Soleil :

$$\rho(\text{Soleil}) = \frac{M_{\text{Soleil}}}{V_{\text{Soleil}}} \text{ avec : } \rho(\text{Soleil}) = \rho(\text{Tatoo}) \text{ et } \rho(\text{Tatoo}) = \frac{M_{\text{Tatoo}}}{V_{\text{Tatoo}}}.$$

On en déduit que : $\dfrac{M_{\text{Soleil}}}{V_{\text{Soleil}}} = \dfrac{M_{\text{Tatoo}}}{V_{\text{Tatoo}}}$.

$$\frac{M_{\text{Soleil}}}{\frac{4}{3} \times \pi \times r_{\text{Soleil}}^{3}} = \frac{M_{\text{Tatoo}}}{\frac{4}{3} \times \pi \times r_{\text{Tatoo}}^{3}}.$$

$$M_{\text{Tatoo}} = \frac{M_{\text{Soleil}} \times \frac{4}{3} \times \pi \times r_{\text{Tatoo}}^{3}}{\frac{4}{3} \times \pi \times r_{\text{Soleil}}^{3}} = \frac{M_{\text{Soleil}} \times r_{\text{Tatoo}}^{3}}{r_{\text{Soleil}}^{3}}.$$

$$M_{\text{Tatoo}} = \frac{2{,}0 \times 10^{30} \times \left(2 \times 10^{6}\right)^{3}}{\left(7{,}0 \times 10^{5}\right)^{3}} = 5 \times 10^{31} \text{ kg}.$$

L'ordre de grandeur de la masse M_{Tatoo} de Tatoo (1 ou 2) est de 10^{32} kg.
On peut comparer la masse de Tatoo 1 ou Tatoo 2 à celle du Soleil :

$$\frac{M_{\text{Tatoo}}}{M_{\text{Soleil}}} = \frac{5 \times 10^{31}}{2{,}0 \times 10^{30}} = 25.$$

Tatoo 1 et Tatoo 2 sont 25 fois plus massives que le Soleil.

2 Tatooine en orbite

2.1. D'après le texte, « du point de vue de l'étoile, tout se passe comme si les étoiles ne faisaient qu'une », ce qui justifie de considérer une étoile unique équivalente de masse égale au double de chaque étoile.

2.2.

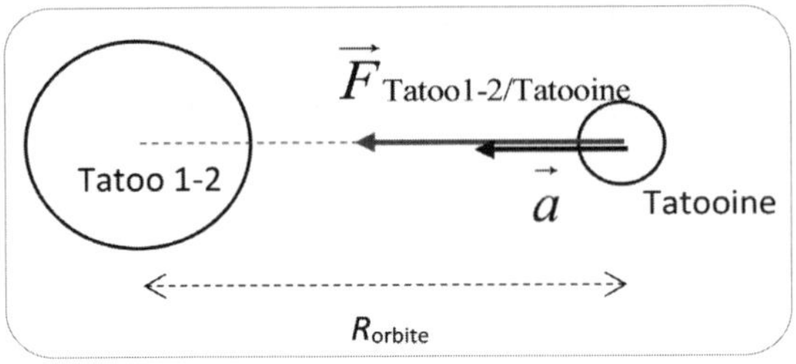

2.3. On étudie le système {Tatoone}, de masse M_T, dans le référentiel Tatoocentrique supposé galiléen. Sa trajectoire est un cercle de rayon : R_{orbite}. Le repère d'étude est le repère de Frenet $\left(\text{Tatooine}, \vec{n}, \vec{\tau}\right)$ d'origine le centre de la planète Tatooine et de vecteurs unitaires $\vec{n}$ et $\vec{\tau}$.

Tatooine (notée *T*) est soumise à la force gravitationnelle exercée par Tatoo1-2 (notée $T_{1\text{-}2}$) :

$$\overrightarrow{F_{T_{1\text{-}2}/T}} = G \times \frac{M_{T_{1\text{-}2}} \times M_T}{R^2_{\text{orbite}}} \times \vec{n}.$$

La deuxième loi de Newton appliquée à Tatooine (avec M_T constante) donne : $\sum \overrightarrow{F_{ext}} = M_T \times \vec{a}$.

$$\overrightarrow{F_{T_{1\text{-}2}/T}} = M_T \times \vec{a}$$

Soit : $G \times \frac{M_{T_{1\text{-}2}} \times M_T}{R^2_{\text{orbite}}} \times \vec{n} = M_T \times \vec{a}$.

Il vient que : $G \times \frac{M_{T_{1\text{-}2}}}{R^2_{\text{orbite}}} \times \vec{n} = \vec{a}$ (expression 1)

Dans le repère de Frenet, l'accélération d'un objet en mouvement circulaire s'écrit : $\vec{a} = \frac{dv}{dt} \times \vec{\tau} + \frac{v^2}{R_{\text{orbite}}} \times \vec{n}$ (expression 2)

En égalant les expressions 1 et 2 : $\frac{dv}{dt} \times \vec{\tau} + \frac{v^2}{R_{\text{orbite}}} \times \vec{n} = G \times \frac{M_{T_{1\text{-}2}}}{R^2_{\text{orbite}}} \times \vec{n}$.

Par identification, on trouve que :

$\frac{v^2}{R_{\text{orbite}}} = G \times \frac{M_{T_{1\text{-}2}}}{R^2_{\text{orbite}}}$ et que $\frac{dv}{dt} = 0$.

Si $\frac{dv}{dt} = 0$, alors cela signifie que la vitesse *v* est constante. Le mouvement de Tatooine est uniforme.

2.4. À la question précédente on a montré que $\frac{v^2}{R_{\text{orbite}}} = G \times \frac{M_{T_{1\text{-}2}}}{R^2_{\text{orbite}}}$, on peut donc calculer la vitesse *v* :

$$v=\sqrt{G\times\frac{M_{T_{1\text{-}2}}}{R_{\text{orbite}}}}=\sqrt{6{,}67\times10^{-11}\times\frac{9{,}5\times10^{31}}{200\times10^{9}}}=1{,}8\times10^{5}\ \text{m.s}^{-1}.$$

Le périmètre de l'orbite mesure une longueur égale à $2\times\pi\times R_{\text{orbite}}$ et Tatooine fait un tour complet en une période T.

$$v=\frac{2\times\pi\times R_{\text{orbite}}}{T}.$$

$$\sqrt{G\times\frac{M_{T_{1\text{-}2}}}{R_{\text{orbite}}}}=\frac{2\times\pi\times R_{\text{orbite}}}{T}.$$

$$T=\frac{2\times\pi\times R_{\text{orbite}}}{\sqrt{G\times\frac{M_{T_{1\text{-}2}}}{R_{\text{orbite}}}}}=\frac{2\times\pi\times200\times10^{9}}{\sqrt{6{,}67\times10^{-11}\times\frac{9{,}5\times10^{31}}{200\times10^{9}}}}=7{,}1\times10^{6}\ \text{s}=81{,}7\ \text{jours}.$$

La période de révolution de Tatooine est de 81,7 jours, soit 0,22 an terrestre. Une année sur Tatooine correspond à 0,22 année terrestre.

Partie C Un jus pour bébé

1. Pour décongeler du jus liquide à 32 °C à partir du jus congelé à –4,0 °C, il faut décomposer le problème de la façon suivante :

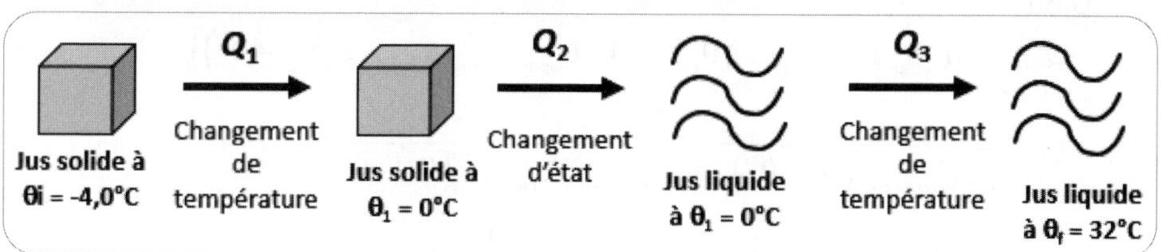

Avec :

$Q_1=m_{\text{jus}}\times c_{\text{eau,solide}}\times(\theta_1-\theta_i)=\rho_{\text{eau}}\times V_{\text{jus}}\times c_{\text{eau,solide}}\times(\theta_1-\theta_i)$.

$Q_2=m_{\text{jus}}\times L_{\text{fusion}}=-m_{\text{jus}}\times L_{\text{solidification}}=-\rho_{\text{eau}}\times V_{\text{jus}}\times L_{\text{solidification}}$.

$Q_3=m_{\text{jus}}\times c_{\text{eau,liq}}\times(\theta_f-\theta_1)=\rho_{\text{eau}}\times V_{\text{jus}}\times c_{\text{eau,liq}}\times(\theta_f-\theta_1)$.

Le transfert thermique total à fournir est :

$Q_{\text{total}}=Q_1+Q_2+Q_3$.

La relation $E=P\times\Delta t$ nous permet de relier Q_{total} à la durée d'utilisation du micro-ondes Δt :

Avec $E=Q_{\text{total}}$, on arrive à : $\Delta t=\frac{Q_{\text{total}}}{P}$.

$$\Delta t=\frac{\rho_{\text{eau}}\times V_{\text{jus}}\times\left(c_{\text{eau,solide}}\times(\theta_1-\theta_i)-L_{\text{solidification}}+c_{\text{eau,liq}}\times(\theta_f-\theta_1)\right)}{P}.$$

$$\Delta t = \frac{1{,}00 \times 150 \times 10^{-3} \times \left(2060 \times (0+4{,}0) - 333 \times 10^{3} + 4{,}18 \times 10^{3} \times (32-0)\right)}{700}.$$

$\Delta t = 1{,}0 \times 10^{2}\ \text{s} = 1\ \text{min}\ 42\ \text{s}$.

La mère doit régler 1 minute et 42 secondes sur le micro-ondes, soit environ 2 minutes si on considère la précision des micro-ondes. Elle laissera un peu refroidir le jus.

2. Les transferts thermiques subis par la vapeur sont notés Q_1', Q_2' et Q_3' :

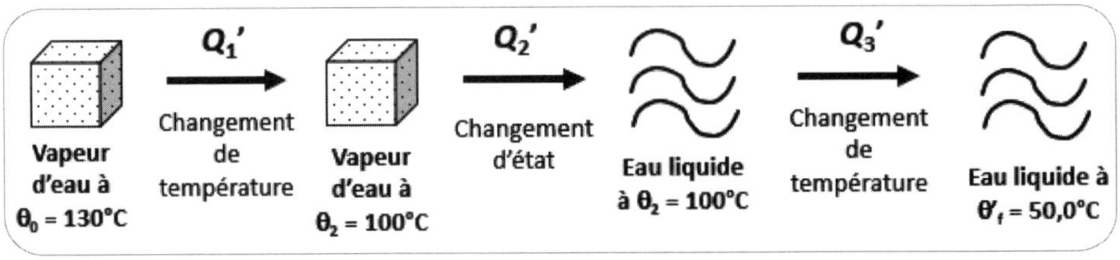

Comme les transferts thermiques se font uniquement entre le jus et l'eau on peut écrire que : $Q_1' + Q_2' + Q_3' + Q_{\text{total}} = 0$.

Avec :

$Q_1' + Q_2' + Q_3' =$

$m_{\text{vapeur}} \times c_{\text{eau,gaz}} \times (\theta_2 - \theta_0) + m_{\text{vapeur}} \times L_{\text{liquéfaction}} + m_{\text{vapeur}} \times c_{\text{eau,liq}} \times (\theta_f' - \theta_2)$.

Et $L_{\text{liquéfaction}} = -L_{\text{vaporisation}}$.

D'où :

$$-Q_{\text{total}} = m_{\text{vapeur}} \times \left(c_{\text{eau,gaz}} \times (\theta_2 - \theta_0) - L_{\text{vaporisation}} + c_{\text{eau,liq}} \times (\theta_f' - \theta_2)\right).$$

$$m_{\text{vapeur}} = \frac{-Q_{\text{total}}}{c_{\text{eau,gaz}} \times (\theta_2 - \theta_0) - L_{\text{vaporisation}} + c_{\text{eau,liq}} \times (\theta_f' - \theta_2)}.$$

$$m_{\text{vapeur}} = \frac{-71250}{1{,}85 \times 10^{3} \times (100-130) - 2257 \times 10^{3} + 4{,}18 \times 10^{3} \times (50{,}0-100)}.$$

$m_{\text{vapeur}} = 0{,}028\ \text{kg} = 28\ \text{g}$.

On doit injecter 28 g de vapeur.

Les conseils du professeur

L'essentiel à connaître

- Savoir calculer une quantité de matière.
- Savoir faire un bilan de matière à l'état final.
- Prévoir la masse maximale de produit formé par une transformation totale.
- Savoir donner la nature des étapes étudiées.
- Savoir représenter des flèches courbes sur un mécanisme réactionnel.
- Comprendre et expliquer un protocole expérimental.
- Utiliser une échelle pour mesurer une longueur sur une photo.
- Savoir appliquer la seconde loi de Newton.
- Connaître la loi de gravitation universelle.
- Savoir faire un schéma d'une situation physique, y représenter une force et une accélération.
- Savoir calculer la période de révolution d'une planète autour de son étoile.
- Utiliser le repère de Frenet.
- Savoir calculer un transfert thermique dans le cas d'un changement d'état physique ou d'un changement de température.
- Prévoir le sens d'un transfert thermique.
- Distinguer, dans un bilan d'énergie, le terme correspondant à la variation de l'énergie du système des termes correspondant à des transferts d'énergie entre le système et l'extérieur.

Le vocabulaire à maîtriser

Addition ; élimination ; réactif limitant ; réaction acide-base ; flèches courbes ; site donneur ; site accepteur ; recristallisation ; filtration ; montage de chauffage à reflux ; 2e loi de Newton ; référentiel galiléen ; système ; loi de gravitation universelle ; base de Frenet ; période de révolution ; accélération ; transfert thermique ; capacité calorifique ; chaleur latente.

Comment singulariser sa copie

- Utiliser des couleurs différentes sur un schéma pour le rendre plus clair.
- Noter les données utiles pour mieux les visualiser.
- Même si ce n'est pas demandé, faire un schéma à partir des données pour transcrire la situation du problème.
- Faire systématiquement des phrases réponses à chaque question. Justifier les réponses et apporter un regard critique sur le résultat, même si cela n'est pas demandé.

Exemple de copie d'élèves

- **Partie B :** L'élève a mis différentes couleurs sur son schéma, ce qui permet de bien distinguer la force de l'accélération.

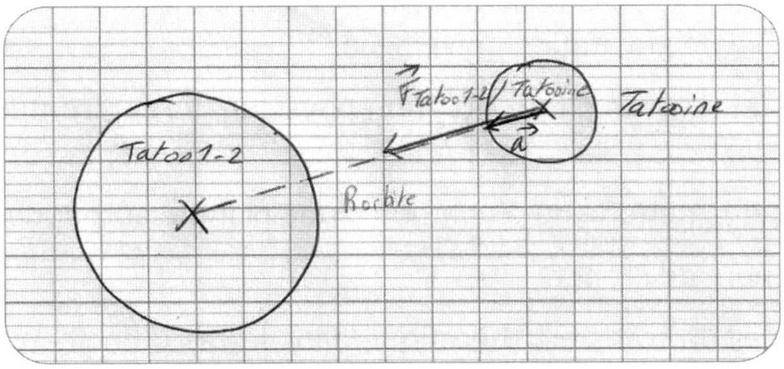

- **Partie C :** L'élève a bien détaillé les étapes et a fait de lui-même un schéma. Il a de lui-même donné des notations aux différentes températures pour ne pas les confondre. Les données de l'énoncé sont notées au début de sa copie pour les avoir bien en tête.

1) Données : $V_{jus} = 150\ mL = 150 \times 10^{-3}\ L$ $\theta_i = -4{,}0\ °C$ $\theta_f = 32\ °C$

vapeur d'eau $\theta_0 = 130\ °C$ $\theta_f' = 50{,}0\ °C$

Pour décongeler du jus liquide à 32 °C à partir de jus congelé à −4,0 °C il faut faire les étapes suivantes :

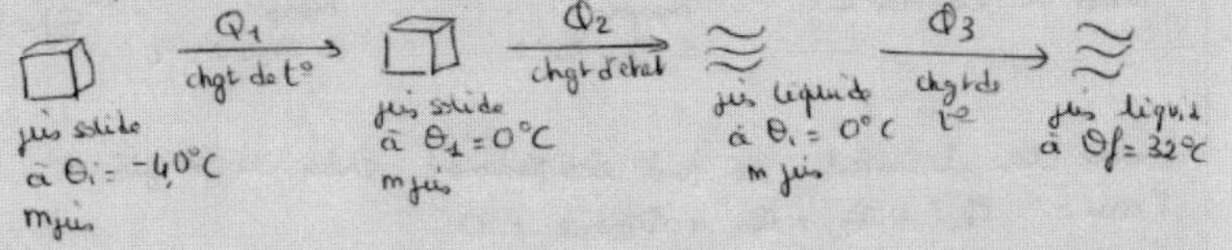

$\underline{Q_1} = m_{jus} \times c_{eau\,solide} \times (\theta_1 - \theta_i) = \rho_{eau} \times V_{jus} \times c_{eau\,solide} \times (\theta_1 - \theta_i)$

$\underline{Q_2} = m_{jus} \times L_{fus°} = - m_{jus} \times L_{solidificat°} = - \rho_{eau} \times V_{jus} \times L_{solidificat°}$

$\underline{Q_3} = m_{jus} \times c_{eau\,liq} \times (\theta_f - \theta_1) = \rho_{eau} \times V_{jus} \times c_{eau\,liq} \times (\theta_f - \theta_1)$

au total il faut fournir le transfert thermique suivant :

$\underline{Q_{total} = Q_1 + Q_2 + Q_3}$

La relation $E = P \times \Delta t$ nous permet de relier Q_{total} à la durée d'utilisat° du micro-onde Δt :

avec $E = Q_{total}$ on arrive à $\boxed{\Delta t = \dfrac{Q_{total}}{P}}$ (s ; J ; W)

$$\Delta t = \frac{\rho_{eau} \times V_{jus} \times \left(c_{eau\,solide} \times (\theta_1 - \theta_i) - L_{solid} + c_{eau\,liq} \times (\theta_f - \theta_1) \right)}{P}$$

$$\Delta t = \frac{1{,}00 \times 150 \times 10^{-3} \times \left(2060 \times (0 + 4{,}0) + 333 \times 10^3 + 4{,}18 \times 10^3 \times (32 - 0) \right)}{700}$$

$\underline{\Delta t} = 1{,}0 \times 10^2\ s = \underline{1\ min\ et\ 42\ s}$.

Imprimé en Italie par «La Tipografica Varese Srl» Varese